COLLECTION SÉRIE NOIRE
Créée par Marcel Duhamel

Parutions du mois

2721. DELIRIUM TREMENS
(KEN BRUEN)

2722. LA TRIBU DES MORTS
(LAURENT MARTIN)

2723. UN ENFANT DE RÊVE
(ROBERT SIMS REID)

2724. LES YEUX DE LA NUIT
(WILLIAM IRISH)

DANIEL PICOULY

Les larmes du chef

GALLIMARD

à ma tribu

Tout ce que fait un Indien
il le fait dans un cercle.

Élan Noir, *Indien Sioux*

Aïe love you.

Anonyme

1

La nuit et le froid avait saigné la rue du Hainaut à blanc. Personne. Pas même une petite silhouette pressée pour faire tinter le pavé. Juste des pans d'ombre coupés courts autour des réverbéres. Pourtant l'espace donnait l'impression de se dilater. Comme quand on guette trop longtemps quelqu'un. On sentait qu'il allait apparaître au coin de la rue. Du côté Jaurès. Un homme grand. Certainement jeune. Bien bâti. L'allure souple et rapide. Devant lui l'air se faisait léger. La lune était dans son premier quartier. L'homme en foulait la lueur pâle tombée à même le trottoir, sans jamais donner l'impression de toucher le sol.

L'homme bien bâti remonta la rue du Hainaut jusqu'au n° 15 et frappa à une petite porte métallique. Un code convenu. On lui ouvrit. Un rapide coup d'œil alentour. L'homme avait le regard d'un gris étrange. Il se glissa dans l'obscurité. Deux énormes masses l'accueillirent. Mongo et Phan. Mongo parlait toujours le premier.

— Crystal !… On se demandait si tu arriverais à temps. Les autres sont déjà tous là.

— Le match va bientôt commencer. On se faisait du mouron.

Pourtant, ce n'était pas l'inquiétude qui perchait les voix de Mongo et Phan un quart de ton trop haut. Un ennui ? Un pépin ? Crystal le saurait bientôt. Ces deux-là ne savaient rien lui cacher longtemps. De vieux complices.

— Viens Crystal, ce sera plus pratique par là.

— Je vais éclairer.

Plutôt un pépin… Phan alluma une torche de résine. La flamme grésillait au-dessus des têtes et balançait sur les murs des ombres à peine dispoportionnées. Du rupestre. Les trois connaissaient bien l'endroit : l'ancien dépôt d'autobus R. A. T. P du 19ème arrondissement. Il était désaffecté et attendait d'être rasé sur pied, pour un projet de ZAC planté sur une friche d'usines et d'ateliers. Tout un pâté de maison en sommeil que Crystal et ses amis avaient investi. La crise leur avait laissé le temps de s'installer. Les trois déambulèrent au milieu des odeurs d'essence, de rouille et de cambouis… Crystal restait silencieux. On ne savait jamais s'il avait parlé ou non, mais on était certain d'avoir compris. Il valait mieux.

— Tu t'inquiétais pour le deuxième bus, Crystal.

— Rio dit qu'il aura réparé le moulin à temps.

— On l'a jamais vu travailler comme ça.

— Il n'y a que la Mona qui rouscaille, rapport à la chose qu'il néglige.

— C'est normal, il peut pas être au four et au moulin

Un pépin…. Même un gros pépin pour qu'ils amusent le tapis de cette manière. Mongo et Phan avaient un humour à leurs mesures. Épais. Très épais même. Le trio continua à progresser dans un décor inimaginable de l'extérieur. Une deuxième ville. La flamme de la torche faiblissait déjà. Ça sentait le sapin. Ils descendaient une espèce de rampe en pente douce. (Trop douce.) Crystal s'arrêta net. Ça avait assez duré. Mongo et Phan prirent des bouilles de bébés fautifs. L'un si noir, l'autre si jaune, que ça les faisait paraître jumeaux, à force.

— D'accord, Crystal, d'accord ! C'est Rose ! Elle est venue quand même. On savait pas comment te le dire, mais…

— Elle a pas mal picolé.

— Ça allait à peu près, Crystal, mais quand le gosse du commissaire est arrivé…

Pas vraiment un pépin. Un ennui. Un vieil ennui qui ressurgissait. Ça ne changerait rien à ce qu'il préparait. Ils traversèrent une ancienne cabine de peinture qui ménageait une sorte de sas vers deux immenses portes coulissantes en acier. Phan étouffa la torche dans ses mains. Une fumée âcre. Dans l'obscurité, on entendait un bourdonnement qui faisait vibrer la paroi métallique.

— Tu vas voir, Crystal…

— Ça en jette !

Mongo et Phan firent glisser les portes. Deux grooms de 120 kilos. La majesté d'un péplum. On aurait dû entendre le bourdon d'un gong de bronze. Derrière, ça en jetait ! Un plein ciel au néon. De l'éblouissement. Une coulée à cru sur la rétine et des chants quelque part dans les cieux. Du gospel ! Du gospel d'arrondissement, un peu chahuté aux entournures mais qui devait donner droit au paradis tout comme un autre.

— T'as vu l'écran, Crystal ?

— Encore plus grand que celui de l'année dernière !

Crystal laissa ses yeux s'accommoder. Il reconnaissait à peine le camp d'entraînement qu'ils avaient aménagé sous les verrières de l'usine de mécanique. Un véritable stade couvert. De la charpente dégringolait une décoration façon convention démocrate qui restait suspendue au-dessus d'une garden-party sur terre battue. On y avait fait pousser des tables de jardin, des parasols et des palmiers en pots. L'immense buffet avait été dévasté et abandonné. Les restes obscènes de trois moutons empalés continuaient à laisser aller leurs graisses sur les braises. Crystal fit son tour parmi les petits groupes, qui parlaient, buvaient, mangeaient dans toutes les combinaisons possibles. Les tribus du quartier avaient sorti leurs plumes pour l'occasion. Une fois par an pour le match du Superbowl. Même si beaucoup ne comprenaient rien à ce qui allait se passer, au moins ils étaient là, ensemble... *Il faut que vous le fassiez !...* Crystal n'eut pas le temps de reconnaître qui venait de lui parler en lui étreignant les poignets. Il venait de remarquer Nikel, le botteur de l'équipe, seul, planté devant une marque rouge sur le terrain. Il semblait contempler le sommet des poteaux de but. Là-bas à 63 yards.

— Il faudrait que tu lui parles, Crystal.

— Je crois bien qu'il déjante.

Crystal savait ce qui rongeait Nikel... *J'ai le pied qui pousse. Je le passerai jamais ce record. Il faut que tu m'aides !...* Mongo et Phan ramenèrent Crystal vers l'écran.

— Alors, qu'est-ce que tu en penses ?

— Il nous a donné du mal cet engin. Ça se tire pas comme un walkman.

Dans l'en-but « visiteurs », un écran de télévision géant trônait sur une estrade. En attendant le match, l'avant-scène était occupée par la chorale des Caissières en Blouse de l'avenue Jean-Jaurès. Sous la baguette de sœur Gling-Gling, le groupe entamait un *When the saints go marchin' in* au tempo plutôt amorphe. En face, des gars de l'équipe, sur des praticables disposés en gradins, chahutaient la vedette américaine. Crystal chercha Hondo des yeux. Le gosse était à sa place, à califourchon sur la grosse poutre calcinée qui dominait le terrain. Il lui souriait au-dessus du vide.

— Il faut que tu voies la fresque de Martial

— Monsieur n'a pas pu venir, ce soir ! Quand c'est pas le ramadan, c'est sa mère ! Il finira curé, ce type !

Martial avait peint un mur de gloire. Chaque membre de l'équipe saisi au vol. Les victoires, la seule défaite. Une tache douloureuse.

— On est ressemblant tous les deux. Tu trouves pas ?

— Toi Crystal, c'est dingue, on dirait que tu vas parler !

Est-ce qu'il avait vraiment ce regard-là ? Ce gris. Qu'est-ce qu'il cherchait des yeux ? Crystal avait toujours eu l'impression d'avancer le crâne béant. Un trou dans l'occiput par lequel les choses le fuyaient. Pas de mémoire. Juste l'instant. Quand la main se referme et que l'œil vise un point au loin. Un point à abattre.

— Je me demande si je ne préférais pas les autres couleurs pour l'emblème.

— Faut pas revenir là-dessus, Mongo. On a perdu. On a perdu !

En médaillon sur la fresque, une larme coulait de l'œil du chef indien. Une larme noire sur un profil brun. Le nom que l'équipe s'était choisi était peint dans les mêmes tons en lettres enlacées. « Chief Tears. »

— Brinks et Nabur veulent te parler, Crystal.

— Comme d'habitude, les frères têtards jouent les chochottes dans leur coin. Tu les verrais essuyer leurs verres avant de se servir ! Leur mère a dû les stériliser dans un chauffe-biberon, ces deux-là !

— C'est tout de même dommage qu'on ne puisse pas se passer d'eux.

Crystal les avait localisés près des vestiaires. Ils attendraient. L'urgence arrivait droit devant. Pas très droit justement. Rose avait le blond en bataille et le talon aiguille flageolant. Elle fendait un semblant de foule, l'éternel Snif collé dans son sillage. Cet échalas donnait toujours l'impression d'être en train de livrer une pizza en retard. Rose apostrophait.

— C'est pas trop tôt ! Enfin, monsieur daigne arriver.

Elle agitait un verre vide. Le Shalimar et l'haleine sangria la précédaient d'un bon mètre, mais elle trébucha sur un pied de table et combla son handicap sur le fil, avec un joli cassé du corps. Rose tomba dans les bras de Crystal pour la photo. D'un nez !

Je m'en occupe. Mongo et Phan avaient compris. Ils translatèrent leurs masses vers une mangeoire en zinc où barbotaient des canettes et des pains de glace. Crystal remit Rose d'aplomb. Elle en rajoutait dans la reconnaissance.

— Dommage, il y avait longtemps que tu ne m'avais pas prise comme ça. Quand je dis « prise »…

Rose esquissa une mimique égrillarde, sans conviction. Crystal regardait cette femme qui s'était engouffrée depuis si longtemps par le trou de son crâne. Elle restait accrochée à son verre.

— Je sais ! je sais ce que tu vas me dire. Rose, ne sois pas grivoise ! Rose, ne te donne pas en spectacle. Et si je voulais me donner, moi ! Me donner ! Pas comme ma frangine, du vrai, du gratis ! Qui en veut de la Rose ?

Elle s'offrait à la cantonade comme un lot sur une fin de marché. Chacun faisait mine de ne rien voir. Crystal entraîna Rose par le bras dans le couloir des vestiaires. Snif resta prudemment à l'extérieur.

— Qu'est-ce qu'il y a, Crystal ? Tu as honte ? Honte de ton ex. Pour un petit coup de trop. Faut pas avoir honte de ce qu'on a aimé. Ça porte malheur. Regarde !

Rose retourna son verre et le posa sur la paume de sa main. La ligne de cœur encerclée. Elle le présenta à Crystal, puis souleva le verre et souffla sur sa paume. On aurait dû voir voleter une plume.

— Tu vois, l'amour, c'est pas comme les prunes, ça se conserve pas dans l'alcool !

Elle jeta violemment son verre contre le mur. Des petits bris de rien.

— Pour des prunes ! Tout ça pour des prunes ! Tu m'avais promis, Crystal. Tu m'avais promis, pour le gosse ! Hondo est là-haut sur sa poutre. Il ne m'a même pas regardée. Je n'existe pas pour lui.

La rage lâcha d'un coup la face de Rose. Crystal était encore surpris de voir comment le visage de Rose pouvait être saisi par une main invisible qui le chiffonnait de façon hideuse et soudain le relâchait. Ses traits retrouvaient alors ce lisse qui la faisait belle. Mais la main rôdait toujours.

— Excuse-moi Crystal. C'est vrai que tu ne m'as rien promis pour le gosse. Mais ce serait bien que tu essayes.

Mongo et Phan passèrent la tête. Ça suffisait pour obstruer le couloir.

— Crystal, le match va commencer.

— Débarrasse-toi de Nabur et Brinks. Rio nous attend déjà sur l'estrade.

— Pas mal tes secrétaires, Crystal ! Filofax et Patafil. Attention, les hommes, vous commencez à ressembler à un gros agenda trop occupé, où on ne peut même plus enfiler le crayon. C'est pourtant utile d'avoir quelque chose de bien taillé. Je sais-je sais ! Pas de grivoiserie. Je disparais.

Rose sortit hors du couloir en se frottant aux ventres de Mongo et Phan au passage. Nabur et Brinks en profitèrent pour se glisser à l'intérieur. L'un portait des lunettes à la Trotski, l'autre des jumelles de théâtre autour du cou. Ça leur permettait de ne regarder personne en face.

— Tu nous excuseras Crystal, mais Brinks et moi on aime pas trop faire banquette. Et ce genre de fête, c'est pas vraiment notre truc.

— Avec mon frère on préférerait parler affaires tout de suite.

Dans le couloir, la lumière du plafonnier douchait Nabur et Brinks d'une lueur crue. Mongo et Phan avaient refermé la porte. Ils pesaient dans leurs dos. Crystal regardait les deux frères se tortiller. Il ne voyait pas de quoi on avait à parler. On passa dans le Gymnase. Une salle de culture physique à l'ancienne. Une odeur de camphre et de pommade du docteur Henkel. Au mur les photos sépia des sœurs Atlas et les « 12 planches de la méthode spiromètrique du professeur Blessieur ». Brinks et Nabur se sentirent les épaules étroites. Pour la contenance, Nabur sortit un petit agenda noir à tranche dorée.

— Tu sais bien, Crystal, que maintenant, il faut une date précise à Nabur et que moi, j'ai besoin du nom de l'équipe… O. K. c'est un détail… Je l'aurai tout à l'heure.

Mongo s'était glissé sous un essieu d'Apollon et enfilait les flexions comme sur un tape-cul. De son côté, Phan maniait le tonneau du père Vincent aussi facilement qu'un éducatif Fisher Price.

— Autre chose. On est bien d'accord pour la camionnette : c'est toi qui la fournis, Crystal.

On était d'accord. On l'avait toujours été. La chaleur du plafonnier avait transformé les deux frères en brûle-parfum. Ils commençaient à exhaler une fine odeur de manigance. Nabur sentait le plus fort.

— Un dernier point. Le « copain » de Rose, celui qui a une mobylette rouge, il est toujours d'accord pour m'amener jusqu'à la salle ? Là, pareil, c'est toi qui t'occupes de le dédommager. Nous, on veut rien savoir. Snif était le « copain » de Rose, c'était déjà une forme généreuse de dédommagement.

— Puisqu'on parle d'argent.

Justement on n'en parlait pas. On se contentait de le transpirer.

— Ça représente une jolie mise de fonds pour Brinks et moi, cette histoire. Alors, c'est normal, on voudrait être certain que ça va se faire. Admets, Crystal, qu'il est un peu dingue ce projet. Il nous faut des garanties.

S. A. V. ! C'était certainement le premier mot qu'ils avaient gueulé en naissant, les binoclards. Sauvez Nos Ames… pièces et main-d'œuvre !

— O. K. Crystal. On te fait confiance Brinks et moi. C'est vrai qu'on a jamais eu à se plaindre. Tu as toujours été réglo. Mais c'était bien qu'on en parle un peu avant.

On frappa à la porte. Mongo sortit des anneaux en salto arrière et relaya l'information à peine essoufflé.

— Ils nous attendent sur l'estrade.

Nabur et Brinks se faufilèrent hors du couloir. Il n'y ava rien à tirer de Crystal. Et ses deux gorilles qui voltigent dans les airs ! Trop dangereux. Il faudrait se débrouiller seuls.

L'avant-scène devant l'écran grouillait. Ils avaient tous conflué. Du bigarré cacophonique franchement rigolard. Guitare, accordéon, saxo, tambours, bidons, crécelle, les instruments de musique avaient jailli d'on ne sait où. Rio essayait de mettre un peu d'ordre. Mona le couvait des yeux. Et elle avait de quoi couver ! Il distribuait des paroles de chansons comme des tracts. L'A. G. des Quat'z'Arts. Seule la chorale des Caissières en Blouse se tenait à carreau. Sœur Gling-Gling y veillait, drapée dans son boubou à motif peau de léopard, et la chicote à la main. Elle en profita pour quêter pour la commémoration de l'abolition de l'esclavage. Rio prit la parole.

— Le 21 janvier j'ai perdu un copain. Il était du quartier. Vous le connaissiez. C'était le chanteur des Négresses Vertes. Il s'appelait Helno.

Murmure et plainte de l'accordéon.

— Helno s'appelait Noël. Il avait changé de nom comme beaucoup d'entre nous ici. Quand on a rien, on peut au moins s'offrir un nom.

On salua la formule.

— Tu sais Crystal, que Phan et moi on s'appelle Oka. Lui c'est d'origine japonaise et moi ça vient des Akans de Côte d'Ivoire.

— Nos ancêtres viendraient du même coin. Tu te rends compte !

— Et ça veut dire quoi « Oka » ?

— Dans les deux langues…

—… ça signifie « colline ».

Les deux collines souriaient. On devrait connaître toutes les langues. Rio continuait sa harangue.

—… Eux, on les traitait de négresses vertes, ils sont devenus les Négresses Vertes. Nous on nous traitait de chiftirs. Alors on est devenu les Chief Tears. C'est ça un nom : c'est lui qui te choisit !

Acclamations, youyous et cris de guerre.

— Alors, en hommage à Helno Rota de Lourcqua et à une de ses chansons, j'ai décidé qu'à partir de ce soir, vous m'appelerez… « Zobi la mouche ». Zobi pour les dames !

Approbation générale bruyante et gestes évocateurs… Seule Mona prit la mine boudeuse de celle qui n'aime pas le pluriel.

— Je sais pas trop bien parler, alors on va chanter « Zobi la mouche » !

Et on chanta… *Ceux qui lisent la Bible En ouvrant la bouche Sont des jolies cibles. Des gobeurs de mouches…* Une véritable mêlée de chœurs. Une houle chaude sous les verrières crasseuses. L'estrade grinçait comme un pont de chêne. On avait amarré une goélette à un anneau rouillé du 19ème. Ça en hissait de la toile blanche ! Nikel rejoignit le groupe en trainant la jambe comme le capitaine Achab.

— J'ai le pied qui pousse, Crystal ! Les autres ça les fait rire. Toi tu comprends. Alors il faut que tu me trouves une solution.

Crystal le prit par les épaules… *Et scratch ! dans le vil, Je fonce dans le soulier Et j'ressors par les trous de pieds…* Nikel sourit pour la première fois depuis très longtemps et se mit à chanter. Les paroles avaient raison. Nikel remercia Crystal avec un éclat dans les yeux qui l'inquiéta.

Restés dans leur coin, Brinks et Nabur essuyaient leurs verres en regardant cette bande de braillards sur l'estrade. Les Chief Tears portaient bien leur nom. Des locquedards ces mecs : mi tocards, mi locquedus, mi clochards ! Des tiers de rien.

— Tu crois qu'il faut laisser tomber ces cinglés, Nabur ?

— « Secoue un fou, il en tombe de l'or », disait maman. Alors nous deux, on va secouer.

Ce fut l'heure du match. L'estrade se vida, toutes les lumières s'éteignirent, l'écran géant s'illumina dans l'obscurité. Une formidable plongée ensoleillée sur un rectangle d'herbe d'un vert irréel. A 5000 km de là, deux équipes entraient sur le terrain.

Ce 31 janvier 1993, Il est 15 h au Rose Bowl de Pasadena, Californie.

— Tu te rends compte. Un quart de la planète regarde la même chose en ce moment !

— Et en plus, nous, c'est la nuit.

Il avait raison Phan. La nuit, ça ajoute.

Trois heures plus tard, les compteurs avaient tourné. 52-17. Un vainqueur. Les Cow-boys de Dallas. Les Chief Tears connaissaient maintenant leur adversaire. Quand on ralluma les lumières, il se fit un grand silence. Il ne fallait pas laisser la charpente rouillée de l'usine peser sur les épaules. Crystal fit un signe. Kawa et Ducati en combinaison de motard sautèrent sur l'estrade comme des augustes quand le trapéziste vient de tomber sur la piste.

— Cette année, c'était à Kawa et moi d'organiser le défi d'après match. Alors rendez-vous à tous au coin de la rue devant « La poule au pot ». Il va y avoir du sport !

Avenue Jean-Jaurès, Hondo était grimpé en haut d'un réverbère. Il écarquillait les yeux sur un étrange équipage : deux gros cubes étaient lancées plein pot sur l'avenue. Chaque machine, chevauchée par une amazone échevelée, tirait, l'une Kawa, et l'autre Ducati. Ils étaient accrochés à une corde façon ski nautique, les pieds posés sur des pains de glace. C'était ça le défi ! Les deux équipages, épaule contre épaule, fonçaient en direction de la porte de Pantin. Ils virèrent ensemble à la première bouée matérialisée par le refuge de feu rouge de la rue de Lunéville. À l'empannage, ces dames envoyèrent leur spi personnel. On se dépoitrailla sous le cuir, pour remonter contre le vent, la lingerie en gênois, la figure de proue dardée à plein mamelon et les youyous à la manœuvre. Elles winchaient comme des sorcières, sur les poignées de gaz. Les hommes se cravachaient façon Ben-Hur, la glace gerbait sous leurs pieds. À la bouée de Hautpoul, Kawa voulut tenter un slam dunk, la manœuvre royale, de la régate de luxe. Mais il enveloppa au-dessus de ses moyens et se sentit partir vers la devanture de *La Couronne d'Or*. Kawa se vit traverser la vitrine et finir en émincé de bœuf shop suey... n° 112... Il préféra lâcher la corde et partit en tout droit vers le garage des Ardennes. Si la Madone des motards le sortait de là, c'est promis, il faisait le pélerinage de Pocardo à genoux en se flagellant avec une chaîne de Solex. Au passage du bateau, il déchaussa des pains de glace, lévita un brin et continua sur le trottoir en barefoot, pour finir par s'écraser contre le balai rotatif du lavage automatique. *Softwash* disait le panneau.

Tout le monde se précipita. Son amazone arriva la première, la mamelle en saint-bernard. Kawa le prit pour un signe de piété, sacrifia à l'ofrande et fit son rot. On lui tendit une main. Pas besoin d'aide. Vexé, il négliga et se releva, le nez vaguement éclaté, la mèche teigneuse et interpella Ducati.

— On remet ça !... Sur un seul pain de glace, cette fois !

Crystal regardait la scène. Il ne voyait pas comment les gars de Dallas pourraient battre une bande de cinglés pareille. Quelques jours pour savoir...

2

Snif sentait le froid grimper à l'intérieur de son corps comme une lame de mercure. Ça l'empalait. Du pieu gluant de ponton d'amarrage. Son corps frissonna. Il aurait voulu sautiller sur place pour se réchauffer, mais le sol était gelé. C'était un coup à jouer son col du fémur à la marelle. Snif se frappa les épaules, la poitrine, et les flancs. Toute une topographie désespérante qui lui confirmait qu'il n'était pas bien épais. Si Crystal et Nabur le faisaient encore attendre, le froid le casserait comme un chandail laissé à sécher sur une corde à linge.

Snif avait du mal à oublier que la Cité des Sciences était un ancien abattoir.

Qu'est-ce qu'ils foutaient, Crystal et Nabur ? Ce soir, il ne fallait pas louper le rendez-vous… Entre une heure trente et une heure trente-cinq… Nabur l'avait assez répété. Nous court Nabur ! C'est pas lui qui risque son boulot et qui se les gèle. D'ailleurs il en a pas, Nabur. Juste un cerveau. Sûr, il est fortiche de la tête, et les ordinateurs, il les dépiaute comme des bonbons Kréma. C'est pour ça qu'il est là ce soir, et uniquement pour ça. Alors, qu'il fasse pas son important devant lui. Snif savait que Nabur et son frère l'appelaient « le type à la mobylette rouge » ou « le copain de Rose ». Ils étaient jaloux pour Rose. En tout cas, il n'y avait que lui qui pouvait l'amener jusqu'à la salle informatique. Fallait pas qu'il l'oublie, le Nabur ! Snif bomba un bout de torse. Il voulut se faire une cage thoracique à la M. Propre. L'air glacé s'engouffra et lui rabota les sinus à vif. Une douleur de chien ! À l'intérieur il fallait lui cercler le cervelet comme une barrique, sinon il allait se débonder. Ça s'écoulerait des oreilles, du nez, et de la bouche comme du moût poisseux. Pourtant, tout resta pétrifié à l'intérieur. De la petite cervelle grise au rayon surgelé. Cette idée fit branler le pieu gluant au plus profond. Pour se rassurer, Snif palpa son rasoir sous sa chaussette.

Crystal et Nabur arriveraient par la rampe du manège à poneys côté Pantin. De là, il aurait dû venir avec eux des senteurs lourdes, mais cette nuit bouffait le crotin au cul des bêtes. Une immense queue glacée qui fouettait le vide. Ensuite, il n'aurait plus qu'à les conduire. Pourtant, pour l'affaire de ce soir, la présence de Crystal le rendait nerveux. Snif savait ce que Crystal avait été pour Rose, et il avait toujours l'impression de devoir supporter la comparaison. Les autres ne l'aidaient pas. Il fallait les voir autour de Crystal, balancer l'encens comme une fronde de timoré... Le meilleur quaterback que la terre ait porté... La terre ! Rien que ça... Hé, réveillez vous, les gars ! Regardez où vous êtes ! Un morceau de 19ème arrondissement de Paris ! Une virgule sur cette chiotte de planète ! pas plus ! Continuez à délirer avec votre équipe de biffins. Ils n'avaient pas voulu de lui... Pas assez jeune et trop maigre !... Jeté comme un déchet. Depuis il faisait toujours le même cauchemar. Un ballon orange à couture blanche, qu'il ne parvient pas à saisir et qui tombe, qui tombe, dans un trou lumineux. Ils lui avaient volé le sommeil. Il faudrait qu'ils payent. Ce soir ça valait gros... T'imagines, craquer un système à 5000 kilomètres d'ici !... Nabur parlait trop. Il pourrirait par la langue... Tu te rends compte ? Pirate au long cours !

Snif sentit ses os se croiser sous sa tête de mort. C'est ça qui devait s'entrechoquer à l'intérieur. Il avait un mauvais pressentiment. Pas seulement à cause de cette nuit et de cette neige. Le périph'était fermé. On sablait à la louche en porte à porte. De la plage en ruban. Paris était devenu un atoll polaire. Mais pas une vahiné pour se cailler le tamouré avec lui. Tu bouges les hanches et elles te tombent du corps comme des dents de lait. Ça n'engageait pas à la gesticulation. Non, ce n'était pas le froid qui l'inquiétait. Mais ce vide ! Snif tapa dans ses mains. Sa ligne de vie claqua comme un élastique. L'écho s'échevela là-haut quelque part. Snif sursauta. Quelqu'un le surveillait.

Il tourna brusquement la tête. Ses vertèbres craquèrent. Rien. De l'ombre. Du gris anguleux et des grandes trouées noires. Il fouilla l'obscurité avec des yeux confits de trouille. C'est malin ! T'as réussi à te coller la pétoche avec ton cinéma.

Il se tirait ! C'était décidé, il se tirait. Crystal et Nabur ? Tant pis. Ils connaissaient le chemin. Il leur laissait son passe et un plan... Crystal le tuerait s'il faisait ça. Surtout ce soir. Il préférait ne pas y penser. Et Rose ? Jamais plus elle ne monterait dans ton galetas. Finie cette impression, quand elle arrivait, qu'on avait repeint la cage d'escalier. Un motif à fleurs. Et son parfum qui courait sur la rampe comme la main d'un gosse ! Même la concierge sentait bon après son passage ! Snif fixa la lune noyée. Il pensa à cet instant où la soie glissait du corps de Rose. Un jour il l'emmènerait. Elle quitterait tout pour lui. Terminé, les pizzas à livrer. Il ouvrirait son propre restaurant : « La mobylette rouge ». Elle serait la patronne. Ce serait : Rose et Snif. Comme on grave des initiales dans l'écorce, il souffla vers le ciel des volutes blanches qui le suspendaient dans l'espace par la bouche...

— Alors Snif, tu marches à voile et à vapeur, maintenant ?

Les deux ombres sortirent de la glace comme des phoques. Crystal et Nabur qui portait une sacoche façon docteur de far-west.

— Les voiles j'allais les mettre, Nabur. T'as vu l'heure ?

— T'as vu le temps ? La faute aux popofs. Nous exportent de l'hiver. C'est le seul excédent là-bas…

L'air satisfait, Nabur essuyait les verres de ses grosses lunettes. Il ressemblait à un bilboquet miraud.

— Au fait Snif, t'as pas eu de mal à garer ta mobylette ?

— C'est toujours plus facile que de faire un créneau avec ta connerie !

Crystal les arrêta net, les deux déjà sur leurs ergots. Il restait au gris calme. Le silence bien arrimé aux épaules. Il regarda sa montre. Plus que neuf minutes. À cette heure, l'équipe devait être sur le point de terminer l'entraînement. Les gars l'attendraient pour connaître le résultat de l'opération.

On y va !

3

Percution frontale. Cent vingt kilos en embuscade. Zobi venait de se faire sonner par Phan. Un coup de casque vicieux dans le triangle des côtes. Les Bermudes, l'hypothénuse et le carré de la section venaient de s'engloutir. Les abysses. Le foie qui dégorge au gros sel, les jambes qui se dérobent, ça pigeonne côté cœur sans le Playtex. Zobi s'affale sur le dos, les omoplates raides comme du contreplaqué marine. Des mouettes au plafond. À travers de la petite brume, il essaie de trouver un peu de secours, là-haut, vers l'immense verrière du toit. On dirait un vieux zepplin crasseux en suspension. Zobi crache son protège-dents, et essaie de ramasser un peu d'air avec les crocs. Ses narines palpitent. La terre battue du sol pue le cambouis. Toute la sueur de cette ancienne usine désaffectée qui refoule comme une aigreur. Il aurait besoin d'une petite cure… *2 injections de parabolan à 75 mg, 1 injection de testostérone à 250 mg, 3 comprimés de winstrol, 1 pantestone…* De l'avoine enchantée pour l'étalon.

— Allez relève-toi Zobi, ou t'es bon pour le falot. Ma parole t'y prends goût à la Mona !

Ça causait au-dessus de lui. Quelqu'un lui malaxait le ventre. Certainement cette folle de Ruedo. Toujours volontaire pour la papouille. Le « premier toréro noir » ! Tu parles !

Un massacreur de vaches laitières. Pas plus. Un jour à la Foire de Paris, il avait voulu estoquer une Holstein pie noire de 12000 litres de rendement. Mieux que Mona... Oh ma tête !... Les autres devaient bien rigoler. Des grosses voix pâteuses. Mais qu'est-ce que Mona venait faire là-dedans. ? Il avait cru entendre son nom. Une menace. Pas question ! Il s'était défoncé, ce soir. Le falot ce serait pour un autre. Oui, il était d'accord avec l'entraîneur. L'idée d'Andy était stimulante. Il avait voté pour. Après chaque entraînement on livrait à Mona le tir-au-cul de la séance. C'est elle qui élisait le MVP (Moins Valeureux des Participants) en écrivant le numéro de l'élu sur une ardoise. Ça évitait la tentation de se relâcher.

Se relâcher ! Il n'y avait pas trop de risque avec des entraînements pareils. Chaque soir, dans cette espèce de hangar. Du sauvage... Oh sa nuque !... Tout ça pour briser du petit bois dans le championnat français, alors que c'est fini aux États-Unis. Dallas 52, Buffalo 17. Après le Super Bowl la saison partait en quenouille. L'équipe victorieuse s'offrait une tournée chez les ploucs, en Europe et au Japon. Pour la promotion du football américain, paraît-il. En fait, elle cartonnait en roue libre et raflait la mise entre deux avions. Et le gogo en redemandait... Aïe ! Il lui avait fêlé une côte, cet abruti de Phan. Doucement, Ruedo ! Doucement !... Pas plus bas les papouilles !

— C'est Mona qui va être contente. Le chouchou de madame a ses vapeurs.

Ils remettaient ça. D'accord, le falot c'était aussi le moyen pour l'équipe de dédommager Mona. D'accord ! Grace à elle ils pouvaient s'entraîner ici tranquille. C'était la gardienne bénévole de leur stade. Une brave fille en fin de compte, cette Mona. La peau plutôt douce. Du satin de grosse, des attentions de geisha, des doigts fins. De la religion. Du naïf. Et les replis du cou à la vanille. Zobi l'avait souvent respiré. *Trop paresseux à l'entraînement...* Je voudrais bien les y voir ! Huit heures le rabot en main. Et en plus réparer ces deux épaves d'autobus ! Mona comprenait. Elle tirait les rideaux de la guérite du contremaître. Du vichy rose. Réchauffait du vin doux et lui chantait Berthe Sylva et Fréhel. Elle ôtait sa perruque Chambre des Lords et se lissait des mèches de marlou sur le front. Zobi passait une marinière rayée. Il lui faisait écouter les Négresses Vertes. Elle aimait. Et pas pour lui faire plaisir. Parfois Zobi restait la nuit, dans la maison de Mona. Juste à côté. Un étrange pavillon de chasse délabré, égaré là. Après chaque nuit partagée, Mona lui offrait une broche en plastique en forme de crabe bleu, de homard jaune, de pieuvre verte... qu'il devait porter au revers. Une manie étrange. Mais cette fois, Zobi ne resterait pas. Il en avait marre d'entendre les copains se moquer de lui quand, à la fin de l'entraînement, Mona, avec son écriture de fleuriste, indiquait sur une ardoise, son numéro : le 17. Tant pis ! Elle pouvait toujours barir la Mona. Elle devrait en croquer un autre. Zobi n'osa pas regarder du côté de la guérite vitrée. Mona le fixait certainement, les yeux enfouis au fin fond de sa graisse, l'ardoise à la main, la craie comme un bâton de rouge-baiser. Prête à dégouliner. Elle salivait sur le premier croupion qui mollissait. Mais cette fois, ce ne serait pas son tour. Jusqu'à ce coup de casque de Phan, l'entraînement tournait bien pour lui. Zobi se releva. C'était redevenu clair. Restait juste un bout de nausée. Zobi relaça ses chaussures de façon à montrer à Mona ce dont elle devrait se passer ce soir. Du haut perché, galbé à la main, moulé callipyge. Rien que pour lui échapper, il allait les exploser, ses petits copains rigolards.

Zobi s'était relevé, encore sonné. Musha gueulait les consignes.

— Strong right flip ! Strong right flip ! Run check ! Run

check ! Two hundred ! Two hundred ! Move it ! Move it ! Chief Tears, auto switch ! Chief Tears, auto switch !… Compris ?

Tu parles ! Cette manie de brailler en anglais ! Un complexe de doublure. Depuis toujours Musha rongeait son frein derrière Crystal. Il compliquait pour faire technique. Mais le coup était carré. Du simple. Cette fois, il allait perforer. Surtout que c'était du mou, ce soir. Les gars attendaient Crystal. Le rêve, ça vide les jambes. On verrait bien tout à l'heure quand il reviendrait de la Villette.

Zobi enfila son protège-dents, ajusta sa mentonnière, et rabattit la visière sous son casque. Le huddle. La combinaison en trois mots, un chiffre, une lettre. Un jeu au sol. Ce serait pour lui. Musha le servirait. Garchou embarquerait par le flanc gauche, lui masquait en latérale, Kawa et Ducati ouvraient et il s'engouffrait dans la brèche. Peut-être un contrepied sur ce vicieux de Ruedo et le plein d'espace. Comme au tableau noir. Les genoux bien haut, il remonterait toute la grille du terrain. À lui le barbecue ! Les lignes blanches une à une et l'enbut mieux que la Terre Adélie. Les bras tendus, et le ballon brandi comme un scalp arraché entre les cuisses d'une squaw. Touch-down ! Et les copains qui te tombent en grappe sur les épaules. À chaque fois, Zobi sentait la ligne imaginaire lui traverser le corps. Ça devait être ça, mourir. Une ligne blanche franchie et un tas de corps pour t'ensevelir.

Désolé Mona, mais ce soir il faudra ôter ta perruque pour quelqu'un d'autre.

4

On y va! Snif précéda. Ils longèrent dans l'obscurité la pièce d'eau gelée au pied du bâtiment. On progressait précautionneux. Crystal, lui, allait comme sur une pelouse souple. On passa un petit pont à la japonaise. Une sorte de bastingage les guida jusqu'à une porte noire. Snif avait laissé ouvert. Ils entrèrent. Nabur éclaira avec son briquet.

— Éteins ça!

— L'autre fois je me suis mis un clou dans le pied. Ça rigole pas, le tétanos. Je suis pas vacciné.

— Et contre les vigiles, tu l'es?

Nabur éteignit en rouspétant. Snif était content de l'avoir mouché. C'était sombre, mais il connaissait bien l'endroit. Un vaste espace désert qui ressemblait à un parking souterrain en chantier. Il donnait de plain-pied sur une immense baie vitrée opaque. Une impression d'aquarium crasseux. Une ou deux portes et ils étaient au pied d'un escalier en béton brut. Un lumignon… Issue de secours… Ils montèrent.

Sur le palier du deuxième étage, une lumière filtrait sous la porte. Un parfum de détergent.

— Il va falloir faire gaffe aux types du nettoyage.

— On sait, Snif. On sait.

Toujours à la ramener le Nabur. Un jour, sa grosse glande prétentieuse lui claquerait dans les doigts. De la vessie de porc.

Pense à Rose, mon petit Snif. Pense au motif à fleurs de l'escalier et aux petits coins de soupente. Rose : le comble de la surface corrigée.

— J'y vais, vous attendez.

Snif poussa la porte. La lumière des néons tomba de très haut. Il se glissa derrière une cimaise... Il était sur une espèce de mezzanine qui surplombait le grand hall. Un U. L. M. était suspendu dans les airs comme une chauve-souris. En bas, un grand type semblait dormir sur une cireuse jaune qui avançait doucement en tirant une traîne lustrée. Snif patrouillait des yeux. Il repéra le reste de l'équipe de nettoyage qui s'activait au ralenti autour des comptoirs. Il leur restait l'aile Nord. C'était bon.

— On y va, ça roupille gentil.

Nabur et Crystal le suivirent sur la mezzanine. Ils se faufilèrent entre les panneaux d'une exposition... Nabur s'arrêta devant la photo d'un insecte.

— Tu te rends compte, son machin fait l'équivalent d'un mètre cinquante chez l'homme !

— T'as raison, c'est un peu juste.

Silence ! C'est ce qu'exprimait Crystal. Très clairement. Ils quittèrent l'exposition pour prendre un couloir étroit derrière les ascenseurs. N'importe qui surgissait, et ils se faisaient serrer comme une vieille pétrolette. Snif pensa à la sienne qu'il avait laissée garée en bas de chez Rose. Le trio progressa. Snif joua du passe. Ils traversèrent une série de bureaux modernes. Une variation de mélanine grise. Le vide des murs, piqueté çà et là d'images à calendriers. Les vacances surlignées, les palmiers figés et des sourires d'enfants à l'instamatic.

Tout à coup un bruit, ils se plaquèrent contre une armoire. Ça chouinait dans l'obscurité. Des voix d'hommes. Crystal les localisa immédiatement. Il indiqua. Ça provenait de deux planches à dessin dressées en guitoune. Crystal contourna. La façon de se déplacer de ce type était sidérante ! Il envoya les signaux. Deux gars du nettoyage jouaient sous la tente avec la fermeture éclair de leur combinaison orange. C'était ascendant-descendant avec génuflexion. Du petit chemin de croix câlin. On avait raison de craindre la mixité des équipes ! Crystal regarda sa montre 3 minutes. Snif palpa son rasoir. Nabur n'en avait pas.

— C'est ce qu'on appelle faire reluire.

Impossible de les éviter. La trotteuse galopait. Si les deux tardaient à l'extase, il faudrait les saquer de là. Snif le savait bien que cette nuit était pourrie. Si on commençait à semer de la viande froide. Bien heureux que le saint patron des amours furtives fût d'astreinte ce soir. Après un dernier zip stridulé, genre barbecue et braises chaudes, les deux types retournèrent à leurs serpillières en chaloupant. Ils s'étaient brûlés, mais ça semblait déjà guéri.

— Moi qui croyais qu'on avait suprimé les pointeuses !

Personne ne releva l'humour de Nabur. Les trois giclèrent. Un bref passage à découvert et Snif s'arrêtait devant une porte plus revêche que les autres. Il prit une pose solennelle pour indiquer qu'on y était. La plaque suffisait : *Cité des Sciences Centre Informatique*. Snif glissa une carte magnétique dans la fente d'un boîtier en applique contre le mur. Une lumière verte. Il composa un code sur un clavier. Ça réfléchit. Clac ! La porte s'ouvre. Épaisse. Ils entrent.

Le silence des machines. Rien d'identifiable. Une tension. Des ondes ramassées en blocs compacts. Une énergie qui sourd dans l'obscurité. Des voyants lumineux qui balisent de mystérieux protocoles en cours. Snif allume une torche archaïque dans ce décor. Le lieu aurait mérité une lampe-tempête. Nabur file tout droit. Électrisé. Il connaît le chemin. Déjà il s'est glissé derrière un pupitre.

— Salut ma belle, ton petit Nabur est de retour. Tu t'ennuyais, hein ? T'inquiète, je me fais beau et je m'occupe de toi.

Nabur se balance en collier trois giclées d'un spray d'eau de toilette Uniprix.

— Je te plais ?

Il sort de sa sacoche un zinzin genre magnétophone en plus obtus. Il farfouille et le branche quelque part avec des contorsions pour qu'on ne le voie pas faire. Pour ce qu'on y aurait compris.

— Du dernier cri ! De l'high-tech total ! Avec ça, je mouline le café mieux que ma grand-mère avec son Peugeot à manivelle.

Nabur s'installe. La lumière de l'écran illumine sa face de bilboquet. Du verdâtre sur le carreau de ses lunettes. Il est comme saisi aux yeux, agrippé, tendu, les doigts cavalent sur le clavier. La transe des arpèges.

— Dis donc, t'es chaude toi, ce soir !

Snif admire. Lui qui a du mal à régler son radio-réveil. Crystal s'est assis à côté de Nabur. Il lui glisse une feuille de papier et regarde sa montre. Nabur jette un coup d'œil. Il les connaît par cœur les codes. Une minute pour se connecter. C'est jouable. Nabur raccroche un combiné téléphonique. L'écran converse. Des lignes et des lignes.

— T'es prise ma choute !

Crystal fait un signe à Snif. D'accord, il va se fendre d'une petite ronde. Mais qui pouvait venir ? Ils n'avaient jamais eu de visite. Un gardien passait à quatre heures. Largement de quoi. Lui, c'était repartir de là qui le rendait nerveux. Cette putain d'odeur de viande qui rôdait ! Il en avait marre de la petite besogne. Larbiner, ouvrir les portes. Être le galopin qui amuse la jument pour que l'étalon se goinfre. Et il se goinfrait cet eunuque de Nabur.

— C'est ça, résiste ma chatte. Je vais te les faire sauter, moi, tes pastilles !

Nabur trépignait, rebondissait sur son siège comme un apprenti jockey. Il cravachait le pupitre. L'emballage. Le disque en vue. Du dead heat au poteau. Un cheval mort, c'était le pire. Putain cet œil rond. Ce reproche !

— Calme-toi !

— Facile à dire, je l'ai à ma pogne... regarde ça !

Regarder quoi ? Snif s'était penché. Une ribambelle de chiffres, d'abréviations, de mots en anglais, des couinements, des bips. Et un chronomètre en haut à droite de l'écran. Les secondes se tortillaient. 17... 16... 15... Snif se demanda si ça allait décoller à zéro. Cap Canaveral. Perforer le toit du bâtiment. S'élever. Voir la Géode briller comme une verrue briquée au nitrate d'argent. Le canal gelé... 14... 13... Les Folies du parc comme des petites taches de sang vermillon dans la neige... 12... 11... 10... La fenêtre éclairée de Rose-la-fraîche-rose... 9... 8... 7... Elle n'a pas tiré ses rideaux... 6... 5... 4... C'est moi, n'aie pas peur. Ouvre-moi. Toc ! toc ! toc !... 3... 2... 1... Elle me regarde, elle me sourit, elle va m'ouvrir... Zéro !

— Ca y est !... *Dallas N. F. L. Cow-boys Football Team, Computers Center,... Valid code... O. K... Enter...* Un peu qu'on entre ma belle ! Lève tes jupes, j'arrive !... La suite, Crystal, la suite !

Crystal reprit la feuille qu'il avait donnée à Nabur et entoura au crayon bleu une série d'instructions.

— C'est du cake !

Nabur se jeta sur le clavier. Crystal regarda Snif.

— C'est bon, j'y vais !

Snif sortit de la salle des ordinateurs. Il traversa le couloir et entra dans un bureau vitré. De là, il pourrait surveiller. Il était dans une cambuse étroite encombrée de tas de brochures et de dossiers à même le sol. L'odeur d'encre et de colle. La maquette de la couverture du prochain numéro sur une planche de liège. *Villette info.* Il s'assit sur le bureau et se cala contre la vitre. Le carré de gris qu'il fixait lui donnait l'impression de regarder un écran de télésurveillance. Ces espèces de boîtes à vide déformantes dans lesquelles apparaissent soudain un patibulaire menaçant. En général, juste avant l'alarme.

Il n'y eut pas d'alarme. Le bonhomme qui venait d'apparaître n'était pas menaçant. Plutôt bleu. La casquette plate un peu en arrière, le talkie-walkie comme un petit singe sur l'épaule. Il allait de porte en porte comme s'il cherchait le numéro de sa chambre dans un grand couloir d'hôtel. Et il venait de le trouver. La salle des ordinateurs ! Le rasoir de Snif jaillit de lui-même. Le manche d'ivoire glacé.

Le bonhomme sembla hésiter. S'il causait à son singe, c'était foutu. Il se contenta de glisser sa carte, de pianoter et d'entrer. Snif sauta du bureau, le coupe-chou en main. Réfléchir vite. Attendre le bonhomme à sa sortie. Le cueillir. L'assommer. Avec quoi ? Les deux poings abattus sur la nuque ? Criquet comme il était, il se briserait les poignets. Restait la lame. Elle faisait son chemin tout seul. C'est ça ! Et c'est lui qui morflait dix ans. Et Rose, au parloir rapproché, qui venait le débarrasser de ses langueurs sous la table. La levée d'écrou ! Ça faisait travaux d'Hercule pour liliputien.

Le bonhomme et son singe ressortaient. Déjà ! Ou il ne s'était aperçu de rien, ou il allait porter le pet. Il avançait dans sa direction. Il passerait devant lui. Faut trancher Snif. Toi tu sauras comment sortir de là. Mais les autres ? S'il se font pincer, t'es tricard dans le quartier pour un bout. Rose-la-fraîche-rose, a le temps d'en avoir, des boutons. Le profil du bonhomme passa dans la vitre. Peut-être pas vieux, mais fatigué, plutôt de la lassitude, les cheveux blancs, et une petite coupure horizontale à hauteur de l'oreille. Le rasage. *On ne fend pas ce qui a déjà été fendu.* Snif laissa retomber sa lame. Le bonhomme passa. Il fallait faire vite maintenant. La casquette disparut au bout du couloir. Snif se précipita. À la console, ça pianotait.

— Heureusement qu'il était dans les vapes, le vieux... Si on avait dû compter sur toi.

— Il avait un talkie-walkie. Tu voulais que je fasse le cri de la chouette ?

— Non, fallait faire la poule. Tu sais ?... la poule mouillée.

Nabur lui montrait un médius humecté de frais. Snif s'élança. Il allait le saigner, ce nabot. Lui fendre sa tronche de marotte, lui faire sortir la bourre, le désarticuler. Le rasoir était chaud dans sa main... Crystal l'arrêta net. Simplement en engageant l'épaule dans son champ visuel. Il posa ses yeux gris sur lui. Snif sentit sa colère se vider d'un trait. Il rangea sa lame.

— Calme. On s'est planqué. J'avais eu le temps d'éteindre l'écran. Il a juste mis un coup de torche genre phare de Douarnenez. Il était pressé de rentrer à la soupe.

— Où vous en êtes ?

— Elle a fait un peu sa chochotte, mais je lui ai bien soulagé les poches. Crystal a presque tout. Je vais même pouvoir lui faire une sortie papier. Ça fait un peu de barouf sur ces grosses bécanes, mais puisque la ronde est passée.

— Tu crois que c'est pas assez de suée pour ce soir ?

— T'aimes pas être moite, mon petit Snif ?

La ferme ! Crystal avait raison. Tant pis pour la répartie. Ce n'était pas le moment. Lui était déjà la tête dans des colonnes de chiffres. Ce type était effrayant de calme. Comme déjà mort. Ça aide.

— On peut y aller. À toi de cracher, ma choute !

Barouf était le mot juste. L'imprimante faisait la rageuse et sous le capot de protection en plexiglas l'engin ressemblait à un prématuré en couveuse. Et il braillait le têtard ! Le listing dévidait sa colique. Il y en avait de la matière ! Crystal fixait le papier. On avait l'impression qu'il tétait les caractères un à un et les tatouait dans sa gélatine.

— On va se faire repérer, bordel !

— Calme, Snif ! On est au bord du chef-d'œuvre. Avec tous ces renseignements, l'équipe va les éclater !

Il remettait ça avec l'équipe. Comment lui expliquer que ça puait de plus en plus la viande ? La coupure du bonhomme, tout à l'heure, à peine cicatrisée, prête à se rouvrir. C'était un signe. Le sang perlait encore... *On ne fend pas ce qui a déjà été fendu*... Il avait raison son père. Sans ses maximes, il pataugerait dans le tiède et le poisseux. Le têtard cessa de brailler dans la couveuse : M. S. N.

— C'est fini ! T'as vu la mariée ? Elle n'a rien pu nous cacher.

Il soulevait la traîne du listing avec un œil qui se voulait égrillard. Juste un peu de pus qui suintait de la glande. Crystal restait les yeux fixés sur la dernière page.

— C'est ce que tu m'as demandé sur l'organisation de leur tournée en Europe, au Japon et au Canada. Les dates, les horaires, les déplacements...

23/1/93 Flight A-6642 Washington—Paris (Orly-airport) arrival 8 h 47... Crystal lisait et relisait cette petite ligne. En clair, l'équipe des Cow-boys serait bien en transit à l'aéroport d'Orly dans deux jours ! Il essaya de ne rien montrer de son émotion. Son regard resta un peu plus fixe, un peu plus longtemps. Au loin. Nabur resta sidéré. Ce type *voyait* la scène qu'il imaginait ! et projetait les images dans ses yeux gris. Ceux qui le regardaient étaient comme au drive-in. Crystal roula le listing comme un gros cierge.

— Je remballe, Crystal. On lui redescend la jupe et on les met. C'est bien une femelle cette bécane ! T'as entendu comme elle chante quand elle tire ! Mais tu vois Snif, les voisins sont bien élevés ici. Ils n'écoutent pas aux cloisons.

Pas le genre de Célestin d'écouter aux cloisons. Mais le bruit de cette imprimante ! Deux heures du matin. C'était étonnant de la part de ces petits godelureaux du service informatique, de rester si tard. Pourquoi pas ? Il était bien là, lui, à boucler un dossier pour demain. C'est-à-dire bientôt.

Il travaillerait toute la nuit si nécessaire. Surtout qu'Illema était là. Elle avait accepté de venir l'aider. L'aider! Comme si son visage éclairé à demi par la lampe de bureau pouvait l'aider. Le gris simple de son corsage, une mèche brune égarée sur l'épaule. Ces boucles d'oreilles qu'il lui avait offertes. Des boucles à secret. Elle les avait retirées pour écouter au casque le texte qu'elle tapait pour lui.

Célestin la regardait à la dérobée mais Illema ne se laissait pas saisir. Elle était à cent lieux. Nulle part. Pourtant c'était sa voix qu'elle entendait en ce moment. Il aurait pu en profiter pour ajouter des mots à lui sur la bande... *Pour l'exercice qui s'achève, les derniers chiffres...* Célestin se sentait enfoncé comme une bouse sur son derrière mou. Il n'avait jamais autant haï son corps avachi que depuis qu'il côtoyait Illema. Pourtant, Célestin la connaissait depuis longtemps. Il l'avait approchée office après office à l'église Saint-Serge. La lueur des bougies sur son front. Ils avaient bu du thé ensemble. Avaient ri. Elle s'était penchée au-dessus du bureau. Son cou nu. Son parfum léger d'église excité par la chaleur de la lampe. La nuit était arrivée. L'obscurité tout autour. Son corsage restait une tache retranchée. C'était décidé, ce soir il oserait enfin lui dire. Ils avaient la même foi. Elle était belle. Lui avait un bon poste. Mais il y avait eu ce bruit incongru. Un voyeur. Illema s'était crispée. Surprise. Peut-être inquiète. Elle n'aurait pas dû être là. Célestin avait dissuadé sa secrétaire de rester l'aider.

— Je vais aller voir.

Célestin s'était levé sans réfléchir. C'était comme si Illema avait frissonné et qu'il eût voulu lui couvrir les épaules de sa veste. Elle sentirait contre sa poitrine l'agenda sur lequel il notait ses rendez-vous de la nuit qu'il n'osait pas lui demander. Illema le regarda comme aux origines. Célestin crut voir, dans le halo de la lampe, la Mère de Dieu de Vladimirskaïa. Il chancela et sortit tout sanglé d'or.

Dans le couloir il n'entendait plus l'imprimante. La salle

des ordinateurs était de l'autre côté. Il irait, reviendrait... *C'était Ardilleux, il avait quelque chose à finir, lui aussi. Vous voyez, nous n'étions pas seuls...* Illema aurait souri. Célestin aurait compris... Dommage!... Il l'aurait prise dans ses bras. La soie grise de son corsage aurait tremblé... Quel côté prendre? Vers l'exposition? Par les aquariums? Trop effrayants, surtout celui des murènes. Oui, mais c'était plus court... Illema dans ses bras! Quelle idiotie! Il serait capable de l'éborgner avec ses lunettes et d'emmêler leurs appareils dentaires. Lui, portait un bridge. Jamais il n'oserait embrasser Illema. La bouche répugnante de ces bestioles! Célestin longea la masse vitrée verdâtre sans la regarder. De longues ombres grises en suspension guettaient. Whaou! une murène dans le froc! Il se protégea l'entrejambe en faisant une grimace de hotu. Pourquoi est-ce qu'il ne faisait pas le pitre plus souvent? Les femmes aiment rire. Illema sûrement. Mais il était un type important maintenant. Les aquariums étaient derrière lui. Passer devant les ascenseurs. Le couloir et la salle des ordinateurs était juste en face. Et s'il rencontrait quelqu'un?

— L'ascenseur, Snif! T'es pas malade, non?

— Un étage, c'est pas la mort. On évite la mezzanine. L'équipe de nettoyage y est, à cette heure.

— Et si on tombe sur un gus?

Ça suffit! Snif sait ce qu'il fait. Crystal avait dit. Nabur obtempéra.

Célestin entendit les voix. Il aurait bien stoppé, mais poussé dans le dos par l'ombre des murène, il déboucha dans le couloir. Il vit les trois hommes.

Les trois hommes le virent. Snif avait sorti son rasoir comme on tend un briquet. Célestin eut une sorte de hoquet. Les traits du visage remontés en accent circonflexe. Le lifting craqua au sommet du crâne. L'impression qu'une murène lui tétait la tonsure. Il hurla.

— On se tire les gars!

— Impossible, Crystal, ce mec me connaît !

Les yeux gris se plongèrent dans ceux de Snif pour confirmation. Nabur serrait sa sacoche contre sa poitrine. Ils étaient d'accord : Il fallait le mettre hors jeu. Ils se mirent en mouvement. Crystal les laissa sur place. Déjà, il avait cadré l'homme qui courait le long des aquariums. Pas très vite et mal. Toute cette viande qui bloblotait. Célestin sentait sous la gélatine un cœur qui talonnait comme un vieil amortisseur. Heureusement qu'Illema ne le voyait pas.

Crystal évalua la distance. Trop loin pour le rattraper à la course. Dans quelque secondes il disparaîtrait dans un bureau. Crystal stoppa sa course, arracha la sacoche à Nabur, l'ouvrit et empoigna le zinzin. Il arma son bras et déroula son lancé, l'œil rivé sur l'oreille de l'homme qui courait trente mètres devant. Le zinzin fila de la main de Crystal et partit en tournant sur lui-même. Le boîtier métallique fendait les airs en traînant l'embout de connexion comme la queue d'un vibrion teigneux. On fertilisait l'espace. Le zinzin vint percuter l'homme à la tempe en pleine course. Sous le choc, la tête alla frapper contre l'aquarium, tandis que la masse noire explosait la vitre.

L'eau jaillit en cataracte et s'abattit sur les épaules de l'homme. Il fut retourné, plaqué, emporté. Les longues bestioles grisâtres se déversèrent sur le corps comme à la curée. Mêlées aux algues, elles s'engouffrèrent et s'insinuèrent par tous les orifices, comme s'il s'agissait de leur salut. Un pan de vitre s'abattit et trancha homme, algues et bête. La tête de méduse fut emportée par un courant soudain apaisé, jusqu'aux pieds d'Illema.

Crystal regardait la jeune fille au visage blême. Les flots comme soumis à ses pieds, la tête de l'homme en offrande, cet éclat noir aux yeux, ce sourire qui pardonne : Une icône ! Il resta sidéré, les membres pétrifiés dans le bois. Il se passa des secondes charnelles et délicates comme l'empreinte de petits coquillages fossiles dans la craie. Crystal sentit le trou dans son crâne se refermer pour retenir une image. Ses yeux ne surent que crayonner une question… Comment te nommes-tu ?… La bouche lisse de la jeune fille s'entrouvrit et dessina au loin des lettres que Crystal ne sut lire.

— On se tire maintenant !

Crystal répéta… Comment te nommes-tu ?… La bouche et les yeux et la pointe de la langue tentèrent de nouveau de lui faire comprendre. Un syllabe seule s'envola… « mha »… comme une bulle bleutée.

— Ça va rappliquer, Crystal. Faut pas qu'on reste !

Snif et Nabur regardaient Crystal figé, le visage illuminé le regard éperdu. Et ils virent. Ils crurent voir. Ils dirent qu'ils avaient vu. Deux larmes ! Deux larmes couler lentement sur un visage lisse. De ces larmes qui ne partent pas des yeux.

Les larmes du chef.

Illema regardait Crystal. Il l'avait oubliée. Il y avait si longtemps. Le trio décrocha. Crystal eut l'impression de tirer avec lui un fil qui le reliait maintenant à l'icône. Il la retrouverait. La syllabe flottait déjà dans ses yeux. Ils reprirent le chemin de l'aller.

Dans le hall, ça cavalait dans tous les sens. L'eau rougie pissait en cascade de la mezzanine. On ne s'occupa pas d'eux. Une fois dehors, ils oublièrent le froid, le gel et la bise. Ils partiraient chacun d'un côté. Nabur porte de Pantin et Snif par le Zénith. Ça lui faisait un détour pour passer chez Rose, mais ça en valait la peine. Nabur était morose. Il avait perdu du matériel dans l'affaire. De l'extra. Il présenterait la note. Les trois se saluèrent sans effusion. Ils venaient de tuer un homme. Crystal irait rejoindre l'équipe rue du Hainaut. Mais d'abord, Crystal passerait rue de Crimée voir Martial. Il avait quelque chose à lui demander.

Tout de suite.

5

Crystal quitta Snif et Nabur. Il glissait dans l'obscurité le long des baies vitrées de bureaux de la Cité. Les reflets étiraient sa course comme celle d'un guerrier sur un vase étrusque. Pour aller chez Martial il devait rejoindre la rue de Crimée par l'une des berges du canal. Vers la Grande Halle : trop à découvert. Il se retrouverait pire qu'un garenne dans la luzerne. Le petit cul-blanc qui monte et qui descend comme à la fête foraine. Mieux valait l'écluse de l'Oise par les jardins en terrasse. Au passage, aux pieds des cascades pétrifiées, il jeta un œil à l'*Argonaute* suspendu en porte-à-faux à un bout de ciel. L'hélice du sous-marin semblait guetter la lune dans sa course pour la déchiqueter. L'astre et l'hélice. Jalousie.

Crystal contourna les reflets brisés de la Géode. Il parvint aux écluses. Les arches de pierre encaissées du bassin décroissaient à saute-mouton vers le pont de Villette. La glace avait saisi l'endroit d'un blanc poudreux qui creusait des abîmes apaisants dans la nuit. Crystal se sentit un pierrot funambule. Il franchit les écluses. C'est juste à côté, chez Emsalem, qu'il avait rendez-vous tout à l'heure avec Brinks. Doigts-de-fée leur avait dégotté une camionnette. Crystal longea le canal gelé. Les gros autocars à touristes recouverts de neige attendaient, le front buté, devant l'hôtel Arcades. Il courut jusqu'au pont levant de Crimée. De longues foulées dans le silence. Le tablier métallique était resté bêtement suspendu en l'air. Le froid avait dû gripper les crémaillères. Les grandes roues verglacées des poulies avaient la morve au nez. Crystal prit l'escalier verglacé. Un grand Black bourré jusqu'au col descendait les marches comme au Lido, avec la grâce étrange des effets contrariés. L'alcool le poussait en avant et la glace le tirait en arrière. Ça lui donnait le port de tête hautain d'un taxi-boy qui porterait une guitare dans le dos... *Et voilà le travail!...* Crystal reconnut la voix. C'était Le Manche, un bluesman qui ne s'était pas remis de la fermeture des « Nuits bleues du 19 ème ». Le dernier endroit où on acceptait sa façon de jouer de la guitare avec un bottleneck. Arrivé en bas, Le Manche rajusta son pardessus, et tira une révérence de petit marquis en balayant le sol avec son feutre façon curling. Il eut un hoquet, rota et fit basculer son polygone de sustentation en direction du square Bitch. Il traversa le passage piéton en jouant seulement sur les blanches, valsa par-dessus le grillage, s'affala dans un massif et décida de dormir là. Il ronfla illico en « b flat ».

En haut de la passerelle, Crystal regardait la perspective du canal qui se butait au loin contre la rotonde de Ledoux illuminée. Une espèce de temple païen assoupi avec le métro aérien qui lui passait la main dans les cheveux machinalement. Crystal pensa à l'icône... « mha »... Il eut envie de réapprendre à parler sous les doigts d'une femme.

Crystal allait abandonner la rambarde quand il vit une ombre qui s'avançait au milieu du canal. Une silhouette. Juste à l'entrée du chenal, du côté des ruines de l'entrepôt incendié. Quelqu'un, en pleine nuit marchait sur la glace du canal ! Ça ne pouvait être que Hondo. Ce gosse se tuerait un jour. Il devait considérer que douze ans, c'était déjà bien long pour une vie de négrillon. Crystal dévala l'escalier avec moins de grâce que Le Manche. Il courut, contourna la palissade qui protégeait les ruines et arriva au bord du quai. C'était bien Hondo, à une dizaine de mètres du bord. Il ressemblait à un petit Esquimau déplumé, immobile, penché sur un trou dans la glace. Un trou bordé de bougies allumées dans des coupelles de verre. Il tenait sa lance de guerrier Yurumba à la main et portait le maillot des Chief Tears. Un gros numéro 19 dans le dos, comme pour un concours de pêche. Crystal n'eut rien à dire. Hondo se retourna, le vit et sourit. Il avait son éternel polaroïd Kodak pendu au cou. Crystal força une mimique genre courroux de kabuki. Hondo sourit plus encore. Ô le sourire de ce gosse ! Crystal renonça. Hondo se pencha une dernière fois au-dessus du trou dans la glace et prit une photo. La lueur du flash sembla souffler les bougies. Puis Hondo entreprit de revenir. Il allait avec le pas d'un sale môme boudeur qui marche dans les flaques. Crystal se demandait à quel moment la glace allait se dérober et l'engloutir. Hondo aurait été capable alors, de lui faire un petit signe de la main… T'inquiète pas. Ce n'est rien… Crystal planta son regard dans celui de Hondo et le tira jusqu'à la berge. Dès qu'il fut à portée, Crystal saisit Hondo, le prit dans ses bras et le frictionna. Le gosse ne grelottait même pas. Il se contentait de faire semblant de le mitrailler. Il n'y avait que le flash qui fonctionnait. On ne fabriquait plus de pellicule pour ce genre d'appareil.

— Mais qu'est-ce que tu faisais là-bas ?

— Nec et Béa revenir.

Comme tout le monde, dans le quartier, Crystal connaissait l'histoire. Il se souvint de cette nuit d'orage où les coups de feu se mêlèrent au tonnerre. Une péniche coula dans le bassin. Nec et Béa disparurent. On ne retrouva jamais les corps. Pourtant ce ne devait pas être profond. Le gosse avait tout vu. Nec était comme son frère. La même nuit on avait retrouvé Menga, la sœur de Hondo, assassinée dans sa robe de mariée. C'est ce jour-là que Crystal avait donné ce maillot à Menga pour Hondo. Il portait le même numéro 19 que le sien.

— Mais comment veux-tu que Nec et Béa reviennent avec cette glace ?

— Ma lance !... Un trou !

— Viens, je te raccompagne.

Crystal prit la main de Hondo. Après cette histoire, le gosse avait été recueilli par le flic chargé de l'affaire. Il habitait juste au bord du canal, au premier étage de la tour de Flandres. Le commissaire Lomron. Le quartier était d'accord. Il s'en occupait bien. Hondo n'avait eu qu'à traverser le pont, pour être un peu moins orphelin... *Le quartier était d'accord...* C'était faux ! Pas Rose. Elle considérait que Hondo lui revenait. C'était l'amie de Menga. Elles s'étaient fait des serments, paraît-il. Et ce commissaire avait volé son enfant. Rose croyait que Hondo viendrait avec elle, si Crystal lui parlait et lui expliquait.

— Maintenant tu te couches.

Ils étaient sur le palier de l'appartement. D'habitude Crystal entrait. Ils allaient dans la chambre de Hondo, et restaient parfois tard, à échanger des petits bouts de mots. Mais ce soir... Hondo sortit ses clefs et poussa la porte.

— Viens.

— Je n'ai pas le temps.

— Une minute. Une surprise !

Crystal ne pouvait pas résister aux yeux de ce gosse. Hondo laissa sa lance dans le porte-parapluie de l'entrée. Crystal le suivit dans l'obscurité de l'appartement en se disant qu'il faisait une bêtise. Tu viens de tuer un homme ! Il regarda l'immense photo du visage de fatma dévoilée sur le mur du salon. Crystal se demanda si Martial saurait lui dessiner l'icône comme ça. Dans le couloir, la lumière orangée d'une lampe de chevet par la porte entrebâillée.

— Tu as pensé à mettre le réveil à 6 heures ?

Hondo répondit à la voix par un grognement. La lumière s'éteignit. Le commissaire devait l'attendre. Juste une pointe d'inquiétude. Il pouvait s'endormir maintenant. Hondo referma doucement la porte de Lomron. Ils entrèrent dans sa chambre.

— Regarde !

Un musée ! Hondo avait aménagé un pan de mur avec des posters, des affiches, des photographies, d'équipes de football américain. Les Chief Tears avaient la part belle. Plus toute une kyrielle d'objets récupérés : du tee d'engagement tordu au protège-dents écrasé. Crystal posa sa main sur l'épaule de Hondo. Le gosse laissa luire sur son visage toute sa fierté. Une jolie teinte café au lait. Celle du petit matin quand ça fume encore dans le bol. Pas étonnant que le flic veuille être réveillé par ce gosse. Qui ne le voudrait pas ?

— Dis-moi, Hondo. Tu connais Rose ?

— La dame qui a une grosse araignée sur la figure ?

Crystal pensa à cette main invisible qui rôdait sur le visage de Rose. Il regarda les grands yeux noirs de Hondo levés sur lui. Ce gosse restait un mystère. Il semblait incapable de parler, et parfois une phrase jaillissait.

— Tu sais, elle t'aime bien.

Il ne sourit pas. Le sujet était clos.

— Tu joues !

Cela faisait partie de leur rituel. Ils mangeaient une crème brûlée préparée par Hondo et jouaient aux *Plongeurs de feu* ! Un jeu que Hondo avait inventé. Tenir une allumette verticale, la tête calée sur le frottoir de la boîte, et d'une chiquenaude de l'ongle la faire plonger dans un bocal rempli d'eau. La flamme la première… Tchii !… Et de plus en plus loin. Hondo gagnait toujours. Le feu et le vide étaient ses amis.

— Maintenant il faut que j'y aille. Je vais près de là où tu habitais avant. Chez Martial.

Hondo resta impassible. Tout semblait glisser sur ce

gosse. Sauf quand il souriait. Crystal partit. Il pensa au commissaire endormi. C'était étrange, le visage de cette fatma sur le mur. L'icône avait ses yeux. Le farouche de ses yeux. Hondo le regardait.

— Un jour Crystal, je serai là, pour faire ce que tu ne peux pas faire…

Crystal sortit sur la place Bitche et se retourna. Habiter au premier d'une tour de trente étage ! Drôle de flic ! Il traversa le pont levant.

Dans la rue de Crimée, Crystal entra *Chez Zaza*. Un boui-boui dans un immeuble en sursis. Il prit par l'arrière. Une courette à latrines. Ce qu'il voulut éviter arriva. Il tomba sur Zaza. Elle portait de toute sa blondeur oxygénée un plateau chargé de patisseries orientales.

— Je les cache dans le cagibi. C'est pour le ramadan. Tu connais Martial, il est tellement gourmand !

— C'est ramadan ?

— C'est pas encore commencé. C'est compliqué. Il faut d'abord que les huiles se réunissent. Les imams, les muftis, des savants, et tout et tout ! Et c'est eux qui décident si c'est la nuit ou le jour, si on a vu le premier croissant ou pas. C'est comme ça… C'est la *Nuit du doute*, comme ils disent… Prends un makroub !

C'était ce qu'il préférait. Zaza disparut cacher son trésor. Crystal se lècha les doigts. On montait une échelle de meunier pour aller chez Martial. Une entreprise de le réveiller ! *Il dort comme l'âne du prophète…* disait Zaza. On sentait bien que c'était le mot prophète qui lui plaisait pour parler de son fils. Crystal frappa à la porte et le prophète s'éveilla. Sa chambre était une espèce de gourbi encombré de tableaux emballés dans du papier journal. Martial travaillait à la commande. N'importe quel style.

— T'es dingue ! À cette heure ! Taper comme ça sur ma porte ! C'est de l'aglo de termites, ce modèle ! Si tu les déloges, elle tombe en poussière. Qu'est ce que tu veux, Crystal ?

— Un portrait !

— Maintenant ?

— Le portrait d'une femme…

— Ils invoquent les divinités femelles plutôt que Dieu. Sourate IV verset 117. Mais ici, c'est mon entrepôt. Rien que du prêt-à-livrer. Pour le travail, je n'ai rien avec moi !

Martial n'avait rien sur lui non plus. Il était nu, et ne se rendait pas compte qu'il laissait aller entre ses jambes toute une anatomie en bouts rimés.

— Ni plume, ni crayon, ni papier. Tout est en bas, et si on descend, c'est Zaza qui va nous refaire le portrait. Tu pourrais revenir demain.

Mais Martial savait que c'était inutile avec Crystal. Ce type allait tout droit. Il tranchait. Et l'idée de soutenir son regard, pour le convaincre… Inutile. Autant faire ce qu'il demandait. Martial fouilla son gourbi la rime toujours aussi libre entre les jambes. Crystal arracha un morceau de plâtre sous un gond descellé de la fenêtre.

— C'est ça, dégrade ! Et au premier souffle, le musulman prend la croisée sur la tronche ! « Croisée » ! « Musulman » ! ça ne te fait pas rire ?

Crystal sourit pour lui faire plaisir. Il lui montra la porte de la penderie.

— Travail sur bois en plus. D'accord. En ce moment, c'est ma spécialité. Normalement, il faut du tilleul. Mais quand on a pas l'essence, il faut avoir des idées.

Crystal se fendit d'un petit sourire. Martial tailla des craies et tira l'ampoule nue que Crystal maintenait au plus près du panneau de bois.

— Pas trop ! C'est pas de la pyrogravure !… Allez raconte !

Et Crystal dit à sa manière. Martial laissa courir sa main. Le visage de l'icône se dessina lentement. L'ovale d'abord, la ligne des sourcils, le partage, l'arête du nez, la place de la bouche, peut-être un peu plus bas… et le regard qui émerge… Crystal revit l'instant où les yeux de l'icône abandonnèrent le regard halluciné du type dont la tête tranchée glissait à ses pieds, pour les porter sur lui. D'un cillement elle avait quitté un homme pour un autre. Un cillement, tandis que l'eau mêlée de sang enserrait ses chevilles. Elle le quitterait de la même façon. Un cillement.

C'était elle ! Sous la lumière de l'ampoule nue, Crystal contemplait le visage de l'icône tiré au blanc. C'était elle. Sa bouche allait s'arrondir… « mha ». Il fallait qu'il la retrouve. Il ne la toucherait pas. Elle resterait derrière une paroi de verre. Et leurs bouches dessineraient des syllabes tièdes dans des langues inconnues. Mais il y avait ces yeux inquiets. Déjà un homme était mort à ses pieds. L'eau avait rougi ses chevilles comme des anneaux d'esclaves.

Crystal sentit un souffle par l'orifice de son crâne. Des petits rubans jaunes frémissaient. Comme si les traits de ce visage étaient déjà passés par là.

Crystal arracha la porte de la penderie et l'emporta. Martial resta nu et ballant. Il regardait Crystal descendre l'échelle sa prise sous le bras comme un Viking en razzia. Il fut soudain inquiet.

Pourquoi Crystal lui avait-il demandé de dessiner le portrait d'Illema ?

6

Crystal emportait l'icône sous son bras. Dans la neige épaisse le long du canal, il se sentait Hans le Rouge à Elsemeur. Le drakkar comme une gondole à échardes. Il la maintenait ferme son icône. La serrure de la porte lui meurtrissait la hanche. L'icône mordait déjà. Avant d'aller rejoindre l'équipe, il irait chez Rose remiser sa prise. Snif devait déjà y être. Tant pis, il fallait qu'il y aille, même s'il devait les surprendre en plein effet de cavalerie.

Rose habitait quai de la Marne, un immeuble moderne dans les années 70, daté par des balcons en verre fumé. Un hall vitré façon Palais des glaces. L'ascenseur aluminium avec trappe apparente pour le cercueil. Au 4ème ça s'ouvrit. Il avait encore ses clefs mais il sonna pour éviter de surprendre Rose en amazone, et le Snif agrippé aux culottes de cheval. Derrière la porte, il perçut un léger remue-ménage à trois. Rose avait un chat ! Elle lui ouvrit la porte dans un peignoir qui ne peignait rien et un sourire qui cachait le reste. Il avait l'habitude qu'elle soit blonde et vaguement molle dans l'encoignure de la porte.

— Crystal !... Je t'attendais.

Rose mentait à vous en faire tomber les couteaux des mains. Avec ses mines et ses poses elle donnait à chacun l'impression d'être le premier et le seul.

— Tu as du café ?

— Toujours... Qu'est-ce que tu fais avec cette planche ?

Ce n'est pas parce qu'une phrase est terminée par un point d'interrogation qu'elle doit se prendre pour une question. Il entra et appuya la porte de la penderie dans l'entrée. Le portrait de l'icône tourné vers le mur.

— Tu vas me saloper la moquette !

Crystal regardait la pièce juste éclairée par une mandarine fatiguée. À l'évidence Rose et Snif avaient choisi le fauteuil tulipe. Toujours la complication. Après, elle se plaindrait de son dos. Les frusques de Snif étaient en boule dans un coin, et le voile de tergal était resté coincé dans la baie vitrée coulissante. Snif devait être au frigo sur le balcon. Par ce temps, le moyen mnémotechnique : « stalactite, ça tombe et stalacmite, ça monte », devenait superflu. Ça cassait ! En effet, un promeneur tardif sur le quai aurait pu apercevoir en levant le nez vers le 4ème étage : deux bouses de vache fumées verdâtres suspendues en l'air. Il aurait pu les confondre avec les fesses d'un pauvre hère nu et transi, le derrière plaqué contre la paroi de verre teinté du balcon. Mais personne ne passait au bord du canal. Snif gelait solitaire. Au moins, de là, il pouvait surveiller sa pétrolette rouge garée sur le quai.

— Je croyais que vous aviez une réunion avec l'équipe, cette nuit ?

— On a.

Crystal se demanda si elle oserait lui proposer. Elle osa.

— Et si tu te réchauffais un peu avant d'y aller. Un petit grog maison ?

Rose égrenait les ingrédients maison, en ouvrant les pans de son peignoir comme les porte d'une armoire à liqueurs. Elle chaloupait dans la soie qui commençait à la peindre généreusement. Travail sur la matière. Crystal dédaigna l'ouvrage. Il se servit une tasse de café épais. Rose laissait toujours la cafetière branchée comme une lampe d'ambiance.

Son côté ch'ti. Enfant, quand elle se réveillait en sursaut, elle était rassurée par le rougeoiement de la cuisinière en fonte dans l'obscurité. Aujourd'hui encore.

— Qu'est-ce que c'est que cette pouffiasse ?

Rose avait retourné le panneau le visage chiffonné de rage. Les traits de l'icône veinaient le bois d'un ambre léger. Rose tira la manche de son peignoir et voulut effacer le portrait. Crystal n'eut pas à bondir, ni à lui saisit le poignet, ni à la regarder. Elle comprit et sourit soudain étrangement apaisée. C'était la première fois qu'elle sentait que Crystal avait quelque chose à perdre. Quelqu'un. Rose sentit qu'elle tenait le bout de cette pelote soyeuse qu'on appelle la vengeance.

Crystal alla jusqu'à la baie vitrée et regarda au-delà du canal gelé, l'église Saint Jacques-Saint Christophe et la caserne de pompiers mêlées dans la lueur des réverbères. Les arbres autour du kiosque à musique étaient couverts d'une neige onctueuse. Il essaya d'imaginer les paulownias en fleurs au mois de mai. Ces quelques jours précieux pendant lesquels les fleurs mauves disent si bien à chacun ce qui va mourir.

— Rose, tu devrais faire couler un bain chaud à Snif. Tu peux encore avoir besoin de lui.

7

Crystal sortit de chez Rose. Il était en retard. La nuit l'attendait sur le quai. Il tira sur sa foulée jusqu'à l'usine thermique. Une espèce de gros cuirassé déglingué échoué là. Crystal abandonna le canal et remonta la rue de la Marne. L'énorme citerne donnait toujours l'impression d'être sur le point d'exploser. Il se pressa dans la rue de l'Ourcq pour s'arrêter devant un pan de mur. Une inscription à la peinture. De la blanche. *Helno future 21 janvier 93*. Un soir ils s'étaient croisés au bord du canal sur un banc… *Y a pas de raison d'aller plus loin qu'ici…* une bière, un clin d'œil et Crystal était reparti. À côté, une tribu de gosses de la cité Thionville, même pas en pyjama, bombardait un gros Mickey en neige sale planté en face du *Cholon Saïgon Service Alimentation générale…* Mi-key ! Mi-key-quette !… Mi-key ! Mi-key-quette !… Ça scandait comme à une manif à Eurodisney.

Les enfants aiment la neige, la nuit.

Crystal bifurqua par l'avenue Jean-Jaurès complètement déserte. Du silence à quatre voies. Au loin, vers la porte de Pantin, les gyrophares oranges du convoi de sablage laissaient croire à l'atterrissage d'une soucoupe volante. Crystal repiqua dans la rue du Hainaut. Un amoncellement calciné barrait le trottoir : un matelas, des vêtements, des papiers, et un petit chat gris qui tétait de la neige fondue. Une grosse langue noire avait bouffé la cage d'escalier et remontait sur la façade. On rénovait à la Néron. *Des Maliens qui voulaient pas partir*. C'était l'explication de Mongo qui venait de lui ouvrir la porte

L'entraînement était terminé. Les gars de l'équipe l'attendaient. Quand il les voyait comme ça, assis en cercle au centre du terrain, Crystal prenait conscience de l'aberration statistique qu'ils représentaient. Dix-sept specimens. Une collection unique de monstres que le doigt du hasard avait concentrée là, dans cette gamelle en fer blanc du 19ème arrondissement de Paris. Une aberration statistique pas moins improbable que le spermatozoïde élu. Ici, on courait plus vite, on plaquait plus fort que n'importe où ailleurs. D'ailleurs il n'y avait pas d'ailleurs. Le monde était un champ borné par le périphérique, la rue de Belleville et le boulevard de la Villette. Au-delà paissaient les troupeaux de barbares.

Quatre braseros de chantier laissaient aller un peu de chaleur parmi les hommes. De la charpente un énorme treuil rouillé descendait d'une poutrelle d'acier. Il tombait juste à l'aplomb du centre. Un totem sans socle. Crystal entra dans le cercle. Il allait parler quand on frappa à la porte métallique. Le code ! Mongo ouvrit et annonça comme un aboyeur grand siècle

— Sœur Gling-Gling !

Le cercle d'hommes fut parcouru d'une véritable convulsion. Chacun se mit à fouiller frénétiquement dans ses poches. Gling-Gling la polyquémandeuse était la plus redoutable presseuse d'oursins du quartier. Elle portait l'œil farouche et un pagne en wax à motif Mandela. Autour de la taille son éternelle « cartouchière à mémoire » comme elle disait. Une ceinture de troncs en fer blanc. Sur chacun, le nom d'une cause à défendre. « Gorée », « JP Adams », « La banane antillaise», «27 avril 1848»... Elle fondait sur sa proie, l'œil jaune injecté de sang et le doigt accusateur... Dans le coma depuis onze ans, à cause d'une erreur d'anesthésie: Tu t'en fiches?... Gling-Gling!... L'abolition de l'esclavage: Tu t'en fiches?... Gling-Gling!... Ça se terminait toujours par le même bruit dans la boîte.

— J'ai ce que tu m'as demandé, Crystal.

Gling-Gling avait glissé la phrase en douce derrière sa main.

— Retournez vos poches vous autres, pendant que je parle à Crystal!

Personne ne s'avisait de répliquer, sinon la sœur avait tôt fait de jeter un sort au récalcitrant. Et de nos jours, on ne savait jamais avec le ciel.

— Ça se confirme, Crystal, les deux judas ont bien pris des contacts avec une journaliste. J'ai mis mes caissières de la chorale sur le coup. Ça n'a pas traîné. Au lit, un homme ça ressemble à une serinette: tu tires sur le machin et ça chante. Et le Brinks a chanté. Par contre, rien du côté de Nabur. Les femmes c'est pas son truc. Il préfère les vidéos.

Gling-Gling lui donna quelques détails, ramassa la mitraille et partit en menaçant de revenir. Crystal retourna au centre du cercle. Les visages tournés vers lui attendaient.

— Gling-Gling vient de m'apprendre des choses qui modifient un peu nos plans pour ce soir.

— Le match tombe à l'eau?

— Je ne crois pas, Musha.

— Tu ne crois pas, ou tu es sûr?

— Je peux simplement dire qu'il faut aller vite.

— Tu nous caches quelque chose, Crystal. L'équipe a le droit de savoir!

— Je vous en dirai plus après la récupération des équipements. À quatre avec le Fiat, ça ira. Pendant ce temps Andy expliquera de nouveaux schémas tactiques.

— À quoi ça sert, sans match ?

— Ce match, on le veut tous, Musha !

Le cercle gronda. Pas question d'essayer de lui arracher cet os de la gueule.

— Où est Andy ?

— Je suis là Crystal ! Me v'là.

La voix forte de Andy venait des tribunes. Et le zonzon du moteur électrique de son fauteuil roulant l'annonçait. Un fauteuil ! Plutôt une véritable casbah ambulante. Le concours Lépine dans l'encombrement d'une cabine téléphonique. Ça brinqueballait façon colporteur à l'ancienne.

— Ils ont tous bien travaillé, Crystal. Sauf que ce soir, c'était le monde à l'envers, c'est Ruedo qu'a aligné Garchou d'un joli swing du droit.

— Du gauche ! Il m'avait traité de pédé black. Ça a beau être vrai, c'est pas une raison pour indiquer la couleur.

— Surtout que tu n'es pas très coloré.

— C'est pas toi qui decides que t'es noir. Ce sont les quatre type qui descendent de voiture avec des manches de pioche. Bref ! Des semaines que je n'avais pas été coupé. Ça me manquait. Et en plus il assure l'après-vente.

Garchou montrait son pansement sur l'arcade.

— Je crois que je vais le prendre comme cutman dans mon coin, la prochaine fois que je tire.

— Tu verras, je sais en faire des choses avec la vaseline !

Ruedo et Garchou étaient côte à côte et partageaient l'éponge d'après combat. Ça rapproche, les gnons. Andy continua son compte rendu.

— Au trophée du tir-au-cul, c'est encore Zobi qui s'est retrouvé au falot. Je me demande si notre ami ne prend pas goût à la Mona.

Le cercle riait en regardant Zobi, somnolant les yeux à moitié ouverts, affalé sur lui-même. Une poupée de son qui ronflait en grasseillant les nasales.

— Laissez-le dormir, j'ai besoin de lui tout à l'heure pour conduire la camionnette. Des choses à ajouter ?

— Oui, moi ! C'est pas vrai, Crystal, qu'on a tous bien travaillé !... Moi, j'ai encore loupé des coups de pied que Dempsey ne manquait pas il y a mille ans.

— N'exagère pas Nikel ! Avec ton score tu serais parmi les premiers pros. Même aux États-Unis. Dempsey c'était Dempsey...

Tom Dempsey le botteur mythique ! Un modèle pour Nikel. Son obsession. Il avait un pied-bot et jouait avec une chaussure spéciale.

— Il s'allonge de minute en minute. Comment veux-tu que je botte 63 yards avec un truc pareil ?

Nikel avait bandé son pied droit comme celui d'une petite fille chinoise.

— Mais ne vous faites pas de bile, j'ai trouvé la solution... *Et scratch dans le vil Je fonce dans le soulier Et je ressors par les trous de pieds.*

Nikel chantonnait en regardant la masse du treuil suspendu au-dessus des têtes. Crystal reconnut ce sourire qui l'avait tant inquiété le soir du Superbowl.

— D'accord Nikel, mais il y a urgence. On doit régler des trucs sérieux...

— Mais c'est sérieux Crystal ! J'ai le pied qui pousse, merde !

— Écoute Nikel. J'ai tué un homme ce soir, pour avoir ça !

Il montrait le listing roulé en cierge.

— Je ne voulais pas vous en parler, parce que ça ne change rien à ce qu'on a prévu. Je pars avec Mongo, Phan et Zobi. Nous serons de retour dans une heure.

— Excuse-moi Crystal. Je ne savais pas. Je vais me débrouiller tout seul, pour ce foutu pied.

Crystal demandait une heure à Nikel mais il sentait que c'était déjà trop. Il rejoignit la camionnette. Elle était garée au fond du dépôt de bus. Du flambant rouge, directement prélevé par Doigts-de-fée dans une concession de Vincennes. Précieuse cette fille. Mieux que Hertz. On demandait, elle livrait. Crystal vérifia la jauge à essence. Mongo lui montra les armes dans la boîte à gants.

— On ne sait jamais.

Crystal n'aimait pas. Mais il n'aurait pas toujours quelque chose à lancer. Il avait réussi à oublier l'icône jusque-là. Mais elle revenait dans l'habitacle avec cette odeur de neuf, le plastique des housses, et les inscriptions cyrilliques sur le pare-brise.

— T'aurais pû ôter le prix, Mongo ! C'est pas pour offrir, mais quand même !

Mongo s'activa comme un petit laveur au feu rouge. Les paluches en peau de chamois. Un geste un peu large et il arracha un essuie-glace. Penaud, il montra qu'il en restait un.

— Faut réveiller notre chauffeur. On y va.

Phan saisit Zobi sous les bras, l'assit d'un bloc derrière le volant et lui sussura à l'oreille.

— Zobi… c'est Mona… ta petite polenta.

Une décharge électrique. Rio sursauta en poussant un cri, se cogna au plafond, écrasa le klaxon et se jeta par la portière pour descendre en marche. Mais ça ne marchait pas. Phan le récupéra et le maintint en place. Zobi sortit de son cauchemar. Il reconnut Phan et l'embrassa sur la bouche comme un libérateur.

— Fini de rigoler les gars, il faut y aller.

Mongo et Phan firent glisser les deux grandes portes métalliques du dépôt. Zobi sortit la camionnette dans la rue du Hainaut. Crystal parla.

— Les gars. Nabur et Brinks ont causé.

Il n'y avait rien d'autre à ajouter.

8

Par l'œil-de-bœuf du couloir, Martial suivait Crystal qui s'éloignait dans la rue de Crimée, la porte de sa penderie sous le bras. Comment Crystal et Illema avaient-ils pu se rencontrer? Lui, la terre battue et elle, l'encens de Chabwa. Devant le pont levant, Crystal prit le quai par la droite et disparut. Il allait sûrement chez Rose. Martial sauta dans son pantalon façon alerte au feu. Il fallait prévenir Illema. Le regard de Crystal lui avait fait peur. Martial enfila au hasard une série de chaussettes et de pulls, s'emmitoufla et s'enrubanna avec une écharpe verte longue comme une bande molletière. Sa peau de chèvre là-dessus, il prit au hasard une des toiles déjà emballées et descendit dans la cour par l'échelle. Le plus difficile serait de ne pas réveiller Zaza.

— Ho, mon fils, ma merveille!...

Le bar était dans l'obscurité. Zaza devait être quelque part derrière sa caisse sur un tabouret à se vernir les ongles de pieds. C'était sa camomille, le seul moyen qu'elle avait trouvé pour s'endormir.

— Tu viens jouer avec ta mère?

Zaza avait étalé sur le comptoir le plateau des Piliers et tenait un paquet de cartes à la main. Elle s'était complètement toquée de ce jeu sur l'Islam. Ça agaçait Martial.

— Je n'ai pas le temps.

— Tu es bien pressé mon fils, ma merveille. Une petite question : Quelle est la première chose que Dieu créa ?

— Le calme.

— Bien. Une dernière.

Zaza tira une carte.

— Orange ! Coran : À quelle condition l'Islam a-t-il toléré la polygamie ?

— La justice pour les différentes épouses…

— Bravo ! Dommage que ton digne père n'ait pas connu ce jeu. Alors, mon fils, ma merveille : Où vas-tu ?

— Je sors.

— L'évidence est la boussole du pélerin, comme aurait dit ton digne père. Que la belote ait son âme !… Tu sors… Mais encore ?

— Je vais livrer un travail.

Il montrait la toile dans le papier journal.

— À cette heure ! Avoue, apprenti polygame, que tu vas aux champs, labourer la jolie douchka !

— Maman ! comment tu parles ?

— Comme le Coran… Qu'est-ce qu'il dit, déjà ? Je ne retrouve pas la carte.

— « Les femmes sont votre champ. Cultivez-le de la manière que vous l'entendrez. » Sourate 2 Verset 223.

— C'est ça ! Comme il est savant, mon fils, ma merveille ! Ton digne père, qui mettait sa charrue avant les bœufs…

— Pardon ?

— Je veux dire qu'il baissait son pantalon avant de retrousser ses manches.

— Maman ! Comment parles-tu de lui ! Il est sur le chemin du pélerin vers La Mecque. C'est un homme pieux.

— C'est bien ce que je dis : un homme-pieu !

— Continue.

— Donc, ton digne père me la récitait, cette sourate. Surtout quand je peinais à m'atteler à la chose. Attention !

J'ai jamais eu à me plaindre. C'était un sacré laboureur, ton digne père ! J'espère que tu as pris ça de lui ?

— Maman !

— Quoi, la femme a besoin de douceur et de...

Zaza fit un geste bien salé.

— Du sucre et du soc ! C'est ça un homme !

— Mais maman, puisque je te dis...

— Tu es pudique, mon fils, ma merveille. C'est bien. La femme n'aime pas que le coq chante trop haut...

— Maman, je monte à Saint-Serge, pour livrer un travail urgent, c'est tout.

— Et ton cœur ne bat pas comme une darbouka quand tu vois la petite doutcka ?

— Non... C'est seulement une amie.

— C'est comme ça qu'on peint ses amies !

— Tu as fouillé dans ma chambre ?

— J'ai seulement aéré.

Martial installerait un verrou dès demain.

— Maman, je te le répète : Je soigne les gens de Saint-Serge, parce qu'ils sont contents et qu'ils payent bien. Que demander de plus à son âne ?

— Tu as raison, mon fils, ma merveille. C'est celui qui tient la bourse qui a raison.

— C'est juste.

— Alors, si je te payais tu pourrais me peindre, moi aussi.

— Toi ?

— Tu me peindrais comme eux : en doré !

— Mais tu n'es pas orthodoxe !

— Et alors ? Des catholiques en doré, il y en a !

— Mais tu n'es pas catholique, non plus !

— Tu vois, ça n'a pas d'importance. Toi tu es bien musulman et tu peins en doré pour eux !

— Je te l'ai déjà dit, les premiers peintres d'icônes, non

plus, n'étaient pas orthodoxes. C'est seulement une question d'art.

— Ta mère aussi c'est une question d'art !

Martial renonça. Il fallait qu'il retrouve Illema rapidement. Alors il promit… Oui, il peindrait un tableau. Un qu'on pourrait mettre au-dessus du comptoir… Vers les bouteilles d'apéritif. D'accord !… Et même une enseigne. « Chez Zaza » en lettre un peu tordues… Il voyait très bien…

— T'es un bon fils. C'est important dans le commerce.

Zaza baisa Martial au front et lui fourra une poignée de billets froissés dans la poche de sa peau de chèvre.

— Il faudra que je te tricote un passe-montagne vert. C'est quand même plus pratique quand il fait froid.

Martial était déjà près du jukebox.

— Attends, avant de partir. Une question pour la route : Où se trouve le paradis ?

— Sous les pas de la mère !

— C'est bien, mon fils, ma merveille ! Je t'attendrai.

Martial sortit par la porte des clients tardifs. La rue de Crimée. À croire qu'il faisait toujours nuit dans cette rue. Il n'y avait qu'à la remonter en direction des Buttes-Chaumont. Il reprit son chameau qu'il avait attaché devant la laverie *Bernolyne*. Depuis qu'il était gosse, Martial se promenait dans la tête avec un chameau imaginaire au nom d'oasis. À son âge, c'était devenu encombrant, mais il ne pouvait tout de même pas abandonner un chameau en plein 19ème arrondissement ! Ça lui manquerait de ne plus voir les choses perché de là-haut.

— Allez, viens Chibam !

La rue de Crimée s'égrena… *Germaine Bimbeloterie africaine*… Elle avait vite fermé boutique. Dommage. Elle le faisait travailler. Maintenant, il lui restait sur les bras une déesse de la fertilité, et un roi Zoulou en virilité, qu'elle lui avait commandés. Pas faciles à caser. La rue n'avait pas l'air très en forme, ce soir… Et si Illema avait rencontré Crystal…

Il devait y avoir au moins une sourate sur la jalousie. Martial ne se souvenait plus.

N°93. *Centre de théologie orthodoxe et Église Saint-Serge*. La grille fermée, la rue déserte. Martial attache Chibam à un poteau.

— Je reviens.

Il escalade sans grande souplesse, et laisse un bout de peau de chèvre sur la croix, en haut du portail. Réception en douceur. De l'autre côté, le silence n'a pas le même grain. L'ombre de l'église rôde déjà. Pourtant on ne peut la voir d'ici. Martial avance jusqu'au chemin qui monte vers le parvis. Sur le mur de la maisonnette, il distingue à peine la mosaïque d'or de Saint-Serge. Un beau travail. Zaza aimerait. À main gauche, un peu plus loin, de la lumière orangée, derrière une fenêtre. Au premier étage. L'autre petit bâtiment en contrebas reste dans l'obscurité. Martial grimpe dans le chemin. Des ombres enveloppantes. La lueur vient de chez le père. Une rangée de bougies fines. Une odeur de mandarine dans la nuit. On pourrait y abandonner un enfant. La chambre d'Illema donne sur le pignon. Martial avance. Se fait léger. Une neige propre, pour des bottes bien cirées. Et soudain au-dessus de lui, le clocher en élévation sur le ciel. Une encre de Chine. À chaque fois qu'il venait à Saint-Serge, Martial ressentait la même envie. Savoir chanter. Une voix de basse. Mais ce soir, le choc était différent. Plus violent. Martial en avait le souffle coupé. C'était donc ça l'extase !

Pas vraiment. On venait de le saisir à bras-le-corps par-derrière. Une sorte de mâchoire qui lui rentrait les os à l'intérieur. Vive les tissus conjonctifs ! Il est décollé de terre. L'air se raréfie. Les grands sommets à cinquante centimètres du sol. Le sherpa le transbahute comme un sac de piquets de tente et le balance dans la neige, histoire d'établir le camp de base. La toile emballée dans le papier journal avait dû voler quelque part. Martial se dépêtre de son écharpe et regarde au-dessus de lui, la masse sombre qui s'est substituée au clocher. Le sommet a le dôme rasé. Déjà plus byzantin comme style.

— Tardz ! C'est Martial !

La masse au dôme rasé s'immobilise. Hésite, et doit certainement reconnaître quelque chose.

— Martial ! petit frère. Qu'est-ce que tu faire dans la nuit, ici ?

— Je t'expliquerai. Mais il faut absolument que je voie Illema tout de suite.

— Pour coquineries ?

— Mais non.

Tardz était le factotum de l'église. Une allure de lutteur. Une caricature. Il veillait à tout et gardait Illema comme les joyaux de Tilmits. Martial n'avait jamais très bien compris ce qu'Illema faisait ici. Elle s'occupait de la bibliothèque du Centre. Ce qu'on disait.

— T'aurais pu me tuer tout à l'heure.

— Pas mes lunettes…

— On me voit quand même !

— Ho, toi pas très fort pour garçon. Illema te battre. Je, apprendre lutte, à elle.

Tardz devait être un bon professeur. Martial était d'accord pour tester les qualités de son élève. Ils allèrent jusqu'à la porte de chez Illema.

— Sûr, pas coquineries ?

Martial pensa à quelques prises de lutte libre.

— Tu m'a regardé Tardz ?

— Sûr, pas très comestible, toi.

On pouvait le dire autrement. Tardz frappa doucement à la porte

— Illema pas là.

— Comment tu le sais ?

— Elle, sommeil comme un cil.

— Essaye encore.

Tardz frappa de nouveau, l'oreille contre la porte, les doigts presque délicats. Et le silence de l'autre côté.

— Pas normal. Toi rester. Je, monte.

Il ouvrit avec une clef à lui et disparut. Martial n'était pas rassuré. Il ne manquait plus que le père rapplique. Il avait l'air malin avec son tableau sous le bras. Surtout qu'il se montait peut-être le bourricot avec Crystal. C'était peut-être lui, qui ne pouvait dessiner que le visage d'Illema quand on lui décrivait celui d'une femme. Peut-être. Mais le regard de Crystal ! Le gris de la cendre. Il avait l'habitude d'en peindre des regards. Celui-là voulait prendre. Prendre quelqu'un pour le brûler. Le consumer. Le tuer ou l'aimer. Ça revenait au même. Lui, ne savait pas faire la différence avec un pinceau. Ça lui faisait peindre des Vierges aux regards infanticides et des enfants Jésus avec des flammes amoureuses aux bords des yeux. Personne ne s'en apercevait.

— Je, trouver un mot d'Illema. Pas là. Chez amie, pour travail. Moi te marquer.

Tardz lui tendait un morceau de papier. Il avait l'air contrarié.

— Ne t'inquiète pas. Je lui dis de t'appeler dès que je l'ai retrouvée.

— Si toi, besoin de moi. Je, venir.

— Non ! Garde l'église, Tardz. C'est mieux. Inch Allah !

— Dorvboï !... Hé ! Toi oublier icône.

Tardz lui avait déjà arraché la toile emballée. Inutile d'essayer de lui expliquer que ce n'était qu'un prétexte pour mère soupçonneuse.

— Moi, l'accrocher dans église.

Martial se demandait ce qu'il y avait sur ce tableau. Le saint homme aurait peut-être une surprise. Martial regarda le morceau de papier... 50 rue de Thionville... Qu'est-ce qu'Illema faisait là ? Il détacha son chameau et partit.

9

Emsalem Villette. Le roi de la viande avait l'enseigne triomphante. Zobi arrêta la camionnette et manœuvra en marche arrière, pour aller se coller à cul contre un grand portail en fer. Ce serait plus facile pour repartir. Il coupa les phares. L'odeur de viande tomba soudain, comme la neige glisse d'un toit. Crystal descendit et ouvrit la grille avec une énorme clef genre bourgeois de Calais. Zobi recula dans la cour. Du velours, on avait sablé fin comme à la chapelure. Crystal referma. On était dans un espace obscur mis au carré par trois petits bâtiments bas et raides qui faisaient vaguement penser à une hacienda…

— Tu te rappelles Phan, tout gosse, quand on jouait dans le quartier on disait que c'était *La maison de Zorro* !…

— C'est par là !

Crystal indiquait un rideau métallique tiré. Dans l'obscurité, on distinguait des tomberaux en zinc remisés sous un auvent. Dans la journée, ça devait dégorger de déchets chlorotiques qui deviendraient des délices à chiens-chiens.

— Zobi tu restes au volant. Trois coups de klaxon au cas où.

— Pourquoi pas la sirène et le warning pendant qu'on y est, Phan.

— Puisque tu veux faire dans le discret, coupe le moteur. On peut repérer la fumée.

— Et le chauffage ? je vais mourir de froid !

— T'as une vie intérieure, non ?...

Crystal rameuta Mongo et Phan qui s'étaient égaillés dans la cour. Ils s'allumaient comme des sapins, avec des boules de neige grosses comme des pastèques. Crystal les entraîna vers le quai de chargement. Zobi s'emmitoufla, se renversa sur la banquette, chaussa son walkman et envoya la sauce. Des traînées de goualante larges comme des rouflaquettes. Il ferma les yeux. Vie intérieure ! Ça fleurait l'absinthe, le marlou et le pince-fesses de la rue de Lappe. Il étira ses jambes. C'était plein de fils douloureux dans les adducteurs. Il n'avait rien du mange-tout ce soir, pourtant Mona avait pris du rab. Au dessert, elle lui avait encore proposé de rester avec elle. C'était de plus en plus fréquent. Mais elle le rassurait aussitôt. Du mariage dans le 13ème. Rien de contraignant. Gâterie à volonté. De l'aisance. Elle avait du bien à l'ombre, la Mona. Mais la nature lui avait fait trop de tort, et Zobi était un esthète. Il préférait continuer à faire l'arpette au faubourg et lustrer des meubles. Le palissandre ! Y avait pas une peau de femme qui pouvait prétendre être si douce. Si un jour il rencontrait une gerse veinée tropicale. C'était l'anneau de rideau, le maire. Et pas du mariage dans le 13ème ! Un vrai, avec les dragées et un tour en canot sur la Marne. Valait mieux pas y songer. Il poussa un peu plus la goualante... *Je suis le raccommodeur de faïence et de porcelaine*... Lui aussi, gosse, il avait voulu raccommoder ses parents. Mais en ce temps-là, les ménages c'était du Pyrex. Ça se brisait, et des années après, t'en retrouvais encore des petits bouts, dans toute la maison. Maintenant c'est plus simple, on mange dans des assiettes en carton. Alors on jette.

Crystal Phan et Mongo progressaient à la torche dans d'étroits couloirs coupés de portes molles en plastique. Ça faisait méduse dans les cheveux. À l'ordinaire, on devait rouler là des chariots chargés de barbaque, le borgereau torché de sang. Ils traversèrent une longue pièce carrelée. Le faisceau de la torche surprenait au passage des paillasses ébréchées et des crocs suspendus.

— Ça me rappelle les cours de sciences nat' au collège : la dissection de l'œil de bœuf. Ça giclait de partout. Bagarre générale. Cristallisoir, scalpel, bidoche. Et le prof'qui braillait : La cornée, messieurs ! la cornée ! Je veux voir la cornée au bout de votre index. Il était dingue ce type. Un jour avec le bec Bunsen...

— Mongo si tu commences avec tes histoires d'école...

— C'est toujours comme ça quand on y est pas allé longtemps.

— Je croyais que tu avais un doctorat de biologie.

— C'est bien ce que je dis, Phan.

Ils étaient arrivés devant l'énorme porte d'une chambre froide fermée par un volant comme un sas de sous-marin. Crystal coupa la torche. Ils se turent. Une odeur fragile et chaude dans leur dos.

— Brinks est là ! Il faisait un petit somme en vous attendant. Le sommeil ! Le secret des grands hommes !

La voix rougeoyait un peu en retrait dans l'obscurité derrière une cigarette. Un tabac blond. Crystal balança un coup de torche sur Brinks, sa bouille de fouine, ses petites lunettes à la Trotski et sa paire de jumelles de marine autour du cou.

— Qu'est-ce que tu bricoles avec ça, maintenant ?

Brinks s'était crevé les yeux pendant des années, à surveiller le dépôt de la Brink's France du 64 de la rue Petit. Il préparait le casse du siècle. Tout le quartier le savait, même les flics du commissariat du 19 ème venaient lui demander des nouvelles de ses préparatifs. Un matin dans ses jumelles : Plus rien. Des décombres et une pelleteuse à chenilles perchée dessus. On avait rasé le dépôt et planté un panneau.

Permis de construire. Immeuble 7 niveaux Entresols + 2 niveaux de sous-sols. Bénéficiaire: Association Valentin Haüy pour le bien des aveugles. Le bien des aveugles!

— Enquêtes, filatures, maintenant Brinks fait dans le cocu. Gisement inépuisable!

— Tu as notre marchandise?

— Brinks a tout, et du meilleur, Crystal. Mieux que chez Kick-off! Épaulières, grilles, protections hanches et coccyx, cuisses et genoux, gaines... Rien que de l'extra. Du Markwort, du Schutt, du Bike, de l'Adams et bien sûr du Reddell: La marque des grands! Et tout est aux couleurs des Cow-boys de Dallas. Mais Brinks est précis. Tout est inscrit là.

Crystal fourra la feuille de papier dans sa poche de blouson sans la regarder.

— Tu ne vérifies pas. Ta confiance honore Brinks.

— Tu as rangé ça où?

— Comme d'habitude, au frigo. Des cartons marqués «Pêches au sirop». Il y en a dix. Déjà Phan déverrouillait le volant de la porte de la chambre froide. On s'attendait à voir jaillir une énorme masse d'eau. La sirène aurait retenti... Tout l'équipage au poste d'abandon!... Mongo était allé récupérer un chariot plat qui couinait comme un porcelet échaudé. Tout ça à la lueur de petites lampes électriques qui s'ébattaient et se multipliaient dans le reflet des parois d'aluminium. Déjà les deux se passaient des cartons format armoire normande comme des medecine-balls à l'entraînement.

— Eh bien, s'ils manient comme ça les types sur le terrain!

— Sont moins tendres avec l'humain.

À ce moment les deux échappèrent un carton qui s'éventra contre le mur. Des casques allèrent rouler.

— Brinks voit ce que ça peut donner. Brinks voudrait te parler, Crystal.

— J'ai à aider.

— Tu vas les vexer.

Crystal rejoignit le bout de cigarette qui n'en finissait pas de gagner vers le visage de Brinks. Il avait un regard de loutre à force de se coller derrière ses jumelles.

— Je t'écoute. Mais me parle pas de rallonge. Ça rendrait nerveux…

— Ce qui est convenu par Brinks est convenu. Quoique…

— Inutile !

— Reste Crystal ! Ce n'est pas ça dont Brinks veut te parler.

Brinks avait une façon de parler de lui à la troisième personne qui donnait l'impresion qu'il était deux. C'était au moins un de trop.

— Brinks te passe les détails, mais avec mes jumelles à cocus, j'ai rencontré une journaliste. Je peux te dire que ce jour-là, elle s'activait drôlement dans l'oculaire avec un type. J'arrivais pas à tout cadrer. Enfin bref, ça nous a rapprochés… Une brune à peau de rousse !… Attention, pas de méprise ! Brinks ne mélange pas le sexe et le sexe…

Crystal l'écoutait à peine. Il trouvait qu'on restait un peu trop longtemps ici. La camionnette dans la cour était facilement repérable par une ronde.

— Donc Brinks et elle en sont arrivés à causer de vous.

— Qui ça, « vous » ?

— Bah, l'équipe !… les Chief Tears !

— Et alors ?

— T'aurais entendu Brinks vanter le produit… Un véritable attaché de presse… D'ailleurs si un jour… Bref elle était drôlement intéressée.

— C'était quoi son journal ?

— Un canard masculin. Elle aurait fait un papier qui flashe, genre : sport branché, viril, beaux mecs. Le folklore, quoi !

— Et en dessous, la liste des boutiques où on peut acheter les équipements.

— Ben… pourquoi pas ?

— Avec les bonnes adresses du gentil Brinks.

— Comme tout le monde, Brinks doit manger. Surtout qu'avec vous, après chaque affaire, il reste plus bézef. Mais c'est mon côté mécène.

— Dès que j'ai le temps, je pleure.

— D'accord, d'accord, Brinks se rattrape ailleurs. Mais pour la journaliste…

— N'insiste pas. Pour ce genre d'article, c'est non !

— Brinks comprend. Justement ça tombe bien. Elle n'était pas chaude non plus Elle chipotait. Madame voulait plus d'originalité, plus de ceci, plus de cela. Alors justement, avec votre coup…

— Quel coup ?

Brinks sentit que ça glissait. Il avait poussé le bout de son chausson un rien trop loin. C'était un peu comme rentrer tard et faire craquer la seule lame de parquet sur laquelle il ne faut pas marcher. On le sait et ça vient quand même de craquer. Le bruit avait figé Phan et Mongo en plein chargement. Soudain leurs deux loupiottes braquaient Brinks. Le regard de Crystal aurait suffi à le planter contre le mur.

— Comment ça, quel coup ?… L'équipe américaine… le match avec Dallas !

— Tu lui en as parlé ?

— Non… Bien sûr que non !

— C'est qui cette fille ? Elle travaille où ?

— La journaliste ? Brinks ne sait pas. C'est Nabur qui lui a parlé.

Brinks sentit. Il avait encore posé le chausson hors des clous.

— Qu'est-ce que ton frère lui a dit à cette journaliste ?

— Brinks ne sait pas. C'est à lui qu'il faut le demander.

— C'est ce qu'on va faire.

« On » venait de l'encadrer. Brinks sentit, dans l'obscurité, la masse de Phan et Mongo de part et d'autre. L'espace se solidifiait autour de lui. Il se mit à trembler. Sa cigarette allumée était tombée de ses lèvres et devait brûler son manteau quelque part. Merde, du cuir pleine fleur.

— Tu ne te souviens de rien à propos de cette journaliste ?

Brinks revit le corps de la fille s'agiter vaguement dans ses jumelles. Mais l'image était floue. Phan ou Mongo venait de lui retirer ses lunettes.

— Non, Brinks ne sait rien… Pourquoi vous m'avez pris mes lunettes…

— Vous avez contacté quelqu'un d'autre, Nabur et toi ?

— Je vous jure que non… Dis-leur Crystal de me les rendre, mes lunettes…

Crystal n'eut même pas à faire un signe. Mongo saisit Brinks à la gorge, le décolla du sol et le plaqua contre le mur. Brinks agita les pattes comme un petit oiseau mécanique. Le ressort se débanda vite. Il fallait qu'il garde un peu d'énergie pour réfléchir… Qu'est-ce qu'ils vont faire de mes lunettes ?

— Par ici.

Les doigts de Mongo enfoncés sous les maxilaires empêchèrent Brinks de hurler. Par ici, c'était dehors. Il connaissait bien l'endroit. Gosse, il en avait poussé des tombereaux de saloperie avec eux… Au moins de ça, ils pourraient s'en souvenir !… Déjà à l'époque, ils lui piquaient ses lunettes, ces salauds… Mais par là, au bout du couloir, derrière la porte grillagée il y avait le local. Non, pas par là ! Pas ça ! Ils continueraient sûrement vers le canal. Ils le balanceraient à hauteur de l'écluse. Bah ! Brinks s'en tirerait avec une pneumonie. Brinks serait le chouchou des infirmières. Ça devait être lourd, le cachemire mouillé.

Ils venaient de s'arrêter devant le local. Brinks aurait voulu pisser sur lui comme un petit vieux. Qu'il fasse chaud le long de ses cuisses. Qu'on s'occupe de lui, qu'on le change. Mais

Mongo le tenait suspendu en l'air comme pour le faire égoutter. Brinks voulut se répandre, se vider. Devenir insignifiant et qu'ils le laissent. L'abandonnent comme un viscère de poulet.

— Déshabillez-le !

Phan le dépluma comme un toupet de ronces. Mongo lui maintenait le croc dans la gorge. Il grelottait mais n'avait pas froid. Mongo le tira dans le local. Ils allumèrent leurs lampes. Il était nu. Il devait avoir des petites fesses maigres et ridicules. Il avait toujours eu des petites fesses maigres et ridicules. Les filles le lui disaient. Le sol était gluant. Quelqu'un avait appuyé sur le gros bouton rouge. Il le connaissait. Et le compacteur s'était mis en marche. Presque pas de bruit. Le va-et-vient de l'embiellage. Un souffle. C'était comme écouter derrière la porte. Mongo desserra. Phan lui enfila ses lunettes. Brinks les rajusta sur son nez.

— Mes jumelles !

Il sentit la lanière glisser sur son cou. Le poids le rassura. Des Jason. Les meilleures. Puis il fut saisi, soulevé à l'horizontale. On éclaira la presse. Les piles de la torche devaient faiblir, Brinks eut à peine le temps d'entrevoir les deux mâchoires. Les grosses canelures de l'acier. Il tomba à plat ventre. Le métal des jumelles lui enfonça le sternum. Brinks essaya de s'assommer pour ne pas savoir. Mais il avait toujours eu la tête dure. Alors, il s'endormit… *C'est le secret des grands hommes…* La machine broya un rêve à peine agité.

— *Mes jumelles !…* Quand même, il a eu des couilles.

— Il aurait dû s'en servir pour se taire.

— Comme quoi c'est complexe l'anatomie humaine.

— Hé, les deux philosophes ! On oublie pas les vêtements et on pense à Nabur. Il nous reste une visite à faire pour compléter la famille.

10

Rose était allée chercher Snif sur le balcon. La chose était gelée, surgelée même. Du Picard à la pastille-fraîcheur douteuse. Elle l'avait directement plongé dans un bain bouillant aux soucis. Il avait glissé dedans raide comme une barquette de cailles aux raisins. L'immersion avait produit des craquements sinistres. Rose pensa ne rien sauver de cette engeance rabougrie. Alors elle s'activa à deux mains, pour rendre forme humaine à la caille et aux raisins. Ça venait. Mais de son côté, le Snif n'était pas pressé de quitter son emploi de rescapé de la Moldova. Il appréciait ce mode de décongélation manuelle. La thalassa câline et le jacusi coquin. L'eau n'avait jamais été son élément, pourtant il se sentait pousser une nageoire à un endroit qui auraient surpris un aquariophile orthodoxe. Rose avait quelques connaissances en anatomie humaine qui lui permirent de considérer que la chose était retournée à la vie. Elle tira la bonde.

— Allez debout ! Faut passer à table maintenant.

Snif pensa qu'on allait remettre le couvert là où il l'avait laissé à l'arrivée de Crystal. Le regard de Rose le détrompa. Elle lui cloqua un énorme bol de café bouillant dans les mains. Un mélange arabica-T. N. T, une coulée en fusion qui lui désengorgea la canalisation comme du Destop. Il crut un instant que son fondement allait sauter raide comme un bouchon d'asti spumante. Mais les joints tinrent. L'intérieur avait atteint l'état gazeux.

— Tiens, bois ça là-dessus. Café noir et alcool blanc.Ça redonne des couleurs.

Le verre proposé avait des proportions de taverne bavaroise et le contenu le velouté d'une culotte de peau. Snif fit glisser. La glotte se mit à yodler d'office, toute la carcasse de Snif vibra et entra en résonance. Il s'agita comme un danseur tyrolien en se collant sur tout le corps des claques sonores qui le firent ressembler à un baigneur rose d'église baroque autrichienne.

— Radical ! C'est comme ça que ma mère traitait la silicose de mon père. Elle a tiré le vieux jusqu'à la retraite avec ce remède. Pourtant, toi à côté t'es un Tarzan. C'est pour dire : quand le père avait sa lampe-tempête à la main, on savait pas qui des deux était le porte-clés.

C'est vrai que Snif se sentait mieux maintenant. Il était prêt pour une partie de liane à la Tarzoon. Pas Rose.

— Bon, maintenant, il faut que tu me parles de ça !

Elle désignait le portrait de l'icône appuyé contre le mur de l'entrée.

— Quoi, la porte d'armoire ?

— Ne joue pas l'idiot, Snif. Tu sais mon vieux a glissé dans la première semaine de sa retraite. Une histoire de champignons. Avoue que c'est dommage d'empiler les annuités comme des dessous de bière et de calancher à la première amanite en famille.

— C'est pas de chance.

— Surtout que c'est moi qui avais préparé l'omelette.

— Ça a dû te faire un choc.

— Oui, j'ai pu enfin dormir toute nue.

— Je ne comprends pas.

— Normal, t'as pas été une gamine. On s'est pas glissé dans ton lit. On t'a pas appris l'anatomie masculine en te parlant de cèpes et de morilles. Alors forcément ce genre d'éducation, plus tard, ça te donne des envies d'omelettes.

— Et ta mère elle ne disait rien ?

— Elle pouvait dormir, comme ça.

— Et ta sœur ?

— Airwick ! Elle trouvait que c'était à mon tour. Pourtant, elle aurait pu l'empêcher. Il la craignait.

— Elle paraît pas comme ça.

— Faut se méfier des apparences. Est-ce que tu sais que certains champignons comestibles peuvent devenir mortels ? Comme ça, du jour au lendemain. Une mutation génétique qu'ils disent.

— Et alors ?

— En ce moment je me sens champignon. Alors vaut mieux que tu me parles de cette fille.

Rose s'était plantée devant le portrait comme une vesse-de-loup. La soie du peignoir plus sauvage encore.

— Comment veux tu que je sache ? Demande à Crystal.

— Tu étais avec lui ce soir.

— Pourquoi ça aurait un rapport avec ce soir ?

— Intuition… féminine.

Elle ouvrit les voiles de son peignoir pour lui dessiner une intuition. D'un trait, Snif comprit l'orthographe de « calligraphie » et de « callipyge ». On n'illustrait pas assez les grammaires.

— Alors Snif qu'est-ce que tu en penses ?

— L'homme a raison d'abandonner l'intuition aux femmes. Il n'a pas ce qu'il faut.

— Alors, raconte.

Snif essaya de louvoyer. Si Crystal apprenait. Mais Rose se fit douce. Elle l'enquilla tendrement dans le fauteuil tulipe. Le poignet relâché, elle godilla en des contrées qui n'aidèrent pas Snif à maintenir son cap. Il lui raconta tout.

— Des larmes !

— Crystal pleurait ! En la regardant ?
— Oui !
— Mais il pleurait comment ?
— Il pleurait, quoi !
— D'accord. Mais… ça perlait, ça coulait, c'était un torrent, un flot, un déluge ! Il sanglotait. Il faisait du bruit, c'était silencieux…
On aurait dit un flic qui essayait de préciser le signalement d'un suspect. Portrait-robot d'une larme.
— C'est ça ! Il pleurait en silence
— Formidable mon petit Snif ! Formidable !
Rose l'embrassa sur le front. Un baiser appuyé. Il resta éberlué. La joie de Rose paraissait sincère. Encore plus inquiétant.
— Il est pris ! Pour la première fois, Crystal est amoureux. Il tient à quelqu'un. Tu ne te rends pas compte ! Il a pleuré sans bruit. Moi je sais ce que ça veut dire.
Snif ne comprenait pas. Crystal et Rose, ça n'avait jamais vraiment existé. Sauf pour elle. Snif regardait les doigts de Rose trembler sur un verre d'alcool blanc.
— Crystal tient à cette fille, Snif. On va lui prendre !
— Ça veut dire ?
— Retrouve-la d'abord. Après… on verra.
Snif commençait à comprendre, même si le « on verra » n'était pas pour le rassurer.
— Il vaut mieux ne pas tarder ! Crystal va revenir chercher sa planche. Le balcon : une fois ça suffit ! Ce n'est pas bon de recongeler ce qui a été décongelé.
Rose s'était plaquée contre lui et faisait une allusion pressante et localisée.
— Faut jamais briser la chaîne du froid.
À contre-cœur, Snif enfila ses vêtements encore humides les jambes flageolantes sous l'allusion. Il retrouva un peu d'assise en chaussant ses bottes mexicaines. Rose connaissait ses

devoirs d'hôtesse. Dans l'entrée, elle enveloppa Snif contre le placard du compteur électrique. Il y eut du 5, du 10 et du 20 ampères. Et puis tout sauta.

Snif repartit de chez Rose l'esprit au triphasé. Une femme promise, une femme à retrouver, une femme « on verra ». Il fallait se méfier de l'évidence des triptyques.

11

Zobi attendait au volant de la camionnette. Mongo et Phan avaient fini de charger. Il y en avait jusque dans la cabine. Ils étaient repartis et avaient disparu. Pourvu qu'il n'y ait pas eu de pépin. Il ne devait pas bouger. C'était la consigne. Le froid l'engourdissait et Berthe Sylva dans le walkman lui fit penser à la petite marchande d'allumettes. Il ne lui restait plus qu'une cassette pour se réchauffer. Tout à coup, il vit Crystal, Phan et Mongo surgir dans le rétroviseur extérieur. Crystal ferma le rideau de fer derrière eux.

— C'est bon Zobi, tu peux y aller. On a terminé.

— Qu'est-ce que vous foutiez? Je commençais à me cailler le sang, moi.

— On a dû s'occuper des ordures. Démarre!

Mongo s'était calé derrière, encastré dans les cartons. Phan à la place du passager.

— En tout cas, les gars, vous repasserez avec votre « vie intérieure ». Ça vaut pas un bon chauffage.

Crystal avait ouvert la grille. Zobi fit ronfler pour désengourdir son pied-bot sur l'accélérateur. Crystal s'était posté sur le trottoir d'en face. La rue était déserte. De la carte postale de Noël. Il ne manquait plus que les rennes, le traîneau et les petits grelots au loin. Justement, Crystal entendit un grelot. Sur sa gauche. À l'angle de la rue. Puis, un vague reflet bleu sur la neige. Zobi pointa le museau de la camionnette à l'entrée de la grille. Crystal lui envoya les signaux. Danger-retrait. Zobi cafouilla les pédales. La camionnette bondit en avant. À gauche, le grelot s'était matérialisé : Un girophare bleu sur le toit d'une petite voiture sombre, teigneuse. Ça déboulait comme au rallye Neige et glace. Ce serait d'abord un choc de couleurs. Le rouge avait hoqueté, calé et bavait au milieu de la rue. Un vieux phoque affalé. Le bleu tranchait et moulinait son bon droit. À l'évidence on allait s'écarter devant lui. Mais le phoque rouge restait inerte. La petite voiture teigneuse ne freina pas. Coup de volant enveloppé, arabesque, mi-trottoir mi-chaussée. Crystal qui s'éjecte sur le quai. Champagne ! La petite teigne se rétablit, freine bien en ligne sur la neige et s'immobilise. Crystal, Zobi et Phan fixent les feux de la voiture des flics. Le blanc s'allume. Le type a enclenché la marche arrière. Phan prend l'arme dans la boîte à gants. Minuscule dans sa pogne. On fera dans la fusillade miniature. Tout ça pour des casques et des épaulières ! Mais soudain la petite lumière blanche renonce. La teigne à girophare remet plein-pot, passe le canal à Corentin-Cariou, et repique vers l'entrée de la Cité des Sciences. Crystal suit la lumière bleue. Dans cette voiture, il y avait certainement le type qui le cherchait.

— Ça été juste ! Je sais pas ce que j'ai maquillé avec les pédales. J'avais deux parpaings aux pieds. Tu montes Crystal ? Peuvent revenir les bourres.

Crystal n'entendait pas. Son regard avait poursuivi son chemin. Il avait cru saisir, dans l'obscurité, le mouvement d'une tache jaune de l'autre côté du canal. Juste dans la bouche sombre du parking souterrain. Une chevelure brune qui flottait. Crystal était certain d'avoir reconnu l'icône. Sur la rampe qui remontait vers l'écluse, elle courait comme si la neige lui brûlait les pas.

— Crystal, je ne peux pas rester comme ça au milieu de la rue ! Vont finir par rappliquer.

— Calme, Zobi ! Ils ne sont pas venus pour nous. Écoute Phan, si je ne suis pas en bas de chez Nabur dans une heure, vous pouvez vous en occuper, toi et Mongo ?

— On t'attendra au maximum, Crystal. C'est toujours meilleur à trois.

Crystal regardait la camionnette rouge s'éloigner. Il vit à l'arrière le visage de Mongo écrasé contre la vitre. On avait fait entrer le géant dans une bouteille. La tache rouge s'éloigna. Crystal se mit en marche vers l'écluse. L'icône avait disparu derrière le batiment du Cimaxe. Certainement en direction du kiosque à musique. Une fois dans cette direction, l'icône ne pouvait franchir l'Ourq que par la passerelle du Croixement, le bar avec des serveurs à chaussettes à rayures, près du canal. Au-delà, elle pouvait disparaître n'importe où. Il fallait allonger. Il allongea.

Crystal pista l'icône dans la neige. Des pas, des traces de sang, et ce parfum difficile à identifier. Il arriva à une petite maisonnette au bord du canal Salaisons VEICCA Porcs en gros où on égorgeait propret, juste à côté d'un centre rabinique MERKAZ OHR Joseph. Étrange voisinage. Là les traces se brouillaient mais semblaient mener vers un grand immeuble moderne. Douze étages au cube. Plusieurs entrées. Crystal traça des lettres dans la neige « mah » Puis il se tourna vers la façade de l'immeuble en écartant les bras. Il savait que quelque part, derrière une fenêtre, l'icône l'observait. Il fixa n'importe laquelle jusqu'à ce que son visage apparaisse dans la vitre.

Derrière le rideau, Illema regardait en bas l'homme qui semblait couronné de trois lettres… « mha »… Il n'avait pas compris. De l'ongle elle compléta son prénom sur la buée du carreau… « Illemha »… Elle approcha sa bouche de la vitre. De son souffle, elle réchauffa le corps en croix sur la neige. L'homme disparut.

12

Martial relisait le morceau de papier que Tardz lui avait donné... *50 rue de Thionville*... Ça devait déboucher quelque part sur le canal. Pour y aller, il se détournerait par la rue Petit. Inutile de risquer de tomber sur Crystal. Martial avançait dans la poudreuse d'un pas énergique. Plutôt à l'aise. En fait, la neige c'est comme le sable en plus froid. Martial réfléchissait à ce qu'il dirait à Illema. Dans la rue des Ardennes, il s'imagina chef d'une caravane de Bédouins en route vers Wadi Roum. Il menait son chameau à la bride... Ce n'était pas la peine d'effrayer Illema... Arrivé quai de la Marne, il fut très étonné de ne pas voir étinceler le grès rose des Sept Piliers de la sagesse... Si, au contraire, il fallait lui faire prendre conscience du danger... Pour progresser plus libre, Martial attacha son chameau à un anneau d'amarrage juste devant les *Salaisons Veicca Porc en gros*.

— Tu m'attends Chibam.

C'était signe de nervosité quand il parlait à son chameau à voix haute. Martial remonta le quai. Rue de Thionville, quai de la Marne. L'une au-dessus de l'autre. Deux plaques. Ça faisait cher pour une impasse. Le 50. Un bâtiment à l'angle du quai. Un panneau en contrebas. Gardien. On éviterait. Pas de code. Toujours pas de grès rose dans le hall. Il trouva le nom sur une boîte aux lettres. Au 7ème. Un bon chiffre.

— C'est Martial !

Derrière l'œil de la porte, on hésitait. Il se recula sous le plafonnier du palier pour se montrer et déroula son écharpe.

— Martial !... le peintre d'icônes de la rue de Crimée !

Il faudrait qu'il se fasse faire des cartes de visite, un jour.

— C'est Tardz qui m'envoie.

Martial glissa le morceau de papier sous la porte. Du mouron pour apprivoiser. Il y eut les verrous, l'entrebâilleur. On se dévoilait. Un doigt, un œil, une mèche de cheveux. C'est comme une femme, une porte. Ça cède d'une pièce. Et elle s'ouvrit avec ce frottement du temps des robes longues. Martial entra. Illema lui servit du thé parfumé.

— Tu es certaine, Illema, de ne pas le connaître ?

Elle lui répéta. Lui raconta de nouveau, assise dans la pénombre du salon. Les mains jointes entre les genoux sur un chapelet imaginaire. Martial écoutait en regardant par la fenêtre. L'enseigne lumineuse de l'hôtel Arcades dessinait un soleil impressionniste orangé, sur la glace du canal.

— Il a dû te suivre jusqu'ici. Qu'est-ce que tu comptes faire ?

— Pas la police !

Son regard plaqua les mots. Peut-être comme on le fait d'un accord. Peut-être. Martial n'y connaissait rien en musique. Même pas le luth. Un peu le raï. Un tout petit peu. Quand il avait fallu chaperonner la cousine du bled au Shéhérazade. Pas donnée comme boîte.

— D'accord pour la police. Mais réfléchis, Illema. Tu l'as vu tuer quelqu'un. Tu es le seul témoin !

Elle ne transigea pas. Martial comprenait. Il avait si souvent dessiné cette barre des sourcils qui verrouillait le regard d'Illema.

— Ce n'est pas lui qui m'inquiète. Je le connais un peu. J'ai travaillé pour son équipe. Justement, ce sont les autres qui sont dangereux. Ceux qui l'entourent. L'équipe ! Crois-moi Illema, il faut te cacher.

— À Saint-Serge.

— Ils te retrouveront. C'est là que tu habites. Ce serait imprudent.

— Mais il y aura Tardz...

— Tu n'imagines pas ces hommes, Illema ! C'est une tribu. Crystal est leur chef, et ils tueront pour lui. Sans discuter. Je sais que ça paraît idiot de dire ça...

Illema comprenait les craintes de Martial. Elle-même avait eu si peur. Mais pas de la même chose. Peur qu'il se fasse prendre. Quand Crystal avait disparu. Il s'appelait Crystal, Martial lui avait dit. Elle avait couru dans le parc souterrain. Elle l'avait d'abord suivi à travers une grille au-dessus d'elle. Puis derrière les grandes vitres embuées de la serre. Il courait seul. Elle aurait voulu qu'il se retourne. Lui demande une fois encore son nom. Mais il avait disparu. Elle avait dû remonter au bureau. Tout dissimuler. Cet homme était son secret. Il était venu jusque sous sa fenêtre. Même Martial ne devait pas savoir.

— Il faut qu'on parte, Illema. Je sais où te cacher. Tu seras bien... J'ai dit à Tardz que tu le préviendrais...

Illema téléphona en russe. Elle s'habilla du manteau que son amie lui avait prêté. De ce jaune qui lui portait bonheur. Illema avait souvent envie de n'être qu'une tache de couleur.

13

Snif sortit de chez Rose-la-fraîche-rose, la tête pleine de la fée électricité. Ce qu'elle venait de lui faire contre le compteur de l'entrée l'avait converti au tout électrique. Snif avançait comme un tramway. Il vérifia à tâtons l'antivol de sa pétrolette rouge. Sur le bord du canal, les réverbères clignotaient étrangement. Ce devait être un effet retard, de la prise dans les tabatières... Passe voir ma frangine. Elle sait tout ce qui se passe par ici... Rose avait raison. La « position » d'Airwick en faisait la grande confesseuse du quartier. Le froid rattrapa Snif en haut de la passerelle du pont levant. Une bise qui transformait ses vêtements humides en cataplasme glacé. Il allait partir de la poitrine. Avec précaution, il descendit l'escalier verglacé accroché à la rampe. Il grelottait. Ça n'aidait pas à cramponner. De l'autre côté de la rue : ça ronflait ! Du sonore bien rythmé. Snif traversa et entra dans le square. Le Manche en écrasait comme Baptiste, bien à l'abri derrière la haie. Sa guitare électrique plaquée sur le ventre comme une bassinoire, et un pardessus quasi-mohair en linceul. Quel gâchis ! Coup de sabord alentour. La mer est calme. Le ronfleur est noir, dedans et dehors. Il fleure épais le rhum d'abordage, un doigt encore coincé dans le goulot cassé d'une bouteille. Snif opte in-petto pour la technique du roll-mops. Il déboutonne délicatement le quasi-mohair, agrippe le poignet d'une manche et s'apprête à dérouler le hareng.

— Alors Snif ! Tu te nippes à la dépouille, maintenant ! Ça ne te suffit plus Élysold ?

— Airwick ! Qu'est-ce que tu vas imaginer ? Je voulais le retourner. Tu sais, quand il ronfle comme ça, c'est qu'il est sur son mauvais côté.

— T'as un bon fond, Snif. Mais moi, ça me berce le ronflement d'un homme. Dans mon turbin, c'est le moment le plus reposant.

— Tu bosses encore à cette heure !

Airwick s'avança sur le pas de la sanisette, encore plus convexe et majestueuse que le mouvement de la porte. Par tous les temps, la poitrine décolletée comme une table d'orientation. À croire qu'elle avait des implants au silicone Damart. Elle rajusta son châle sans rien couvrir.

— Tu me crois à l'abattage ! Là, je ne bosse pas. Je loge ! Ma proprio a appris par une mauvaise langue que je faisais dans le sanitaire d'accompagnement. Elle m'a lourdée !

— Y a plus d'humanité.

— Que du jaloux ! Mais j'ourdis pour qu'on m'installe le modèle pour handicapé. Moi, j'ai besoin d'aise pour la chose !

— Faut dire que la galipette en sanisette…

— Il y a une clientèle : l'urbain furtif habitué au commerce de proximité, qui a de l'hygiène et des pièces dans le parcmètre… Viens Snif, on va faire quelques pas. Ça t'éloignera de la tentation…

Snif n'avait pas vraiment lâché la manche du pardessus.

— … et moi, ça me fera prendre l'air. On confine vite dans ce genre d'activité. Je prends le thermos, ça nous réchauffera.

On devisa ainsi au bord du canal, le gobelet fumant à la main. Airwick était déjà au courant que ça avait saigné à la

Villette, mais rien sur la fille. Devant la caserne de pompiers Airwick parla métier. Snif espéra un glissement du mot à la chose. Il fut déçu. Airwick causa affaires.

— Tu gardes ça pour toi, mais je suis sur un projet de réseau de Sanisette-girls. Pas du menu trottin. De la caravelle ! L'idée de génie : une cabine téléphonique couplée à une vespasienne. Tu sais qu'il y en a près de cinq mille installées en Europe ? L'Europe du soulagement c'est l'avenir, surtout avec l'Écu ! Et attends, Decaux va peut-être s'installer aux États-Unis. D'ailleurs je me suis pris un peu d'actions.

— Tu t'intéresses à la bourse, maintenant !

— La bourse ça a toujours été ma partie.

Airwick lui parla Dow Jones, Nikei, et CAC 40. Des tribus d'Indiens pour Snif. Il pensa à son projet de restaurant « La mobylette rouge ». Rose, derrière la caisse à recompter les additions. Ils retournèrent à la sanisette.

— Tiens, prends ça.

Elle lui tendait une veste marron en velours côtelé.

— Un type qui a été bipé en pleine besogne. Tu as un peu l'air d'un dresseur de chiens, mais tu auras plus chaud.

C'est vrai qu'elle était large aux épaules. C'est vrai aussi qu'elle était chaude.

— Tiens, il y a du monde dehors, ce soir.

Airwick lui montrait du doigt, de l'autre côté du canal, dans la lueur des réverbères, un type qui courait sur le quai. Un seul avait cette foulée. Pourquoi Crystal arrivait-il de ce côté pour aller chez Rose ? Et surtout, pourquoi est-ce qu'il se retournait si souvent ? Un Jazy des mauvais jours.

— Il faut que j'y aille, Airwick. Merci pour la veste. Je te laisse le pardessus. Je crois que c'est de l'acrylique !

Snif regardait Crystal entrer chez Rose. Un jour, il perdrait son droit de visite permanent. C'est lui qui gèlerait sur le balcon. Mais pour l'instant, la seule chose qui intéressait

Snif, était de savoir ce que Crystal avait laissé de si important derrière lui. Un type comme lui ne se retourne jamais. Il tranche. Mais depuis qu'il l'avait vu pleurer, ce soir... Enfin presque... En tout cas au moins une larme... Tout était possible. Ne t'emballe pas, mon petit Snif. Va voir ! Il remonta le canal et traversa par la passerelle du chemin de fer. Un boyau grillagé rouillé qui ressemblait à une nasse. Un type de chaque côté et il était cuit. Snif revit la tête tranchée qui continuait à avancer ! Du canal remonta soudain une puanteur du temps où le quai de Metz était la Grange à Merde de Paris. Pour Snif, la trouille c'était d'abord une odeur. Pourtant il fallait rester sur cette passerelle. D'ici, il voyait jusqu'à la Géode et la Cité des Sciences. Des néons bleus. Crystal venait forcément de là. Snif s'enveloppa dans le côtelé et s'installa pour guetter.

Tout à coup, au coin de la rue, il les repéra ! Lui en peau de bouc la tête enrubannée comme un étron de lévrier afghan et la fille en jaune Caliméro. Il ne l'avait vue qu'une fois, mais c'était elle ! Sa chevelure ! Il ne reconnaissait pas le type qui la tenait par la main. Ils quittèrent le quai et avançaient déjà dans la pente de la rue des Ardennes. Il ne faut plus lâcher ces mamamushis, mon petit Snif. Pense à Rose !

14

Crystal se regardait dans le miroir de l'ascenseur qui montait chez Rose. Il compta les traits en plus. Il se demanda ce qui laissait le plus de trace sur un visage : tuer un homme, ou rencontrer une femme. Chez lui, les deux se partageaient le même instant. Alors, on ne savait pas à qui appartenait ce liseré rouge, apparu sous son œil. À ces chevilles qui baignaient dans le sang de l'homme, ou à cette gorge tranchée enfilée d'une murène luisante. Crystal balança un coup de tête à ce reflet qui ne savait pas choisir. Le miroir de l'ascenseur descendit avec un petit rire de hyène. Un filet de sang coula d'une entaille dans le front, jusque sous l'œil. La seule larme admissible. Rose attendait sur le palier. Elle s'était parée avec ce léger « trop » des premiers rendez-vous.

— J'étais certaine que c'était toi. L'ascenseur ne fait pas le même bruit quand c'est toi qui montes.

Crystal haussa les épaules. Il n'aimait pas que Rose ouvre sa panoplie de poupée Barbie et mime une intimité qui n'existait plus.

— Qu'est ce que tu t'es fait ?

— Un tête à tête.

Il empêcha Rose de jouer l'infirmière. Cette larme resterait jusqu'à ce qu'elle devienne noire.

— Tu n'entres pas ?

— Je suis juste venu…

— Ne t'inquiète pas pour Snif. Il est sorti. Monsieur chasse !

Rose resta en suspens avec un petit clin d'œil qui se voulait énigmatique. Crystal n'essaya pas de décrypter. Il entra pour abréger. Au moins, il reverrait l'icône.

— Tu accepteras bien un verre.

Rose avait préparé un mélange brutal comme elle les aimait trop. La pièce était éclairée par une mandarine posée sur un guéridon. La lueur des réverbères du quai ajoutait de larges rais tranchés au plafond. Rose se renversa tout ouverte dans le fauteuil tulipe. Sa robe gitane la faisait paraître brune. Crystal s'assit par-terre en tailleur.

— Si je comprends bien, ça été mouvementé, ce soir.

Snif parlait trop. Gling-Gling avait raison : de vraies serinettes, les mecs. Crystal n'était pas enclin. Il était pressé. Mongo et Phan avaient certainement déjà ramené la camionnette et l'attendaient devant chez Nabur. Il fallait espérer que celui là n'ait pas trop parlé. Ensuite il faudrait rejoindre l'équipe… *J'ai le pied qui pousse*… Nikel l'inquiétait. Lui n'attendrait pas. Crystal se leva.

— Écoute Rose, je suis seulement venu te demander de le garder encore un peu.

Crystal regardait le portrait à la craie de l'icône. C'était bien elle, mais quelque chose le gênait. Un détail. Crystal ne parvenait pas à savoir quoi, pourtant rien de son visage n'avait disparu. Il se souvenait du moindre détail. Et c'est justement un détail…

— Si tu veux, je peux vous laisser tous les deux. J'irai sur le balcon.

— Excuse-moi. Il faut que j'y aille. Je viendrai le reprendre demain. Merci pour le verre.

— Attends Crystal ! Tu oublies quelque chose.

Le regard de Rose avait soudain viré au sombre. Le mouvement de menton avait fait cliqueter ses boucles d'oreilles en métal argenté. Elle s'était plantée devant Crystal.

— Tu ne vois pas de quoi je veux parler ?

Crystal savait.

— Tu te souviens, le soir du match. Tu m'avais promis de parler au gosse.

— J'ai parlé à Hondo.

— Alors, qu'est-ce qu'il t'a dit ?

— C'est inutile Rose. Il se trouve bien là-bas.

— *Il se trouve bien là-bas !* Viens voir.

Rose l'entraîna jusqu'à la baie vitrée qui donnait sur le canal. Un décor à ses pieds. Les grandes roues du pont levant et le kiosque à musique du square perçaient sous la neige. Le parvis de l'église attendait.

— Regarde la tour. Au premier étage.

Une fenêtre était éclairée. Un petit rectangle de lumière jaune qui semblait veiller sur les ruines de l'entrepôt.

— Tu sais ce que ça veut dire ! Le flic est parti, et le gosse va rester seul toute la nuit à l'attendre, planté devant la fenêtre. C'est ça que tu appelles être bien !

— Je t'ai simplement répété la réponse de Hondo.

— Qu'est-ce qu'il t'a dit exactement ?

— Ça n'a pas d'importance, les mots...

— Si, justement. Tu sais ce que ce gosse représente pour moi.

Crystal n'avait pas oublié la clinique de la rue Haxo. C'était un garçon. Ils étaient trop jeunes.

— Tu trouves ça normal, Crystal, qu'un type puisse s'approprier un gosse, comme ça, simplement parce qu'il est flic ?

Rose gobait nerveusement des petits verres d'un alcool brun. Le métal de ses boucles d'oreilles tintait. Le bruit résonnait étrangement dans le crâne de Crystal.

— Alors, qu'est-ce qu'il t'a dit exactement ? ne finasse pas !

Il valait mieux lui dire la vérité. Qu'elle cesse de croire qu'un jour Hondo vivrait avec elle...

— Je lui ai demandé s'il te connaissait. Il m'a répondu... *La dame qui a une araignée sur la tête*... Ce sont ses mots.

Rose hurla. Un cri qui semblait lui déchirer le ventre. Elle arracha ses boucles d'oreilles et les jeta contre la baie vitrée. Le bruit explosa dans le crâne de Crystal. Il se retourna et détailla le portrait de l'icône comme s'il le découvrait. Ce métal ! Ces boucles ! Soudain Crystal vit ce détail qui l'aveuglait. Et il comprit. Rose gobait l'alcool en arpentant la pièce, la chevelure défaite. L'araignée monstrueuse lui dévorait le visage.

— Je vais le tuer !

Le visage plaqué contre la vitre, Rose fixait la lumière allumée au premier étage de la tour. Elle but comme on se démaquille. Des lampées larges. Sans retenue.

— Crystal, va lui dire à ce merdeux ! Va lui dire, que la Méduse n'a pas toujours été hideuse. Elle était belle avant que Poséidon la viole !

— Je sais Rose. Je sais. Mais lui, c'est un gosse.

— Il n'y a pas que lui qui pense ça ! Je te préviens, je vais les buter tous ! Le flic, le gosse et... ta pouffiasse ! Mais avant, je te jure, je demanderai à Snif de s'en occuper. Tu vois ce que je veux dire...

Elle faisait godiller le goulot de la bouteille sous les yeux de Crystal. Le liseré rouge sous son œil palpita. Sa main se crispa. Le choc fut violent. Cinglant. Rose sentit une vibration jusque sous ses pieds nus. Elle porta la main à sa joue. Ça ne brûlait pas. Les doigts et la paume n'avaient effleuré que le fard.

Crystal avait claqué la porte sans un mot.

Rose aurait préféré qu'il la frappe. La dessaoule à coups de pieds dans le ventre. Une bonne raclée de mac à une sale morue roguée. C'est ce qu'elle était quand elle avait bu. Elle aurait craché ses œufs un à un. Elle n'en avait plus besoin. Son ventre resterait sec désormais. Même pas un enfant qu'on rencontre dans la rue et à qui on dit... *Viens !...* Rose regardait la lumière du premier étage de la tour. Celle de l'enfant et du flic.

15

Ça sonnait au loin. Quelque part dans son rêve. Le commissaire Lomron essaya de ne pas bouger. Il voulait être incapable de se repérer dans l'obscurité. Le moindre indice lui aurait donné une idée de sa nuit. Son corps était peut-être en travers du lit. Signe de sueur et de fièvre. Ou recroquevillé autour du traversin, pour se protéger des visages terribles qui déferlaient. Ça sonnait. Si ça sonnait de si loin, c'est qu'il avait pris de l'Équanil. Deux ou trois comprimés. Il ne se souvenait plus. Le Temesta faisait vibrer le timbre plus près des tempes. Il croyait avoir arrêté l'Équanil. Ces flashes dans la journée ! Alors le Mérinax ? Non, plus hachuré le Mérinax. Un voile bleuté et la bouche sèche. Est-ce qu'il avait la bouche sèche ? Ne bouge pas ta langue ! Ne triche pas ! Ça sonnait de plus près. Du pâteux noyé par de la mousse d'extincteur. La barbe serait dure à raser. On lui traversait le crâne avec une ombrelle de banana split. Est-ce qu'il avait une érection ? Le Rohypnol !... Ne touche pas ! Les pieds froids, ce serait plutôt du Glifanan. Ça sonnait encore et encore ! Tout se brouillait. Tant pis, il fallait se résoudre à se réveiller sans savoir avec quoi on s'était endormi.

Lomron alluma sa lampe de chevet, but un verre d'eau et se leva. Il était nu. Sur sa table de nuit il prit le tube de comprimés... Venax... Même le nom d'un somnifère, tu n'es pas fichu de le trouver ! Change de métier commissaire Lomron. Change de métier. Ça sonnait toujours. Ils allaient réveiller Hondo ces idiots ! Lomron savait qui sonnait comme ça. Il regarda l'enveloppe bleue à en-tête de la DDASS. À cause de cette enveloppe, il forçait un peu sur les doses depuis une semaine. On voulait lui retirer son fils. Ça jamais ! Il prit une pilule au hasard et but un verre d'eau. Lomron sortit de sa chambre et buta dans le couloir sur Hondo.

Il était là. Habillé pour partir. L'impression que ce gosse était toujours adossé à une palissade de terrain vague. Son maillot de football par-dessus le jean. Un gros numéro 19. Un cache-nez écossais noué sous le menton et un badge au revers du duffle-coat. Il avait posé sa valise en bois à ses pieds, pris son ballon pointu sous le bras, sa sagaie de guerrier Yuruba à la main et son polaroïd Kodak autour du cou. Ses grands yeux se levaient sur Lomron comme sur un quai de gare.

— C'est madame Ladass ?

— Non, elle vient mardi, Hondo. Arrête de me faire l'UNICEF ! Recouche-toi. Tu n'as rien à craindre. Tu es à moi maintenant.

Ça, il ne l'avait pas dit. Mais Hondo lisait bien tout ce que Lomron ne disait pas. Il sourit. Ô le sourire de ce gosse ! Tant que tu souriras comme ça, personne ne te prendra à moi. Il retourna dans sa chambre. Ça sonnait toujours à la porte. Hondo rangea sa valise et son ballon pointu. La sagaie à portée de la main, il se recoucha dans sa cabane tout habillé... Tout de même son duffle-coat neuf !

— Tu as lu les pages ?

Hondo lui caressa le nez comme une bonne grosse truffe de peluche. Il avait lu. Lomron dénoua l'écharppe écossaise.

— Ça t'a plu ?

Les doigts de Hondo effleurèrent les lèvres de Lomron. Ce gosse le touchait comme à colin-maillard... Bon d'accord, il se taisait... Il éteignit. Lomron n'aimait pas partir. Quitter la chambre de Hondo. Parfois il s'allongeait par-terre dans sa cabane, lui tenait la main… presque… et s'endormait sans comprimé. Devant le miroir de l'entrée, Lomron se demanda ce que son nez pouvait avoir de particulier. Il était gros et changeant c'est sûr. Ceci mis à part… Ça sonnait toujours à la porte. Il ouvrit. Le blond avait le pouce encastré dans le bouton de sonnette.

— Commissaire… heu… excusez-moi… Je suis venu vous chercher… enfin… heu… Il faudrait que vous veniez avec moi… J'ai une voiture en bas…

Lomron était étonné mais fier de voir qu'il faisait encore de l'effet aux jeunes.

— Entrez !

— Heu… je peux peut-être… enfin… j'attends là… si vous voulez.

— Mais non, entrez !

Il n'avait peut-être pas une si mauvaise réputation… Lomron l'homme qui ne trouve jamais rien…

— Vous savez de quoi il s'agit ?

— Juste que c'est un macchabée… à la Villette… Le truc des Sciences ?

— La Cité.

— Oui, c'est ça.

Une bonne occasion de visiter. Encore un endroit trop près de chez lui. Il n'avait jamais eu le temps. Sauf avec Hondo, la bibliothèque pour enfants. Mais ce gosse n'aimait pas lire. À part le journal et n'importe quel magazine. Il faudrait qu'il demande des conseils. Il y avait bien un livre qui parlait de ça.

— Bon, attendez-moi, je m'habille.

— Heu… oui… oui, monsieur le commissaire.

« Je m'habille. » Lomron se regarda et se découvrit nu. Il cacha les fruits de sa connaissance. Le blond avait posé les yeux ailleurs.

— C'est quoi votre nom, déjà?

— Leblond! Officier de police Leblond. Oui, je sais... on se trompe... rapport à mes cheveux... on croit que c'est un surnom... mais c'est mon nom... Leblond...

— Eh bien excusez-moi Leblond... pour ma tenue... enfin mon absence de tenue.

— Y a pas d'offense commissaire... Je sais ce que c'est. J'ai fait du sport. Heu, je veux dire... on est entre hommes... Comme on dit: y a pas de galon sous la douche!

Lomron se revit dans le djebel. La posture de la femme voilée qui détournait le regard quand elle lui versait doucement de l'eau sur les cheveux. Le grand baquet de zinc brûlant. Le pain de savon brun. Les yeux qui piquent à l'intérieur. Des larmes lourdes comme les roses des sables. Lomron tressaillit. Il n'allait pas se mettre à trembler ici. Ses cachets! Où étaient ses cachets?

— Vous allez attraper froid, commissaire.

Lomron noua d'abord son écharpe. Juste pour le doux du cachemire. Puis il s'habilla. Pas intimidé, ce Leblond. Il avait seulement vu devant lui son commissaire à poil. C'est tout. De quoi raconter aux collègues. Il raconterait.

Lomron n'aurait pas le temps pour le bol de café au lait et les deux tartines beurrées. De la « baguette d'os tendre » comme disait Hondo. Il allait jusqu'à la rue de Meaux pour elle. Au 116. Le pain comme une aventure bien chaude. Avant de partir, Lomron regarda son chapeau perché sur le perroquet de l'entrée. Il ne le portait jamais. Il se disait qu'un jour. Mais ce ne serait pas pour aujourd'hui. Lomron n'embrassa pas Hondo. Jamais. Chacun savait ce qu'il avait à faire. Sur le pas de la porte Lomron renoua son écharpe et tritura son badge... *Tâchons de rester immortel*... C'est la phrase qu'il disait à chaque fois qu'il partait sur une affaire. Un dernier regard sur le mur, au portrait de la femme dévoilée. Aux yeux de Hondo... Allez, pars!...

La voiture de service attendait en bas de la tour. Le Lapon au volant. Sur neige, la meilleure main de la brigade. Et il tenait à le prouver ! Lomron n'eut pas le temps de vérifier, mais il savait que Hondo s'était relevé, qu'il avait allumé la salle à manger, et resterait derrière la vitre à regarder le canal jusqu'à ce qu'il revienne. Deux fenêtres au premier de la tour de Flandres. Et au-dessus dix-huit étages pour rien. Lomron sentit la lettre bleue de la DDASS dans sa poche.

Le feu rouge du square Bitche avait laissé un bref répit au commissaire. Juste le temps de vérifier que les deux pendules de l'église Saint-André-Saint-Christophe avaient deux minutes de décalage. Ça, il faudrait qu'il le raconte à Hondo. Le Lapon propulsa l'aiguille dans le rouge. Une fois lancé sur le quai, il joua talon-pointe à fond. La courbe du rond-point des Canaux se prit façon bobsleigh entre les deux rangées fantômes de cars à touristes... *Hôtel Arcades : Osez le luxe*... Il fallut se rétablir pour éviter de finir dans la cahute de l'éclusier. On se rétablit en dérapage, pour mieux cadrer le schuss du quai de la Gironde et la banderole électorale au loin. Après le pont, il faudrait civiliser l'approche et mettre les patins. Pour l'heure on calait les bâtons sous les bras et on peaufinait le CX.

— Qu'est-ce que c'est que ce con ?

Le con en question était rouge. Plutôt camionnette. Elle venait de surgir de la file de voitures en stationnement recouvertes de neige. Juste après le débouché de la rue Dampierre. Lomron se rappela qu'il avait laissé une paire de souliers à ressemmeler chez le petit Espagnol de la rue. L'homme ressemblait à celui qui chantait... *A galopare !...* C'était comment son nom déjà ?

— Il bougera pas ce con ! On va se viander !

Le blond s'accrochait. Le rouge barrait la rue. Le Lapon joua l'imperturbable homme des neige : deux coups de volant légers et il effaçait la tache comme un vulgaire piquet de slalom. Lomron vit un homme sauter en arrière sur le trottoir. Moins une pour le fantôme ! Il eut l'impression de connaître cette silhouette.

— Arrête-toi ! on va aller les sécher ces connards !

Le blond avait eu trop peur pour laisser filer. Le Lapon freina. La voiture s'immobilisa sans chasser. Joli ! Il se retourna pour la marche arrière.

— Paco Ibanez !

Les deux homme regardèrent Lomron interloqués ou peut-être sidérés. En tout cas, ils ne comprenaient rien.

— C'est Paco Ibanez qui chantait *A galopare !* Ça j'en suis certain. Allez, on avance !

— Mais… ces types !

— On a autre chose à faire.

Chez Emsalem à cette heure, ça devait être du petit casse casher, avec carambouille à la clef. De la vie de quartier quoi ! Ne pas manger le pain des îlotiers. Protégeons les hirondelles. La voiture redémarra, le blond dépité, le Lapon résigné. Lomron s'inquiétait pour ses souliers. Il était certain d'avoir perdu le ticket de la cordonnerie.

Impressionnant le batiment de la Cité des Sciences dans la nuit. Sous la neige. Un côté transatlantique pris dans les glaces. Le Lapon faillit emmener la voiture jusque dans le hall. Il s'arrêta, satisfait, à un centimètre d'une porte vitrée de l'entrée. Le capot fumait. Lomron n'avait jamais compris cette précipitation à arriver sur les lieux. Les morts n'en sont plus à une minute. Tout ce cirque juste pour laisser de grosses traînées de trouille sur la ville à coups de sirène et de gyrophare.

— Commissaire Lomron ?… Je vous préviens : c'est pas beau à voir.

Le petit mulot laconique ne s'était même pas présenté. L'habitude qu'on l'oublie. Toujours une étape de gagnée. Lomron suivit le mulot dans le grand hall. De l'élévation !

— On pourrait y loger Notre-Dame.

Le laconique s'était transformé en petit guide gris. Lomron regarda un avion chauve-souris suspendu là-haut. Certainement un ange.

— On va prendre l'ascenseur.

De plus près, le costume gris du mulot avait des rayures légèrement plus sombres. Une fantaisie.

— Je vous aurai prévenu, c'est pas bien beau à voir... Mettez ça, commissaire, on patauge ici.

Une paire de bottes kaki en caoutchouc attendait devant la porte de l'ascenseur. Un côté père Noël aux armées. Lomron se chaussa à l'écart. Jamais très sûr de l'état de ses chaussettes... *Et si tu avais un accident dans la rue*... C'est ce qu'il disait bêtement à Hondo. Qui se soucie des trous aux chaussettes d'un gosse renversé par une voiture ? N'empêche qu'il pourrait les changer de temps en temps, ses chaussettes.

— Suivez-moi commissaire.

Le mulot aussi avait chaussé des bottes. Ça le racourcissait encore. Il y avait une forte odeur de vase quelque part à l'étage. Une odeur qu'on n'attendait pas dans un tel endroit. D'ordinaire ça ne sent rien ce genre d'architecture moderne. Et Lomron commença à patauger. Du limoneux d'abord, puis du spongieux verdâtre pour finir dans le rouge filandreux du sang en suspension. Comme le vin qui se mêle à l'eau... *Bois ça mon p'tit ça te fera pas de mal !...*

— C'est là ! C'est lui...

« Lui », plus rien ne lui ferait de mal. « Lui », c'était beaucoup dire. La tête de « lui » plus exactement. Blanche, exsangue. Une calvitie d'énarque. Une espèce d'énorme anguille enfoncée dans la bouche ressortait par le cou sectionné. La bestiole était encore agitée de soubressauts qui faisaient dodeliner la tête de « lui ». On avait l'impression qu'il luttait contre le sommeil.

— C'est coriace ces saletés ! Ce sont des murènes. Mais on doit toucher à rien avant l'arrivée des types du labo.

Lomron enjamba la tête. Il l'examinerait plus tard. « Lui » avait la tempe droite enfoncée. Les yeux encore ouverts. Même pas l'effroi. Simplement les paupières lourdes. Le corps de « lui » était cinq mètres plus loin. Un voyage pour un corps. Il était plaqué sous un morceau de vitre épais. Un mannequin renversé derrière une vitrine brisée.

Les deux autres aquariums étaient intacts. Lomron regarda les murènes grises en suspension. Une effrayante lenteur d'employé aux écritures.

— Moche comme mort. Vous parlez d'un accident !

Lomron aimait bien le mot « accident », ça permettait de patienter.

— Il y a des témoins ?

— Pas de témoins directs. Seulement l'équipe de nettoyage. Ils étaient à l'étage du dessous. Vous voulez les voir ?

— Plus tard !

Déçu, le mulot. Les quatre gars en combinaisons orange attendaient, déjà alignés devant leur machine. Le genre visite d'atelier préparée pour le patron. Il les renvoya de la main comme avec un chasse-mouches. Lomron préférait continuer au milieu des algues et des murènes qui n'en finissaient pas de hoqueter. Il ne trouverait rien mais ça lui rappellerait les plages de Bretagne après la tempête. Manquaient les mouettes.

— On peut visiter ?

— Pardon ?

— On peut visiter ?

Lomron désignait l'espace, au mulot incrédule.

— Vous voulez dire… la Cité… à cette heure ?… Pourquoi pas.

On déchaussa les caoutchoucs. Ça faisait retour de pêche. Le mulot devait toujours avoir l'air bredouille. Lomron aussi.

— Qu'est-ce que vous voulez voir ?... Je suis pas trop spécialiste. Moi, c'est la sécurité... On a appelé madame Erutan. C'est la responsable des expositions. Elle arrive... On peut commencer par Explora... Vous aimez les plantes ?

Lomron regarda sa montre.

— Où est-ce que je peux trouver une cabine téléphonique ?

Ce commissaire était étrange. Le mulot montra avec son doigt. Un petit appendice incertain, translucide. L'étonnement était resté figé autour de la bouche et des yeux. Des ridules de niais.

— Allô Hondo. Ça va. Ce sera tranquille. N'attrape pas froid. Rentre à la maison maintenant. Je t'appellerai aux heures habituelles. Je t'embrasse.

Je t'embrasse... Le dire, il avait le droit. Hondo grogna et raccrocha. Ce gosse avait le grognement d'un sage africain. Enfin, c'est comme ça que Lomron imaginait un sage africain au téléphone. Il faudrait qu'il finisse par se le faire installer. Ce n'était pas pratique pour Hondo.

— C'est vous le commissaire Lomron ?

Elle avait du chignon, l'interpellatrice. Du chignon et de la poigne.

— Madame Erutan, responsable des expositions temporaires de la Cité des Sciences !

Lomron avait probablement dit « Enchanté ! ». Mais il comprit tout de suite qu'il serait privé de visite guidée. À l'abri du chignon, le mulot souriait d'aise comme le tiercelet derrière sa bourgeoise. Elle allait le remettre au carré ce commissaire. L'enchoucroutée toisait Lomron, l'autorité dardée de partout. Elle dardait encore bien pour son âge.

— Est-ce que vous pouvez m'expliquer, commissaire...

Lomron regarda sa montre.

— Madame, où sont les toilettes s'il vous plaît ?

15

De sa fenêtre Rose regardait Crystal s'éloigner. Il franchit le canal par la passerelle et disparut derrière les ruines de l'entrepôt. Rose perdit Crystal des yeux. Il devait passer sous les fenêtres éclairées du gosse et du flic.

Crystal courait dans la neige. Calmement. Il savait maintenant comment retrouver l'icône. Mais il fallait d'abord s'occuper de Nabur. Pour Brinks c'était réglé. On repartait pour dix yards. Rose l'avait un peu retardé, mais Mongo et Phan l'attendraient. Nabur habitait du côté de l'ancien Rialto Banana de la rue de Flandres. Il en avait vu des nanards dans ce kinos ! Le dimanche, à la séance de cinq heures, le spectacle se passait dans la salle. Ça devrait pouvoir raconter les fauteuils de cinéma ! Mais ils restent timides jusqu'au bout. Vaguement cramoisis.

Crystal prit par le quai de la Seine. Il aurait voulu secouer cette neige trop blanche. Il se mit à courir de plus en plus vite entre les deux rangées de tilleuls givrés. Les poumons plein feu. Il poussa jusqu'à l'étrange fontaine de bronze près de la rotonde. De loin un Giacometti. De près une espèce de bouddha rouillé. Il semblait posé là pour veiller sur les voyageurs du métro aérien. *Monsieur Bouddha-métro, protège contre agression, bousculade, pince-fesses, retard. Place assise assurée. Paiement carte orange après résultat…* La place devant la rotonde était pleine de silhouettes et d'ombres nerveuses de trabendistes. L'endroit était devenu un gros centre de deal. Pour des bouts de bitumes, on se frictionnait à pleine poignée et la neige passait de main en main. Flocons d'avoine.

Dernière séance pour le Rialto Banana. On l'avait rasé de frais. Peut-être même hier. Dans le 19 ème, il fallait se dépêcher de se promener si on voulait avoir le temps d'être nostalgique. Hondo avait raison, même un polaroïd n'était pas assez rapide, pour fixer le quartier, seule la lumière d'un flash le pouvait. Dans le coin, il n'y avait plus que « Le vaisseau français » qui résistait. Bientôt la tranchée de la rue de Flandres serait terminée. « Les Champs-Élysée de l'Est » ! Qu'ils disaient dans les prospectus. Tu parles ! On lotissait une ligne Maginot de plus. C'est tout. Crystal traversa le carrefour pour aller chez Nabur. « À l'ouvrier » « Spécialiste du vêtement de travail ». C'était là que Nabur habitait. Les copains attendaient.

— Y a un os, Crystal !

Quand Mongo parlait d'os, ça faisait pygmée survitaminé qui s'ajuste une coquetterie dans les cartilages.

— C'est Fort Knox là-haut. À nous deux, il ouvrira jamais. Et on entrera pas à l'épaule.

— Même vous ?

— Même nous.

— Alors on le fera au sourire.

Ils montèrent l'escalier. Il n'y avait pas de lumière. Tout ça passerait bientôt à la pelleteuse. Sur un palier, deux types se faisaient péter les veines à la lueur d'un briquet à essence. Au dernier étage, c'est vrai que la porte en imposait.

— Nabur, c'est Crystal. Il faut que je te voie.

— T'es tout seul ?

— Tu sais bien que non.

— Y a les dessus de cheminée ?... C'est fragile chez moi. S'ils pouvaient rester de profil.

— C'est ce qu'ils ont de mieux.

Un léger bruit de gâche. Une porte épaisse comme du moka. À l'intérieur, c'était pire que chez Darty ! Les murs étaient couverts d'écrans, de consoles, d'antennes et d'engins non identifiables. Même pas un capharnaüm. Ça semblait rangé, ordonné, obéissant. Nabur œuvrait en mitaines au milieu de la pièce, assis sur un ancien fauteuil de coiffeur en moleskine rouge vif. Un immense pupitre de régie devant lui.

— Nabur, le capitaine Némo de la micro !

Il avait disposé un orgue électrique devant la fenêtre qui donnait sur le métro aérien. Par soir de grand trip, les rames au bleu féroce devaient faire office de poulpes géants. Nabur aux manettes était emmitouflé comme un éléphant de mer.

— Désolé, je ne chauffe pas à cause du matériel.

— On vit plus vieux paraît-il.

— Tu ne connaissais pas ma petite installation, Crystal ? mon chef-d'œuvre !

— Plutôt en péril. Ils n'ont pas l'air d'avoir le renouvellement de bail facile dans le coin.

— C'est prévu. J'ai déjà repéré une petite niche écologique. Près des Buttes-Chaumont. À Laumière. Un programme qui ne se fera pas. J'ai cracotté les comptes du promoteur. Une boîte du Sud-Ouest. La pleine déconfiture ! Au moins trois ans de tranquillité. Ça a du bon la crise ! Mais je pense que tu n'es pas venu discuter conjoncture, Crystal ?

De leur côté, Mongo et Phan se promenaient parmi les rayons comme un gentil couple qui aurait *50 millions de consommateurs* à la main.

— Je voudrais que tu me réexpliques ce que tu as trouvé tout à l'heure. On a eu un départ un peu précipité.

— Comme tu dis ! Joli lancé, Crystal. Le mec : cisaillé en plein vol !... Mais j'ai perdu du matériel dans ce coup-là...

— Tu n'as pas l'air de manquer.

— Ça, c'était de l'unique... Il va me faire défaut... Ça coûte cher à remplacer ce genre d'engin... Très cher...

Crystal négligea l'appel du pied.

— O. K. ! Compris. Je m'ouvrirai un ou deux nouveaux comptes aux ASSEDIC. Ça met à peine une demi-heure pour entrer dans leur tirelire. Mais après pour toucher ! Je dois courir tout Paris pour relever les compteurs. On dirait un maquereau à trottinette.

— Si on revenait à notre tirage. Je t'ai rapporté ce que tu avais sorti.

— Pas la peine, je garde toujours une trace.

Il tira un des quatre classeurs rouges rangés sur une étagère. C'est ce que Crystal se disait. Le genre à tout archiver, ce Nabur. Celui-là portait le n° 3 sur la tranche.

— C'est mon haker book. C'est là que je classe tout ce que je craque. Je fais partie d'un club. On échange des trucs. On se fait saliver. Et avec ce coup-là, crois-moi, ils vont baver ! D'ailleurs tu vois, cette affaire-là, je l'ai mise dans une chemise spéciale.

Une pochette plastique. Une étiquette propre : *Dallas Cow-boys*.

— C'est pas dangereux de garder ça ?

— C'est codé, verrouillé. Et un truc verrouillé par Némohak...

— Qu'est-ce que c'est Némohak ?

— Mon nom de pirate. Némohak le tomahawk ! Je fracasse n'importe quel système. Et je scalpe !

Mongo et Phan s'étaient plantés devant un documentaire sur la bataille de Monte Cassino. La voix d'Henri de Turenne... *La force française composée de la deuxième division d'infanterie algérienne...*

— Mon grand-père c'est dans les Ardennes qu'il est resté.

— Le mien aussi.

— 14 juin 40 !

— 5 ème régiment mixte d'infanterie coloniale !

— Croix de guerre avec palme ! Pension militaire !

— Taux bloqué au jour de l'Indépendance !

— 2 francs 26 par jour !

— Les cons !

Mongo et Phan tombèrent dans les bras l'un de l'autre. Deux prisonniers de guerre qui se retrouvent après cinq ans. Nabur s'inquiéta. Ils essayaient de disperser sa vigilance.

— Tu peux me confirmer les informations que tu m'as données pour le transit à d'Orly de l'équipe de Dallas ?

— Bien sûr Crystal.

Nabur parcourut son listing et entoura au feutre le bas d'une page. Plus vite ça irait. Ce n'était pas clair cette visite de Crystal et de ses monstres. Se méfier et être coopératif. Plus vite ils partiraient. Surtout que Mongo et Phan étaient en train de mettre la pagaille dans son classement.

— Tu vas jusqu'au Locafilm de la rue Petit, pour tes cassettes pornos ! T'es un accro !

— Surtout de la patronne. Quand elle remplit ma fiche, je me penche par-dessus le comptoir en plongée. De la haute définition. Sourire 16/9 ème. J'ai illico le Dolby qui sature, la pellicule qui fond, les sels d'argent qui se répandent. Faut me ranimer. Je prends n'importe quoi et je reviens le lendemain.

— Rien de tel que le sourire dans le commerce !

Celui de Mongo en ce moment aurait laissé n'importe qui sur le pas de la porte.

— Nabur, on en revient à nos affaires.

— O. K. Crystal, mais si tu la voyais... D'accord ! D'accord ! On y revient. Comme je te l'ai dit, les types de Dallas feront escale à Orly demain à 19 h 52.

— Pour combien de temps ?

— Je crois que c'est juste une escale technique.

— Ça veut dire combien de temps ?

— Ils repartent pour Francfort à 22 h 30.

— Dis-nous Nabur, c'est du 220 ?

Mongo s'était installé devant l'orgue. Phan farfouillait en dessous.

— Qu'est-ce que vous faites ?

— T'inquiète pas Nabur. Phan est un bricoleur génial. Tout jaune qu'il est, il aurait pu être le Black de *Mission impossible*.

— Fais quand même attention, Phan, c'est un Korg. Autant dire une Rolls. Avec ça quand je trouve l'accord, c'est plus le capitaine Nemo que je suis. C'est Albert Schweitzer ! Il n'est plus jamais minuit, le facteur ne sonne qu'une fois, et même le métro de la ligne 12 s'arrête pour la révérence !

— T'arrêtes ton délire Nabur ! Alors, c'est du 220 ?

— Bien sûr !

Phan continua ses manipulations. Nabur essaya de maîtriser le tremblement de ses mains. Il fallait qu'il parle et qu'il parle, sinon il hurlerait. Il sentait sur sa peau cette espèce de boursouflement de l'espace qui précède une implosion... *Maman n'arrose pas tes plantes sur la télé ! T'en mets la moitié à côté*... Elle n'en faisait qu'à sa tête, la vieille. Tout avait cramé dans la loge.

— Bon, tu disais qu'ils arrivaient à 19 h 52 et qu'ils repartaient à 22 h 30. Qu'est-ce qu'ils font pendant ce temps-là ?

— Comment veux-tu que je sache ?

— Tu m'as dit que tu avais eu accès à toute leur organisation.

— C'est vrai, mais là, rien n'est prévu.

— Même pas des journalistes ?

— Pourquoi des journalistes ?

— Quand une équipe pareille passe, on peut penser que la presse spécialisée au moins...

— Ils veulent peut-être voyager incognito

— Pas incognito pour tout le monde…

Nabur eut l'impression que le boursouflement gagnait son visage. Des cloques. Qu'est-ce que Crystal savait ? Avec cet abruti de Brinks…

— Dis, Nabur, tu sais jouer le truc de *Casablanca* ?

Mongo tâtonnait sur le clavier. Il y avait de ça. En plus pâteux. Phan à quatre pattes sous l'orgue poursuivait ses épissures. Qu'est-ce qu'il pouvait bien trafiquer ?

— *As Time Goes by* ?… Tu rigoles, c'est un de mes « spécial ». Les yeux fermés ! Je connais le film par cœur.

Nabur enfourcha la diversion. Ça désenflait un peu l'atmosphère.

— J'avoue, Mongo, que je t'avais jamais imaginé dans le rôle de Sam, le pianiste noir. Tu fais bien le double de Dooley Wilson.

— Pour le piano, c'est pas la taille qui compte, c'est la couleur. Et pourquoi on ne ferait pas des films de gros ?

Crystal reprit la main.

— Je disais « pas incognito pour tout le monde », Nabur parce que tu as vendu le tuyau à une journaliste.

Enflé ! Il était en train de se faire enfler. Les trois jouaient avec lui comme au yoyo. La ficelle s'enroulait. Ça lui ferait bientôt un cache-siècle.

— Mais je t'assure, Crystal…

— Je ne te demande même pas de confirmer. Tout est écrit là-dessus.

Crystal lui montrait son agenda noir à tranche dorée.

— Viens ici, Nabur, viens nous jouer *As Times Goes by*…

Mongo avait soulevé Nabur et l'avait assis devant l'orgue. Un peu blanc pour le rôle.

— D'accord les gars… d'accord, je joue… Mais attendez… Je t'assure Crystal qu'elle ne sait pas… D'ailleurs on a rien touché encore… Et Brinks, où il est ?… D'accord, je joue… Attendez, je vais vous poser une question d'abord. Juste une !

Vous allez voir, vous serez étonnés…

Gagner du temps. Clouer cette putain de trotteuse sur le cadran. Sinon, ces types allaient le balancer par le fenêtre. Un mégot dans la neige.

— Vous savez qui a écrit la fameuse réplique *Play it again, Sam de Casablanca*?

Les deux candidats le regardaient comme les Jambes qu'on prendrait pour la Tête.

— C'est Woody Allen! Même que la réplique exacte c'est *Play it* et pas *Play it again.*

— On en apprend des choses avec toi, ce soir, Nabur.

— Tu oublies, Mongo, que j'animais le ciné-club du Rialto.

— Justement, ce soir on fait soirée cabaret. Alors: *Play it again, Sam…*

Mongo avait posé sa main sur la nuque de Nabur. Une paluche de pierre. Phan sortit de sous l'orgue et ouvrit la fenêtre… Un mégot dans la neige… La voie du métro aérien semblait suspendue dans la nuit. On attendait.

— Montre-nous comment tu arrêtes les rames en plein vol.

La main de Mongo se raffermit sur la nuque. Telle une requête. Nabur se mit à jouer. Mongo et Phan l'encadraient comme un Jésus à l'étable. Le bœuf et le bœuf.

— *Sing it,* Sam.

— Je suis pas sûr de me rappeler.

— Chante!

Nabur se résigna.

— *You must remember this. A kiss is just a kiss…*

— Tu sais pas faire la voix de Louis Armstrong?

Nabur savait. Ça lui raclait la gorge et lui donnait un masque douloureux.

— *A sight just sigh. The fundamental things of live. As time goes by…*

Nabur chantait le regard au-delà du métro. Il aurait dû ne

s'occuper que de musique. Devenir pianiste de film muet. Passer sa vie derrière un écran. Ne voir que l'envers des choses. La vie c'est comme le velours, il faut la repasser sur l'envers. Et personne pour retenir son dernier bon mot. On s'ésquinte pour rien ici-bas ! Sur un accord de quinte, son visage se figea tout à coup. Un large rond de chanteur de jazz autour de la bouche. Nabur resta un instant pétrifié, l'accord plaqué au bout des doigts. Il s'effondra électrocuté. Juste le moment où les regards de Bogart et de Bergman se croisaient. Phan débrancha.

— C'était bien du 220.

17

Lomron tétait le robinet des toilettes. La gélule restait collée au voile du palais. Il avait beau gargariser et se renverser la tête en arrière. Ça tenait mordicus. Il surprit son reflet sur les lamelles métalliques du plafond. Posture de contorsionniste. Les bottes de caoutchouc lui donnaient une assise de soldat de plomb. Lomron tira sur son tricot et apprécia dans le reflet l'aplat de son ventre. Encore pas mal. La tête toujours à la renverse, il déplaça doucement ses pieds de façon à dessiner une anamorphose coquine en jouant avec le bout des bottes. Il y était presque.

— Qu'est-ce que vous faites ?

La gélule tomba tout droit au fond du sac. Radical, l'arrivée de l'enchignonnée dans les toilettes des hommes.

— Vous pouvez m'expliquer, commissaire...

Lomron l'arrêta de la main genre lolly-pop au passage clouté. Avant de répondre à l'intruse, il voulait vérifier si la gélule avait bien disparu. Cette fois, il l'avait eue. Gobée la bougresse.

— Vous expliquer quoi, madame... madame ?

— Erutan ! Madame Erutan, *responsabledesexpositions temporairesàla CitédesSciences...*

Elle dévidait ça en apnée, en aspirant les espaces pour éviter les bulles d'air dans le sang. Elle était curieusement lestée par la tête. Un chigon-choucroute mi-Golf Drouot 60, mi-scaphandrier Samaritaine.

— Vous pouvez m'expliquer, monsieur le commissaire, pourquoi vous disparaissez comme ça, sans crier gare ?

— La chronopharmacologie, madame.

— Plaît-il ?

— La prise de médicaments à des heures très précises.

— Oui – bien-sûr !... Je connais. Je vous prie de bien vouloir m'excuser. Mais accordez-moi que votre attitude avait de quoi dérouter son monde.

« Son monde » ! Elle l'avait sur la langue, « son monde ». Pas comme un bœuf, ni comme un cheveu, mais plutôt comme un accent circonflexe, genre chapeau de modiste. Enfin... Lomron arriverait bien à préciser son impression. À force.

— Si vous n'y voyez pas d'inconvénient, commissaire, nous pourrions peut-être continuer cette conversation ailleurs. L'endroit est un peu... gênant.

Alors pourquoi elle était entrée dans les W. C des garçons ? Plus exactement, *pourquoi était-elle entrée* ? Avec madame, il allait falloir de l'ordre et ajuster les tirets. Ils sortirent. Lady first.

— C'est absolument épouvantable ! ce pauvre monsieur Chérelle !

— Qui ça ?

— Le responsable de la communication.

Encore un responsable. Ils avaient une drôle de manière de s'occuper de leurs têtes ici.

— La victime s'appelait comment exactement ?

— Célestin Chérelle. Il était à ce poste depuis la création de la Cité des Sciences en 85.

Lomron notait sur un calepin minuscule. *Tâchons d'avoir l'air attentif... Écris, ça les rassure*... Pourquoi tu as voulu faire la grosse voix avec Hondo, tout à l'heure ?... Me fais pas l'UNICEF ! Tu trouves ça malin ? À un gosse ! Tu aurais pu le rassurer au téléphone. Et si un jour il décidait de partir ? Passer le canal, avec son ballon pointu, sa valise et sa sagaie. Qu'est-ce que tu ferais ? Tu prendrais quoi pour dormir ? Et qu'est-ce que tu vas faire pour la lettre bleue de la DDASS ? Lomron rangea son calepin rachitique. Trop de questions qui se tortillaient.

—… et vous, qu'en pensez-vous, monsieur le commissaire ?

— Pardon ?

— Je disais que ce malheureux monsieur Chérelle a dû glisser et buter contre un aquarium. Mais je ne comprends pas comment la vitre a pu se briser. Nous avons pris toutes les précautions en termes de sécurité…

Elle récita ses précautions. Il y avait, dans le ron-ron, des mesures d'épaisseur, des normes, du kilojoule, des tests de résistance, le poinçon frontal… *Vous savez, comme pour les casques de moto…* De nos jours, ça veut un scooter vers quel âge un gosse ? Hondo peut toujours en demander un. Pas question… Eh ben tant pis, on se fâchera !

— Vous voyez, en théorie c'est impossible, monsieur le commissaire !

Pourtant, Célestin Chérelle n'avait rien de théorique. Du concret coupé en deux avec une tête songeuse.

— À moins qu'il n'ait porté avec lui un de ces attachés-cases avec coins métalliques. Une de nos hantises, avec les parapluies et les poussettes d'enfants. Vous avez retrouvé son attaché-case ?

Non. Ni sa poussette… C'est ce qu'il aurait aimé répondre. Cette femme l'agaçait. Tu es plein d'a-priori, homme rond. Plein.

— Non. Ni… Heu… je n'ai pas fini de voir. J'y retournais.

— Je peux vous accompagner, commissaire ?

Pas vraiment une question. Pas vraiment une réponse.

— Vous avez des bottes ?

Le chignon eut dans l'ordre : un mouvement de menton vif, un regard offusqué et le fard aux joues qui va avec. Lomron ne se souvenait pas lui avoir pincé la taille ni le menton. Ou quelque chose de cet ordre. Elle resta le courroux suspendu.

— Je vous demande si vous avez des bottes, car là-bas...

— Excusez-moi, j'avais compris...

Son visage se retricota à l'endroit. De la côte anglaise, raglan aux mâchoires. Il y avait eu méprise... *Elle avait des bottes ! Elle avait des bottes !... Elle avait pas de culotte !...* Lomron regardait comment une petite chanson de cours de récréation pouvait faire son chemin sous le chignon d'une dame et laisser, trente ans plus tard, un peu de rose sucette aux pommettes.

— Non, je n'ai pas de bottes, mais on va m'en trouver, je suppose.

Le mulot laconique était resté à portée d'ordre. Il trouva du kaki pastel à la pointure. Lomron retourna patauger. Le chignon resta dans son dos. L'odeur était devenue plus dure. Au milieu de ce magma, un type en combinaison jaune vaporisait à la ronde, avec une espèce d'appareil à sulfater.

— Qu'est-ce que vous faites ?

Le type regarda Lomron avec une trogne rigolarde de vigneron malien.

— J'arrose les poissons, patron.

— Vous arrosez les poissons !

— C'est moi commissaire ! C'est moi qui ai demandé qu'on humidifie les murènes. Vous savez, ce sont des animaux très résistants, mais tout de même, nous risquons de les perdre si nous n'intervenons pas.

Le vigneron malien douchait consciensieusement la tête de Célestin Chérelle. La grosse langue grise qui l'étouffait s'agita soudain. La bestiole fila et se coula vers un cloaque qui pullulait dans une petite retenue d'eau.

— Le serpent pousse mieux que l'homme, patron.

Lomron regarda la tête coupée. Plutôt banal le ci-devant Chérelle. Le commissaire alla patauger plus loin. Un attaché-case à coins métalliques, ça se verrait !

— Je crains qu'il ne faille fermer au public cette partie de l'exposition. Dommage, c'était un véritable succès, nous l'avons même vendu aux Japonais.

Lomron était certain qu'il n'aimerait pas le sushi. Ce n'était pas la peine d'essayer. C'était pareil pour le café au lait. Pourtant, maintenant il en buvait le matin avec Hondo. Il allait interroger les gars de l'équipe de nettoyage. Quatre dont un. Plutôt plus blanc que les autres. Plutôt chef.

— Nous, on a entendu le bruit, c'est tout. Et quand on a vu la flotte dégueuler de partout, on s'est dit qu'on était bon pour les heures sup ! Mais pas question qu'ils nous les passent à l'as, ce coup-ci !

— Messieurs, un peu de décence. Vous verrez ça avec votre entreprise.

— C'est bien gentil ça madame, mais à chaque fois on nous renvoie de l'un à l'autre…

Ça tournait au meeting. Lomron allait ôter ses bottes en caoutchouc. Elles lui donnaient l'impression de participer à une réunion de chantier après un accident du travail.

—… en tout cas pas question de toucher aux bestioles. C'est pas notre boulot ça ! On est pas dresseurs, nous !

— Des spécialistes doivent arriver d'un instant à l'autre.

Lomron remit le décapité à l'ordre du jour.

— Vous non plus vous n'avez vu personne ?

Les trois autres avaient pris l'habitude qu'on parle pour eux. Question de carte de travail. Inutile d'insister. Il aurait pu, au moins, faire semblant de relever leur identité sur son calepin rachitique.

— Vous avez nettoyé à l'étage, après ?

Gêné le délégué. Il aurait bien laissé sa place.

— Nous, on nous a rien dit. On a suivi notre plan de travail. On est là pour nettoyer, on nettoie.

— C'est tout à fait normal, monsieur le commissaire. Ces messieurs ont fait leur travail… Veuillez m'excuser un instant. Le laboratoire d'ichtyologie est arrivé.

Trois types en blouses blanches. Deux portaient en litière un grand aquarium rempli d'une eau verdâtre et l'autre une longue pince télescopique articulée. Lomron libéra l'équipe de nettoyage et laissa le Chignon faire la maîtresse de maison. C'est elle qui recevait. Elle s'excusa pour le désordre. On avait eu des mots en famille.

— Commissaire, on ne va peut-être pas vous retenir plus longtemps. Vous avez de quoi faire votre rapport, maintenant.

Lomron se laissa congédier. Il aimait ça. C'est un tel plaisir quand on revient ! Il se mit à l'écart et regarda le laboratoire œuvrer. Une véritable chasse au crotale… Lomron entendit ces aboiements du sous-off'qui venaient parfois le réveiller la nuit… *Ne vous baladez pas pieds nus dans le camp ! Faites gaffe dans les tentes ! Ne laissez pas traîner de la bouffe !*… Le môme hurlait, la boîte de Nestlé encore dans la main. Deux petits trous au poignet. L'aspic du Hoggar… « Mort au combat »… qu'ils avaient écrit sur le petit bleu pour la famille. Ça a du venin, la guerre.

Lomron goba deux pilules au hasard et sans pendule. Tant pis pour la chronopharmacologie. Quand les images surgissaient, elles se foutaient de la concordance des temps.

L'aquarium se remplissait de bestioles amorphes. Ils les endormaient ? Le délégué avait condescendu à ce qu'un des membres de l'équipe de nettoyage aspire l'eau derrière les gars du labo. Le zip descendu jusqu'au nombril, le membre promenait son embout suceur comme un chasseur de trésor au bois de Boulogne.

— Ce doit être un élément du système de régénération de l'eau de l'aquarium.

— Je ne pense pas. Regardez ce raccord.

La blouse blanche et le Chignon discutaient autour d'une espèce de boîte noire cabossée. Lomron l'examina. Pour la bosse, ce ne serait pas grave. Un peu d'arnica. Par contre, pour la touffe de cheveux… Lomron renoua son cache-col et tritura son badge. Il fallait tout de suite qu'il téléphone à Hondo. Ce serait plus long que prévu. Sa grosse truffe reniflait une odeur de meurtre.

18

— Qu'est-ce qui se passe, Ruedo ?

— C'est Nikel.

Il n'ajouta rien. Crystal avait compris... *J'ai le pied qui pousse. Il faut que tu m'aides*... Il n'avait pas pu attendre.

— Il s'est enfermé dans le garage du louf. Je crois que c'est pour ce soir, sa connerie.

— On y va ! tu nous raconteras en chemin.

Ruedo les avait rejoints chez Nabur avec son ambulance. Une 203 commerciale de 55 avec des cornes de taureau fixées sur le toit. Crystal monta à côté de Ruedo. Mongo et Phan se charrièrent à l'arrière. La 203 démarra sur la neige avec des à-coups de catarrheuse. L'essuie-glace parcimonieux se démenait sur le parebrise à front bas, pour ménager un petit éventail noir. L'auto-radio crachait toujours la même cassette... *A las cinco de la tarde, Y el oxido sembro cristal y niquel*...

— Tu veux bien couper ça, et m'expliquer.

— C'était pendant la séance vidéo d'Andy. Très intéressant. Tu sais Crystal, les gars sont drôlement chauds. Je les ai jamais vus comme ça !

— Continue !

— Donc, Andy nous faisait des topos techniques. Forcément on a vu les bottés. Nikel a parlé de son pied. Ils se sont accrochés. Rien de grave, mais Nikel est parti, soi-disant pour s'entraîner. On a l'habitude qu'il joue en solo. Personne ne s'est étonné. Mais moi, j'ai trouvé ça bizarre. Surtout qu'il m'avait demandé si j'étais de garde, cette nuit. Alors je l'ai suivi.

Mongo frappa à la vitre de séparation. Crystal manœuvra le guichet.

— T'as vu, Ruedo, que tu avais un client à l'arrière ?

Il désignait le lit. Une vague forme sous une couverture écossaise. Un avant-bras laiteux et une perfusion qui remontait vers une bonbone vide.

— Merde ma dialyse ! Je l'avais oublié celui-là. De toute façon, c'est un retour sur Bourges. Et avec cette neige ! Ne vous inquiétez pas, je lui en ai assez glissé dans le bocal pour qu'il nous laisse tranquille.

— Et s'il se réveille ?

— Tu lui racontes une histoire, Mongo.

Crystal referma le guichet.

— Tu disais que tu avais suivi Nikel. Il est allé où ?

— Chez le louf. Tu sais, juste en face où on s'entraîne. Un petit atelier de mécanique. Je sais pas comment il est entré, mais il s'est enfermé à l'intérieur. Il a cadenassé le rideau de fer.

— Tu n'as pas essayé de lui parler.

— Il m'a envoyé promener. Il commençait à être dans les vaps. Il a dû prendre des trucs. J'espère ! Sinon, tu te rends compte de la douleur !

Crystal préférait ne pas imaginer. L'ambulance roulait lancée sur l'avenue Jean-Jaurès. Ruedo conduisait la vitre baissée et actionnait un klaxon anémié. Les feux rouges faisaient de la figuration parmi les platanes givrés. Ruedo ne s'en souciait pas plus que d'une guirlande de Noël.

— Tu y vois quelque chose, Ruedo ?

— Inutile. C'est noir au-dessus, et blanc en dessous. Ça suffit pour se repérer.

La ville avait perdu ses lignes de construction.

— Tu vois Crystal, quand je conduis comme ça, je suis un toro ! Je suis myope, je vois le monde en gris et je fonce. Le toro ne connaît pas la couleur de son sang. Tu crois que les hommes continueraient à s'étriper s'ils ne voyaient plus la couleur du sang ? Le toro, lui, ne fait tout ça que pour une odeur !

Crystal se souvint du parfum âcre des pas de l'icône dans la neige. Comment son image pouvait-elle s'insinuer jusqu'à lui dans un tel moment ?

— Attention Ruedo, c'est là qu'on tourne !

— Je sais, Crystal.

À l'allure de l'ambulance, ce n'était pas évident. La 203 réussit à enfiler en dérapage l'entrée de la rue du Hainaut. Elle évita de l'aile le concessionnaire Honda et balança une gerbe de glace au pied de la porte du troquet d'angle. Au Beaujolais reconnaissant !

— C'est là !

Personne ne se rappelait pourquoi on appelait cet atelier le garage du louf. Le rideau de fer était baissé. Les quatre descendirent de l'ambulance. Crystal s'agenouilla.

— Ce n'est pas fermé, Ruedo.

— Je t'assure, il y avait un cadenas quand je suis parti.

Maintenant, Nikel voulait bien qu'on l'aide. C'était inquiétant. Le volet était grippé. Mongo et Phan aidèrent Crystal à le soulever. Juste de quoi se faufiler.

— Tu as une lampe ?

Ruedo fourragea dans une cantine à l'arrière de l'ambulance et en ressortit une torche en caoutchouc noir.

— Les piles sont pas folichonnes.

Crystal se glissa sous le volet. Mongo et Phan le suivirent.

— Moi, je garde la voiture. Y a des collectionneurs d'enjoliveurs dans le coin… Ça va derrière ?

C'était sombre. Le sol était gluant. Rien ne perçait par la

verrière, sauf la menace de la neige amoncelée qui faisait ployer le fibrociment du toit. L'eau gouttait quelque part. Le faisceau faiblard de la torche ne laissait discerner qu'un amoncellement de bidons, de pièces mécaniques et d'outils. Un moteur était suspendu à un treuil, au-dessus d'une carcasse évidée.

— Nikel ! Tu es là ?

Pas de réponse. Peut-être un frottement au fond vers la droite.

— Mongo et Phan, chacun d'un côté. Vous longez les murs et vous essayez de trouver l'interrupteur. Attention, il y a sûrement une fosse quelque part.

Crystal progressa en direction du bruit. Cette odeur de tôle rouillée ! L'impression qu'à chaque instant on peut se faire écharper. Ça bougeait dans ce coin !

— Nikel ! C'est Crystal.

Il ne devait pas être loin. Pourquoi est-ce qu'il ne gueulait pas ? Il l'avait faite sa connerie ! Là, tout près, l'odeur du sang avait bouffé celle du cambouis. Il avait raison Ruedo, ça suffisait une odeur. Crystal fouillait avec le rayon pisseux de la lampe.

— Je l'ai !

C'est Phan qui avait trouvé l'interrupteur. La lueur papillonna au plafond et cracha le néon brut jusqu'au sol. Une lumière de scialytique. Le pied nu était encore pris sous la lame de la cisaille à métaux. Le sang avait giclé comme d'une poche sur la jambe du pantalon. Nikel était renversé sur le dos. Inerte. La main droite ensanglantée. La bouche recouverte d'une bande collante qui lui entourait la tête. Crystal lui parla à l'oreille.

— T'as pas voulu qu'on t'entende gueuler, hein !

Crystal dégagea la bande collante. La bouche était bourrée d'un mouchoir à carreaux. Il l'extirpa doucement. Les mâchoires raidies le retenaient par les dents. Un petit chiot qui apprend à ne pas lâcher prise. Un petit chiot qui grimace et chantonne.

— *Et scratch... Je fonce dans le soulier... Et j'ressors par les trous de pieds...*

— Mongo, Phan, de la glace, vite ! de la propre. Dites à Ruedo d'apporter un brancard et sa trousse.

Mongo et Phan revinrent avec de quoi glacer toute la pêche d'un chalutier d'Étel. Ruedo portait un brancard en toile et une valise en aluminium à croix rouge. Il piqua Nikel au bras. Une injection de morphine.

— Crystal, c'est sérieux. Faut pas bricoler. On doit l'emmener aux urgences. Et vite !

— Et le type dans l'ambulance ? Ta dialyse !

— Je l'avais encore oublié. Décidément c'est pas son jour. Je vais refiler le type à Mona !

Mona habitait un peu plus haut dans la rue, au 9 bis, un petit pavillon à frises de mosaïque, enchâssé au milieu de bâtiments massifs. Le genre rendez-vous de chasse décrépi, une opaline crasseuse toujours allumée au-dessus de la porte. Ruedo frappa à la vitre. Mongo resta à l'écart derrière un laurier, la dialyse dans les bras sous la couverture.

— Ruedo, la bête à trois cornes ! Dis donc, t'as mis ta tenue de gala !

Il portait un habit de torero blanc, avec une croix rouge de perle brodée dans le dos, des après-skis aux pieds et une casquette fourrée à oreilles sur la tête. Il fredonnait un vieux tango argentin en se caressant les promesses.

— *Yo te dare una cosa, hermosa...*

— N'essaie pas de me tenter, serpent noir. Si c'est pour du S. O. S. plomberie, tu tombes mal. Je suis en main.

Mona en pantoufles à ponpons, sur le pas de sa porte, rajustait sa doudoune en duvet de canard sur sa robe de chambre molletonnée. Ça ne l'amincissait pas. Elle laissait toujours un point de vue sur son décolleté, la croix d'or trempée dans les seins, comme le croissant au beurre dans le lait tiède.

— Ha... tu as de la visite, Mona ?

— C'est Zobi, il a une écharde dans la main.

— S'il arrêtait un peu de s'astiquer le palissandre…

— Chacun fait ce qu'il veut de son essence divine. Toi aussi, fils d'Onan, t'es un manuel dans ton genre.

— Surtout pas ! J'ai la main verte. Dès que je touche quelque chose, ça bourgeonne. Tu vois l'embarras en compagnie ?

— Mets des gants. De nos jours il faut se chausser pour tout. C'est le châtiment.

— Ce n'est pas de prophylaxie que je suis venu te parler, mais de charité chrétienne.

Ruedo loucha sur la croix engloutie.

— Laisse ma religion où elle est, mécréant ! Et dis-moi ce que tu veux. Je pèle de ce que le Seigneur m'a fait de plus charnu !

— Justement à propos de baigneur, v'là le nôtre !

Ruedo fit un signe et Mongo apparut sur le perron, comme Melchior portant la myrrhe sous la couverture écossaise. Il entra tandis que Mona restait comme une statue de sel sur le pas de la porte.

— On veut juste ta crèche pour une heure.

— Seigneur, il est mort !

Mona se signa plusieurs fois à une vitesse étonnante. Au moins ça réchauffait. Mongo alla déposer son paquet sur un canapé devant un poste de télévision allumé. Il récupéra la couverture.

— Mais non Mona, il n'est pas mort. Il dort. D'ailleurs, il faut que tu réveilles Zobi, on a besoin de lui.

— En plus, c'était un échange !

— Non un dépôt ! L'autre tu n'y touches pas, sinon il est bon pour le body-bag.

Zobi apparut. Il prit des poses d'otage libéré devant ses copains, et glissa une œillade en douce à sa geôlière. Mona le regardait comme la Vierge son enfant. La madone à la doudoune rajusta le col fourré de son blouson et lui engloutit la bouche et la moitié du visage. Le baiser au pélerin. Ils rejoignirent l'ambulance. Nikel était allongé à l'intérieur, Crystal et Phan à ses côtés. Mongo le recouvrit de la couverture écossaise jusqu'au menton.

— Qu'est-ce que vous avez bricolé, Ruedo ?

— Tu connais Zobi quand il est avec Mona. On peut pas les décoller… Crystal, je crois que Nikel veut te parler.

Ses lèvres bougeaient. Un trait blanc exangue. Crystal approcha son oreille.

— C'est rien Crystal. Scratch ! Comme Zobi la Mouche. Juste le millimètre de trop. Maintenant, il ne poussera plus.

— Faut se dépêcher. Il va se vider. Zobi m'accompagnera à l'hôpital. C'est pas la peine d'être plus nombreux. Crystal, il faut que tu leur parles à l'équipe. Ils t'attendent.

— Tu l'amènes à Thonon ?

— Les urgences de Thonon ! Tu veux l'achever. C'est le coup de grâce assuré. T'inquiète, j'ai la liste des coupe-gorges. Je vais aller le faire bichonner à Debré.

— Mais c'est un hôpital pour enfants !

— Oui, mais c'est dans le 19ème, et j'ai un contact là-bas.

Crystal se pencha vers l'oreille de Nikel comme en match.

— Ça ira maintenant. On t'attend. L'équipe a besoin de toi.

— Je serai là, Crystal. Je serai là pour le match.

Crystal lui pressa la main. Il s'en voulut soudain. C'est parce qu'il abandonnait l'équipe, que tout ça arrivait.

Il fallait qu'il chasse cette fille de son esprit. C'était un simple morceau de bois. Une porte d'armoire. Pas plus. Un coin à la craie qui allait lui fendre la tête en deux comme du pin trop sec. Pendant ce temps-la, son copain était saigné à pleins godets.

— Je vous appelle de l'hôpital dès que c'est fait.

Les trois regardaient l'ambulance à cornes de taureau s'éloigner dans la neige.

19

Snif avait suivi Martial et Illema jusqu'à l'entrepôt près du canal. En planque derrière la maison de l'éclusier, il les avait vus entrer dans un ancien restaurant qui avait été installé là.

— Ici, c'était le Cargo !

Martial avait poussé la porte et fait entrer Illema. Dans la pénombre, on ne discernait que les formes de ce qui devait être une immense plante verte. Une odeur chaude de terreau mouillé. Les parfums mêlés d'une serre…

— Attends, je vais allumer.

Les yeux de Martial apparurent derrière la flamme d'une bougie.

— C'était un endroit plutôt chic. À l'époque, on pensait que ce coin du dix-neuvième pouvait devenir un endroit un peu mode. On parlait même d'une école d'architecture.

La bougie s'était multipliée en chandelier. Martial promenait des ombres sur une espèce de salon d'hiver qui dormait sous des housses blanches. Une série de tableaux fauves piquaient le mur. Un palmier envahissait l'espace. Du Douanier Rousseau qui dormait sous l'octroi.

— Après l'incendie de l'autre entrepôt en face. Fini la Venise de l'Est et l'Amsterdam-Villette ! On l'a échappé belle.

Ils avancèrent. Descendirent une marche.

— Là, c'était la salle de restaurant. C'est grand, hein !

Un peu de nuit entrait par le coin d'une fenêtre, tout au fond. Un point de fuite. Tout semblait être resté en place. Les tables dressées. Le couvert. Il n'y avait plus qu'à servir. Illema pensa aux cendres de Pompéi. Les invités étaient en retard. Ça les sauverait.

— Je leur ai peint une fresque pour le restaurant : une tartouillade genre néo-Arcimboldo. En échange, ils m'avaient laissé faire une exposition. Dans mon style. Un vrai bide ! Alors maintenant, j'arrose les plantes et j'accroche ici pour moi tout seul. Un musée privé ! J'ai beaucoup de chance, tu ne peux rien voir.

Illema comprenait qu'on ne veuille pas se montrer.

— Viens, je vais te conduire où tu pourras dormir. Tu seras pas trop mal.

Mais Illema voulut voir ce qu'il y avait derrière ce triangle de lumière au fond de la salle. Elle traversa l'obscurité juste guidée par la trouée de lumière grise. Le pan mal ajusté d'un rideau lourd. Une fenêtre. Et à travers la vitre : comme un temple à l'abandon. Sur l'autre berge du canal, devant elle, des ruines toutes proches. Une porte et des fenêtres vides ouvertes dans un morceau de nuit. Un lambeau en suspens sur des marches laiteuses qui descendaient doucement vers le canal gelé… On lit l'avenir dans les ruines… Au pied des marches, des bougies allumées dans des coupelles de verre. Elles dessinaient une couronne lumineuse, autour d'un puits sombre ouvert dans la glace. De la mémoire. Les traces d'une cérémonie. Illema sentit un appel et une menace, là, juste à portée de main sur l'autre rive. Pourtant derrière les ruines, l'ombre d'une haute tour semblait veiller. Un simple carré de lumière habité au premier étage suffit à rassurer Illema.

20

Lomron avait fini par trouver un téléphone et avait pu appeler Hondo à l'heure convenue.

— Tu peux rentrer à la maison, éteindre la lumière et te recoucher. Je ne vais pas rentrer tout de suite.

— Pas un accident alors.

Ça y est, il lui refaisait l'UNICEF ! Non ! Ce n'était pas un accident. Oui ! il lui avait d'abord dit « accident »... comme ça !... pour qu'il ne s'inquiète pas. Mais ce n'était pas de sa faute tout de même ! La touffe de cheveux entortillés dans le zinzin. Il ne l'avait pas inventée ! Elle n'était pas arrivée là par hasard ! Le labo confirmerait. Un blond pareil ! Sûrement des cheveux du décapité. Il avait fait parvenir le boîtier métallique à 3D, un type un peu spécial des Services Techniques. Ce serait peut-être vite résolu. Tu comprends ? Il disait oui. Mais sa voix ! Qu'est-ce qu'il pouvait y faire, lui ? Ne pas avoir de fils. Changer de métier. Il ne savait rien faire d'autre. *Lomron, celui qui ne trouve jamais.* Même pas une rime... Hondo, je ne suis pas tout seul. Non, ce n'est pas comme un chasseur de lion... Et le silence, maintenant ! Il boudait. D'accord ! D'accord ! Il n'aurait pas dû lui parler d'accident. Il avait eu tort. Ce n'était pas une raison pour le laisser comme ça au bout du fil, sans rien dire. Lui aussi pouvait se taire. Et il verrait bien !... Lomron se tut...

Il se tut encore… Et encore un peu… Il ne céderait pas. Hondo était peut-être parti de la cabine ? Cabochard, ce gamin ! Lomron toussota… Hondo grogna. Il était là !

— T'inquiète pas Hondo, j'ai mon cache-nez. Je fais vite, je te promets. Tu peux monter chez Musique si tu veux.

Hondo grogna. Il n'irait pas chez la grosse dame du neuvième étage qui ressemblait à la publicité pour Virgin Mégastore. C'est elle qui lui fait la classe. Lomron crispa sa main dans sa poche sur la lettre bleue de la DDASS. Il espérait qu'elle ne le trompait pas quand elle lui parlait des progrès de Hondo. Lui ne voyait rien. Il trouvait Hondo parfait.

— Tu rentres et tu te couches maintenant.

Lomron savait très bien que non. Hondo attendrait toute la nuit. Davantage même.

— Fais des crèmes brûlées, si tu as envie.

Lomron entendit des bruits sourds dans le combiné. Ce gamin trépignait quand il était heureux. Son sourire devait illuminer toute la cabine téléphonique. Lomron aurait voulu être un passant et le regarder, au lieu de patauger dans ce cloaque. Ça allait être un de ces chantiers dans la cuisine ! Au fouet, à cette heure. Pas le mixer ! De toute façon, le gars d'à côté avec sa perceuse du dimanche, il n'avait rien à dire.

— On les mangera quand je rentrerai.

Ils s'embrassèrent à leur manière. C'est-à-dire sans le faire. Lomron oublia sa carte téléphonique dans l'appareil. Comme d'habitude. Il se lécha les doigts. Ce gosse allait le faire devenir gourmand.

— Vous avez eu des renseignements, commissaire ?

Le Chignon le fit atterrir juste quand il allait sentir le craquant du sucre roux sur la crème brûlée.

— Non, je téléphonais à mon gamin.

— Vous avez un fils !… À cette heure !… Non, je voulais dire…

Elle avait raison. Se souvenir de l'heure exacte à laquelle on a conçu son enfant ! Au deuxième acte de Parsifal. J'ai dis à Michel : je suis enceinte. On a recompté, après la naissance de Julie. C'était pile ça !

— Je voulais dire : vous téléphonez à votre fils à une heure si tardive ?...

— Je peux voir le bureau de monsieur Chérelle ?

Lomron venait de lui montrer la pancarte « Vie privée ». Avec le gros chien qui mord dessiné dessus. Le Chignon ôta ses doigts et lui montra le chemin.

— Tenez, vous oubliez votre carte de téléphone, commissaire... Elle est jolie... Billie Holiday... L'art vocal... J'ai une nièce qui les collectionne.

Celle-là était inépuisable. C'est Hondo qui la lui avait donnée... La dame avec la grosse fleur blanche... Le bureau de Chérelle était à peine un bureau de responsable. Avec son porte-manteau d'école primaire en bois ciré, au milieu de cette débauche design. On aurait dit celui d'un grouillot promu qui aurait gardé un souvenir de son passage aux archives. C'était bien rangé, trop bien. Chérelle était resté pour travailler. Rien ne le laissait voir. Il avait peut-être terminé et s'en allait. Lomron fit sa tournée de hamster. *T'engranges les détails. Tu verras bien après*... Les gobelets dans la corbeille... La position haute du siège devant le bureau... l'ordinateur éteint... le dictaphone... des écouteurs en forme de baguette de sourcier... le parfum des écouteurs !... Sur la bande, une voix masculine... *Les chiffres du présent exercice*... Certainement Chérelle... Un calendrier mural. Splendeur Russe. Une étonnante église en bois... On était passé dans ce bureau. Plus qu'une impression. « On » avait laissé des traces sur la moquette et « On » avait essayé de les effacer. Lomron se mit dans la posture du mahométan en prière. Il renifla. Du sang ! Il avait demandé au Chignon de rester en dehors du bureau. Elle était sur le seuil et devait fixer un endroit dont

Lomron ne garantissait pas la couture. Quel pantalon avait-il mis ? Il préleva quelques poils de moquette tachés et les enferma dans un sac plastique de congélation.

— Vous avez trouvé quelque chose d'intéressant, monsieur le commissaire ?

Le hamster a toujours l'impression de trouver. Ça doit en faire un compagnon insupportable. Pauvre madame hamster ! Et toi, tu crois qu'une femme te supporterait ? Lomron pensa à la chambre-de-personne, chez lui. On n'y dormirait jamais plus. Encore agenouillé, il goba deux pilules au hasard.

— Ça va, monsieur le commissaire ?

Ce n'était pas la bonne position pour se poser la question. Revenons au mort. Il se releva et considéra autour de lui. C'est vraiment imprévoyant, un mort. Sauf suicide. Mais le suicide à la murène… Devant le sous-main, il n'y avait pas de ces photos de famille qui accompagnent si bien les disparitions.

— Monsieur Chérelle était marié ?

— Vaguement, je crois… Je veux dire qu'il n'en parlait jamais. En tout cas, il n'avait pas d'enfant. Il a quel âge le vôtre ?

— Vaguement douze

Pourquoi as-tu répondu au Chignon ? Parce que tu as trouvé une boucle d'oreille sous le siège. Elle s'en est aperçue. Ça peut appartenir à la secrétaire. Une sphère en argent. Elle s'ouvrait en deux. À l'intérieur était gravée une sorte de croix de Loraine. Pas tout à fait. Lomron connaissait ce motif… C'était près d'Alger. Il revit l'homme au béret basque qui avait tracé, à la peinture blanche, la même croix, sur un mur. La voiture avait foncé sur lui. Une rafale par la portière. Elle n'avait même pas ralenti. Et l'homme au béret basque qui s'écroule doucement et son pinceau qui biffe le pied de la croix en tombant. Le même motif. L'homme au béret basque était resté longtemps au pied de sa croix biffée. On rentrait de la plage en le contournant. Lomron sentit le vent froid sur sa peau nue. Il aimait se baigner. Il frissonna. Il allait trembler. Pas de cachet ! Pose une question à la place. Vite ! N'importe laquelle.

— Il travaillait seul ici ?

— Il avait une secrétaire, madame Cissalc.

Le bureau de la dame en question devait être l'autre. Près de la fenêtre. Le plus petit. Il y avait une hiérarchie même dans le stratifié… Un dossier spiralé ouvert… des annotations au crayon… *Réduire*… Un ordinateur sous sa housse… C'est à ce bureau que Chérelle avait travaillé. On avait échangé les postes de travail. Galant le monsieur.

— À votre avis, c'est à elle ?

Lomron montrait au Chignon le bijou. De l'argent. Un travail fin. Très sobre.

— Certainement pas, cette pauvre madame Cissalc n'est pas de confession orthodoxe.

— Pourquoi dites-vous cela ?

— C'est une croix dite « papale », là, à l'intérieur.

« Orthodoxe » et « papale », Lomron s'étonna. Le Chignon embraya sur un cours. Elle en profita pour franchir le seuil du bureau.

—… J'ai organisé une exposition d'art byzantin au musée Carnavalet… Il y a longtemps.

— La porte était fermée quand nous sommes arrivés ?

— Heu… non. Je m'en suis fait la réflexion, d'ailleurs. J'ai utilisé mon passe général. Mais ce n'était pas fermé.

Madame se faisait des réflexions ! Lomron alla vers les trois armoires qui occupaient tout un mur. La première était fermée, la deuxième pleine de dossiers suspendus, la troisième contenait pour moitié des ouvrages et des magazines et pour le reste une penderie. La dernière porte. Le manteau bleu marine de Chérelle. Quand on cherche, on devrait toujours commencer par la dernière porte. Rien dans ses poches sauf des gants de laine noire. Pas de clefs. Lomron n'en avait pas trouvé non plus tout à l'heure quand il avait fouillé le tronc de Chérelle. C'est étrange comme une clef égarée fait facilement mystère. Un parfum plus encore. Lomron alla renifler les écouteurs. C'était le même parfum que celui de la penderie. Le manteau bleu marine se contentait de sentir le tabac... Engrange, homme rond, engrange !

— C'est direct, ou il faut un numéro pour sortir ?

Lomron téléphona à 3D, un débrouillard du service qui trouvait tout sur tout et réciproquement, en un temps record. « 3D : La démerde en trois dimensions. » Pas seulement une devise. Sauf que ce type ne reconnaissait pas sa gauche de sa droite.

— Alors, mon engin ?

— Pour tout dire, de la quincaillerie pour bidouilleur.

— Qu'est-ce qu'on peut faire avec ça ?

— En fait, pas grand-chose : modifier l'orbite d'un satellite, téléphoner au bout du monde sur le compte de ton voisin qui possède un téléphone sans fil. Même agréé ! Te brancher sur nos fréquences pour arriver avant la Maison sur un coup et nous faire passer pour des branques...

3D continua une énumération vertigineuse qui creusait le monde comme une termitière. Tout ça allait un jour tomber en cendre.

—... et en plus, ton engin, c'est contondant, comme on dit ici. À ce propos, j'ai transmis tes échantillons de cheveux au Cyclope. Entre parenthèses, l'as du microscope te signale que tes sacs de prélèvements ne sont pas règlementaires.

— Dis-lui que je...

— Entre nous, c'est déjà transmis.

Lomron remercia 3D. Ça lui coûterait une bouteille de Chasse-spleen. Un truc qui justement se chasse à deux.

— Nous avons un centre informatique assez remarquable, monsieur le commissaire. Si vous avez besoin de renseignements dans ce domaine...

Elle savait écouter, le Chignon. Et se proposer aussi. Elle

ressemblait de plus en plus à une grosse chatte ébouriffée devant un ventilateur. Elle plissait les yeux pour mieux se profiler dans le vent. Ça l'excitait les pales qui tournent.

— Je suppose qu'on peut accéder à ce centre informatique, avec votre passe.

— Non, là il faut une carte magnétique. Sachez qu'ici, monsieur le commissaire, il y a des portes à clef et des portes à carte. Question de sécurité. Mais je ne veux pas vous ennuyer avec notre petite cuisine interne.

Hondo devait déjà avoir fait bouillir le lait… Pauvre casserole ! Il avait préchauffé le four. Le thermostat à 3, pas plus. Pour le mélange, la jatte en terre. Tu as vu l'autre jour le résultat avec le saladier en plastique et le mixer ? Pas les blancs ! Seulement les jaunes. Ne grogne pas, je te laisse faire. Le chinois est dans le placard du dessous…

— Vous venez monsieur le commissaire ?

Elle est détendue, le Chignon. On voit bien qu'elle ne sait pas que Hondo utilise un chalumeau pour brûler les crèmes. Un chalumeau à gaz avec un bec plat, comme pour décoller la peinture. C'était le moment que Hondo préférait. On aurait dit qu'il n'aimait les crèmes que pour les brûler. Le plaisir de craquer une allumette. Une vraie manie chez ce gosse. Il croyait qu'il ne le savait pas que sa valise en bois était à moitié remplie de grosses boîtes d'allumettes ? Restait cette façon magique qu'avait le sucre roux de se caraméliser en grain de poivre, et de ressembler à la chevelure crépue de Hondo. Heureusement, le chalumeau, c'était juste avant de servir. Lomron serait déjà dans l'escalier.

— Vous connaissez ce parfum ?

Le Chignon devait avoir du mal à approcher son nez de quoi que ce soit.

— Non, j'avoue que je ne vois pas. On pourrait penser à de l'encens… mais en plus…

Elle aurait bien dit « charnel ». C'est ce que Lomron pensait.

—… en plus… lourd ! Mais ce n'est qu'un piètre avis. Ne portant, moi-même, jamais de parfum.

C'est vrai que cette femme ne sentait rien. Au moins, elle ne risquait pas de lui engorger la mémoire.

— Vous vouliez voir notre centre informatique, monsieur le commissaire ? Suivez-moi.

Lomron suivit. Comme d'habitude, il ne savait pas très bien où il allait. Alors, il serra la boucle d'argent dans sa main. La certitude du tiède.

21

Crystal, Mongo et Phan regardèrent l'ambulance de Ruedo disparaître, les cornes bien dressées. Ils retournèrent au dépôt de bus en petites foulées. À l'intérieur, les braseros avaient faibli. Des fumeroles noires montaient comme sur des décombres vers la charpente métallique. Dans la salle du fond, les gars de l'équipe étaient affalés dans la pénombre devant un écran de télévision géant. On aurait dit le bivouac d'une armée hagarde qui rentre au camp avant le journal télévisé de vingt heures, pour savoir à quelle bataille elle a participé. Andy sur son siège-bazar pilotait la manœuvre à la télécommande. Pour la dixième fois au moins, ils regardaient l'enregistrement du dernier Super-Bowl. Un peu lassé, on décortiquait le ralenti de la bévue de Léon Lett des Cow-Boys de Dallas qui se fait chiper la balle par Beebe, alors qu'il célèbrait déjà son touché. On connaissait par cœur. Jusqu'à la nausée. Garchou voulut secouer un bout de torpeur. On frisait la veillée funèbre. Alors il bondit façon sorcier cheyenne et entama une danse de célébration engourdie par l'eau-de-feu. Quatre ou cinq le rejoignirent pour mimer des congratulations qui cognaient tout de même lourd sur les épaules et résonnaient épais dans le crâne.

— Moi, ils ne me rattraperont pas. Je la passerai la ligne !

Garchou faisait coulisser les poings devant son visage de

guerrier hilare. Pistons d'os. Les mains toujours bandées de frais. C'était sa coquetterie à lui, les bandages propres. Il montrait les bracelets d'esclave à ses poignets.

— Je la passerai !

— Tu passeras la ligne de qui, Garchou ? Celle des Dogues de Suresnes ! Des Orcs de Châteauroux ! Ou des kangourous de Pessac !

L'équipe rigola pour s'ébrouer un peu. Sans plus. Musha relança.

— T'en as pas marre toi, de même pas pouvoir prendre une douche, de te paumer dans la cambrousse après, chaque match, de devoir laver ton linge en rentrant, et de retourner au boulot le lendemain ?

Musha grinçait. C'était son ordinaire. Rester la doublure de Crystal lui trouait l'estomac et lui gâtait la main.

— Depuis le Superbowl on parle de Dallas ! C'est oui, c'est non, c'est peut-être ! Et Crystal, il est où, dans tout ça ?

Musha ne souhaitait pas vraiment la mort de Crystal. Trop définitif. Seulement une jambe fracturée, une épaule démise, un poignet brisé. Qu'il puisse au moins être là pour le voir. Justement sur l'écran, l'image de Kelly, le quaterback des Bills, sur la touche, blessé, appuyé sur ses béquilles. Impuissant. Le visage d'un homme qui en regarde un autre prendre sa femme. Il buvait à petites gorgées dans un gobelet en carton. Il ne voulait pas plus pour Crystal.

— On connaît ta rengaine Musha. Mais moi, j'ai confiance en Crystal.

— Toi, Garchou, t'es comme les gosses. Du moment que tu as un beau maillot.

— Et alors ? Pour moi, c'est important le maillot !

— Surtout si on le met pas à l'envers...

Toute l'équipe se mit à rigoler. Garchou devait son surnom au soir de son premier combat au gymnase Laumière. Stéphane Nizard en vedette. Lui, en préliminaire. Did

« Sugar » Léon : c'était le nom de ring qu'il s'était choisi. Brodé or sur soie mauve. Une fortune, le peignoir. Mais la trouille, le trac. Il l'avait enfilé à l'envers… Eh Garchou, mets-lui la tête à verlan !… Lancé par un titi du balcon. De l'indélébile. Il avait dû descendre son adversaire au 1er round pour asseoir les rieurs. « Sugar » était devenu « Garchou ». Depuis, il avait gardé le surnom et s'était fait broder un autre peignoir mauve. Mais plus personne ne riait. Garchou avait ajouté dans le dos : 15 février 2004. Il n'avait jamais voulu expliquer.

— Marrez-vous. Mais quand le gros colis arrivera…

— Tu as raison Garchou, si le Papa Noël est gentil cette année, on aura peut-être droit aux Giants… de Saint-Étienne ! Et pour Dallas ce sera dans un an, dix ans ! cent ans !…

— Demain !

Crystal apparut. Comme s'il écoutait en coulisses. Il était encadré de Mongo et Phan. Musha se rassit dans un mouvement de bielle coulée. Tradition : chacun, en silence, balança son casque en l'air. Pour les joies de la gravité et les hasards du bilboquet.

— Plein de choses à vous raconter, les gars. Merci Musha d'avoir chauffé la salle… Laisse tourner la télé, Andy. Retire le son, c'est tout.

Crystal se plaça en position de conférencier à côté de l'immense télévision, les gars en face de lui, assis en tailleur par ligne de jeu, comme pour la séance tactique au tableau noir. Un réflexe. Sur l'écran, scintillait une image aérienne nocturne du stade de Pasadena, prise à la verticale par un zepplin. Une immense messe noire. Cent mille bouts d'âmes fondues en anneau. Les équipes en place. Le jeu reprenait.

— J'ai dit « demain » ! Regardez-les bien !

Crystal montrait le téléviseur. Sur l'écran on se percutait sous tous les angles, sans un bruit. Une répétition têtue de coups de bélier. Le terrain cédait ligne par ligne. Le silence montrait encore mieux l'inexorable.

— J'ai dit « demain » ! Écoutez plutôt.

Crystal agitait une feuille roulée comme un rôle. La piétaille regardait le bâton sans étoile. Crystal défit et lut.

— Je vous traduis... 23 février, vol 1554 American Airlines Dallas-Forth Worth, Paris-Orly. Arrivée 19 h 52... Et vous savez déjà qui il y aura dans cet avion !... Eux !

Crystal montrait les Cow-boys de Dallas, en position pour recevoir un botté de dégagement.

— Et on va aller les cueillir sur place !

L'équipe détacha son regard de l'écran sur lequel l'enchevêtrement vipérin des corps se nouait et se dénouait au ralenti autour d'un œuf orange expulsé. Tout par le même orifice. Le cloaque.

— Comment ?

C'était la voix du groupe. Un cri qui brise l'engloutissement dans la foule. Quelqu'un. Un coryphée dans l'ombre. Et tous de murmurer à l'antique... *Oui... comment ?*... Crystal se planta devant eux. On eût dit alors qu'il portait au front le casque de Périclès.

— Écoutez-moi...

22

Snif en avait assez de passer cette nuit à attendre dehors. Pourtant, le froid semblait lâcher prise. La glace du canal craquait sous le redoux. Une embellie, même. Snif venait de voir l'enrubanné ressortir du Cargo. Il était seul ! Ça n'avait pas duré très longtemps. Heureusement. Le reste de froid avait recommencé à lui cristalliser les bas-de-chausses. Planqué derrière la maison de l'éclusier, Snif suivit l'enrubanné des yeux et le laissa disparaître vers la rue de Crimée. Ce n'est pas lui qui l'intéressait. La fille était restée à l'intérieur. Une chance qu'il ait repéré cette lueur en furetant autour du Cargo, il avait même cru voir un visage derrière la fenêtre. Pourtant, de l'extérieur, ça paressait comme une huître. Justement, il allait l'ouvrir la fine-claire. Tu lui sectionnes l'attache, et un coup de dent sec pour percer le foie et faire gicler l'amertume. Ensuite, tu n'as plus qu'à aspirer en respirant l'eau de mer. Mieux qu'un week-end au Tréport ! À force de la suivre, il avait eu le temps de penser à la fille. Et il y pensait !

— Je l'ai retrouvée !

Snif montrait à Rose le portrait à la craie. Rose se jeta sur lui et l'embrassa. Il se demanda si c'était lui ou la nouvelle qu'elle embrassait avec tant de fougue. Son haleine était chargée en alcool. Inutile de rajouter du sucre.

— Allez, raconte-moi ! Une tasse de café, Snif ?

— Tu m'excuseras Rose, j'ai encore le café de ta sœur qui me fait palpiter.

— Ma petite sœur produit toujours cet effet-là. Prends au moins un petit cordial.

« Cordial », le mal-nommé, aurait pu fâcher n'importe qui avec n'importe quoi. Snif toussa et pleura de grosses larmes en s'accrochant aux bras du fauteuil. Rose se servit un autre verre en claquant la langue.

— Revenons à la fille. Tu l'a localisée où ?

— Près d'ici. Le Cargo, l'ancien restaurant. Tu vois où c'est ?

— Tu parles ! J'y ai mangé avec Crystal. Et en terrasse ! Ça canotait sur le bassin. Tu pouvais croire à une guinguette. Jusqu'à l'addition. Hou, le coup d'aviron ! Maintenant que le souvenir me revient, ça fait pas cher en fin de compte.

Snif se leva et alla se servir une tasse de café en silence. Du goudron.

— Écoute Rose. Est-ce qu'il serait possible que tu ne me parles pas tout le temps de Crystal.

— Viens, Snif. Tu vas comprendre. Après on y reviendra plus.

Elle l'emmena jusqu'à la fenêtre. Elle se tenait à lui sans lâcher un alcool blanc, dans une bouteille de vin sans étiquette.

— Tu vois en face, l'église Saint-Jacques-Saint-Christophe ? Entre parenthèses, c'est du vice : une paire de saints pour une église, et on s'étonne après que ma sœur tapine en face. Il y avait prédestination !... Bon, l'église : Tu vois les marches ? Chaque fois qu'il y a un mariage, je viens là et je regarde. Chaque fois, je me disais qu'un jour, ce serait moi qui les descendrais. Mais pas avec les chichis et le tralala. Deux témoins c'est tout, plus moi et... Crystal ! Oui, Crystal. Y a jamais eu d'autre que lui sur la photo. Et ça, depuis toujours, c'est à dire cinq heures moins dix !... Tu vois ça ?

Décidément elle aimait le promener. Elle l'avait planté

devant le Westminster. Les aiguilles indiquait toujours cinq heures moins dix.

— C'est à cette heure-là que je l'ai vu pour la première fois. Tu vois, l'aiguille est juste un peu avant. Ça veut dire : je vais bientôt le rencontrer.

Et elle l'avait ramené à la fenêtre, et collé le nez sur la vitre.

— À chaque fois que j'en vois deux descendre les marches, je chiale pire que le père de la mariée. Je savais que j'étais pas grand-chose pour lui. Mais je pensais qu'il reviendrait. Qu'il ne rencontrerait pas celle qu'il cherchait. C'est fait ! Il m'avait dit : Je la reconnaîtrai. Elle fera couler une larme de mes yeux. Une seule. En silence. Ça m'avait fait rire. Aujourd'hui, je pleurerais bien, mais je préfère boire.

Elle semblait défier la bouteille au goulot et vouloir engloutir un petit bateau qu'il n'y avait pas à l'intérieur.

— C'est pour ça que, cette fille, on va la dézinguer tout les deux. Ce soir !

Rose prit le casque de mineur de son père, son couteau suisse et une mignonnette d'alcool trouble. Snif suivit. Ils se retrouvèrent bientôt sur la terrasse du Cargo, devant la porte.

— Je te croyais plus adroit pour titiller les serrures.

— Écoute Rose, avec ce froid, j'ai les doigts comme des saucisses-coktail !

La serrure fut plus compatissante et céda. Ils entrèrent. Rose alluma sa lampe. Une trouée dans la jungle.

— J'aurais dû prendre le pic du vieux. On l'aurait attaquée droit dans la veine, la demoiselle. Je me serais fait une bague avec son p'tit bonheur.

— Rose !

— Quoi ? Marie-Madeleine avait bien un anneau fabriqué avec le prépuce du Christ !

— Justement, t'es pas une sainte !

Rose se tut. Elle progressait dans la salle à manger. Le faisceau de lumière balayait les tables dressées et saisissait au passage l'argenterie et les verres à pied recouverts de poussière. Il éclairait brusquement le plafond, à chaque lampée de Rose. Snif entendait glouglouter la bouteille dans le noir.

Ils patrouillèrent dans la salle de restaurant, les cuisines. Soudain, Snif et Rose s'immobilisèrent. Un rai de lumière venait de disparaître sous une porte.

23

Cité des Sciences Centre Informatique. Un petit bonhomme, la casquette à carreaux à la main, attendait devant la porte.

— Je suis l'agent de nuit. On m'a dit...

— C'est bien ce que vous vouliez, monsieur le commissaire !

Le Chignon jouait l'auxiliaire avec des petits rubans de zèle dans les cheveux. La petite chose à casquette devait être un pré-retraité de la vigilance. Il donnait l'impression de pouvoir s'endormir à tout moment. Il raconta sa ronde avec variations lasses sur le mode R. A. S. Oui, il était entré ici cette nuit. Il avait cru entendre quelque chose.

— Mais il n'y avait rien d'anormal.

— Vous êtes certain ?

Attention, conscience professionnelle ! Il bomba ce qu'il put de torse dans sa canadienne d'un cuir à avoir fait de la résistance. Sur demande, il rejoua son intervention en mimant une lampe électrique avec beaucoup de réalisme.

— Vous n'avez pas allumé ?

— Et s'il y avait eu quelqu'un ?

Imparable. Le retraité de l'administration pénitentiaire, avait-il précisé, n'était pas là pour intervenir, mais pour signaler. Nuance. Il désigna un talkie-walkie fantôme du côté du cœur.

— En cas de problème, on le signale au central. C'est la consigne. On est pas des cow-boys, nous !

Le « nous » resta en suspension. Lomron se demanda s'il n'avait pas encore oublié son arme de service. Il n'osa pas se palper pour vérifier. À force de la cacher pour que Hondo ne tombe pas dessus, c'est lui qui ne la retrouvait jamais. Il avait l'air malin quand il devait organiser une battue à deux dans l'appartement... Tiens !... Il était dans le bac à légumes du réfrigérateur... Le plus étrange était la façon qu'avait Hondo de faire parfois des phrases compliquées. Le papy commençait à boucler et son récit tournait sur lui-même comme à la promenade.

— Oui, vous pouvez y aller, monsieur. Je vous remercie.

L'ex-maton enfila sa gapette, salua de deux doigts et partit au pas de ronde. Quelle impression ça faisait de passer son existence à l'œilleton d'une cellule. La vie comme un peep-show décavé. Lomron regarda les écrans des ordinateurs. Il eut l'impression de se retrouver seul au milieu de toute cette désolation technique.

— Monsieur Cument ne devrait pas tarder.

Compatissante, le Chignon. Pour la contenance, Lomron se balada dans la salle avec le regard d'un huissier en évaluation de saisie. Il y en avait pour lourd. Rien que du poli, du lisse. Nulle part où laisser une trace, de crasse, de saloperie, de puanteur. D'homme, quoi ! À peine cette feuille mal déchirée sur cette imprimante au couvercle de travers. Un rien... *Fais le hamster, tu verras bien plus tard...*

— Votre fils possède un ordinateur, monsieur le commissaire ?

« Posséder » ! Il ne manquerait plus que ça que Hondo se laisse téter les yeux par un écran.

— Non, ça ne l'intéresse pas.

— Vous avez de la chance.

Plus qu'elle ne pouvait l'imaginer. Il n'y avait pas de fenêtre dans cette salle, sinon il aurait cherché la direction de sa tour. C'est pour ça qu'il avait choisi d'y habiter : on la voyait de n'importe où. Trois lumières rouges au sommet : Hondo était là. C'est rare d'avoir un enfant qu'on voit de partout. Même la nuit.

— Vous savez que les ordinateurs domestiques peuvent provoquer des crises aiguës, pour les cas d'épilepsies photosensibles.

Hondo n'aimait que l'obscurité. L'aube provoquait chez lui une étrange langueur. Il devenait muet, jusque dans les yeux.

— Ah ! monsieur Cument.

Le grand flandrin gris en clergyman avait peut-être une tête de responsable. Il faudrait le voir complètement réveillé et coiffé de façon plus figurative.

— Excusez-moi, j'ai fait au plus vite... C'est fou pour Célestin.

La bande son était orientée sud-ouest. Les choses dites devenaient tout de suite moins graves.

— Je vous présente le commissaire Lomron.

Poignée de main chistera. Il aurait pu être curé et jouer en espadrilles.

— Je n'ai pas compris ce qu'on attendait de moi.

— Voila. On a trouvé près du corps de monsieur Chérelle un appareil électronique. Nos services l'ont examiné, il s'agirait d'un matériel utilisé pour le piratage informatique.

— Je peux le voir ?

— J'ai demandé qu'on le ramène du labo. Il est en chemin. Je voudrais surtout que vous me disiez si vous avez les moyens de vous apercevoir d'un piratage ou d'une tentative.

— Parfois oui, parfois non.

Faisait le Normand maintenant. En moins crédible.

— Je veux dire qu'il y a toutes sortes de piratages. Un peu comme les cambriolages. On peut entrer chez vous, ouvrir votre coffre, prendre des documents, les photographier et repartir. Pas de trace. La belle ouvrage. On peut aussi fracturer la porte, voler ce qu'il y a de précieux, et saccager l'appartement. La sale besogne.

— On peut aussi tuer le propriétaire si on est surpris.

— La guigne !

L'hypothèse tournait joliment.

— Mais monsieur le commissaire, je ne vois pas ce qu'on pourrait vouloir voler sur nos ordinateurs.

— Madame, si je vous le disais, vous seriez surprise. Ne serait-ce que notre fichier d'abonnés. Il comporte des milliers de noms. Pas mal d'entreprises seraient très intéressées.

— Je n'y avais jamais songé, monsieur Cument.

— Pourtant vous recevez du courrier, pour lequel vous vous demandez comment ils se sont procuré votre adresse.

— C'est vrai.

— Vous savez, il y a eu le charbon, le pétrole, il y aura l'information. C'est la matière première de notre époque. Et en plus, il y a des gisements partout !

Lomron trouvait que le flandrin aurait fait un bon professeur pour Hondo. Même le Chignon écoutait.

— Monsieur Cument, permettez-moi de revenir à ma question. Pouvez-vous savoir si on a essayé de pirater vos ordinateurs ? De ce poste, par exemple ?

Il lui désignait celui qui était près de l'imprimante au capot mal ajusté.

— Je vais voir, mais je ne vous promets rien.

Lomron ne voulait pas de promesse. Il suivait une piste. Il y avait ou non un lien entre la tête coupée et ce décapsuleur électronique. Sinon il lui resterait la boucle d'oreille. Il la sentait tiède au creux de sa paume… La main est un sac de prélèvement non règlementaire… Le flandrin s'était assis devant un ordinateur comme un concertiste à queue-de-pie. Le Chignon décida d'aller chercher des cafés pour tout le monde. Lomron ne fit pas semblant de comprendre les triturations du soliste. Il se tint à l'écart. Bientôt le Flandrin émergea.

— On est entré ! C'est sûr. Mais pas dans nos fichiers. Enfin, je crois. C'est un peu bizarre.

— Je ne comprends pas.

— Moi non plus, mais je vérifie une petite idée, comme ça... Oui, bien sûr... D'accord... Je vois...

Le flandrin dialoguait à voix haute avec sa « petite idée ». Ils avaient l'air de bien se connaître. Il souriait en fixant l'écran. Jamais un engin pareil à la maison, pour Hondo !

—... Ça se confirme... Bien joué !... Eh bé, tu te refuses rien... Voilà... voilà... Comme on se retrouve... Tu signes !... Et en plus, il se paie notre fiole !

— Vous parlez de quoi ?

— Pas de problème ! On est entré ce soir. Et notre visiteur a laissé sa carte de visite.

— Expliquez-vous ?

— Les types qui piratent sont souvent très malins, mais encore plus vaniteux. C'est ça qui les perd... Regardez ici !

Le flandrin lui montrait une ligne en bas de l'écran... *Baisé la Villette ! NHK-THK 23/2/93*

— Ça veut dire quoi ? Enfin, pas le début... les initiales.

— C'est une signature de haker. De pirate informatique si vous préférez.

— On sait de qui il s'agit ?

— Là, c'est autre chose. C'est solitaire, mais ça vit en horde, cette engeance. Ils forment des clubs. Ils éditent des fanzines, pour raconter leurs exploits, et partager leurs trucs. Ils ont même un salon international en Hollande. On en connaît. On est obligé de s'arranger avec eux, parfois.

— Comment ça ?

— Il faut comprendre. Ils percent des petits secrets, des gros, même. On les prend, on abandonne les poursuites, et on les dédommage pour qu'ils se taisent. Il arrive aussi qu'on les embauche pour lutter contre leurs petits collègues.

— Vous êtes un ancien pirate ?

— Non, moi j'ai bêtement fait les écoles.

Son sourire semblait regretter. Pas ses yeux.

— Et notre NHK-THK ?

— Ça me dit quelque chose cette signature. Il doit être fiché quelque part. Flambart comme il a l'air, il a bien dû tenir une ou deux conférences de presse. Mais vous avez un très bon service chez vous. Nous avons travaillé avec eux, pour une histoire de chantage au virus.

— La B. R. I. ?

— C'est ça. J'avais été en contact avec quelqu'un de très bien.

Il griffonna un post-it et lui tendit.

— Voilà. Vous pouvez lui parler de moi.

Lomron le colla dans son carnet rachitique.

— Vous avez pas une idée de ce qu'il venait chercher, ce pirate. Ça m'aiderait.

— Je vais voir. Mais la recherche prendra un peu de temps.

D'un geste large Lomron lui concéda l'éternité. Le flandrin s'y attela.

— Je n'étais pas certaine pour le café au lait. Alors je vous ai pris un café court sans sucre. Vous savez que le café au lait dégage des toxines dans l'estomac ?

Lomron sortit de la salle, alla dans les toilettes et versa son café court sans sucre dans le lavabo. Il se regarda dans la glace. On avait progressé. Le meurtre semblait lié à une affaire de piratage informatique. Mais tu ne sais toujours rien sur la femme aux boucles d'oreille. Il ouvrit sa main. La boucle avait imprégné sa paume. Une blessure en creux. Il pensa à la stigmatisation de saint François. Il vit les chairs pincées sous les électrodes. Les mains, les pieds, le flanc. Les suplications. Lomron sentit revenir les tremblements. Il se passa la tête sous l'eau. Maintenant il avait froid. Il retourna à la salle informatique.

— Vous avez un annuaire, madame ?

24

— Écoutez-moi bien…

On forma une couronne devant Crystal. Mongo et Phan saisirent à bras le corps deux énormes braseros qui sommeillaient et les plantèrent au centre du groupe.

— J'ai dit « demain », car le jour qui vient ne compte pas. Le jour qui nous intéresse, les gars de Dallas seront en transit à Orly. Leur avion arrivera à 19 h 52. Il ne doit plus repartir.

— Facile, on lui mettra du sel sur la queue.

Musha essayait de s'attirer les rieurs.

— Moi, ça me ferait plutôt décoller ton truc.

Garchou eut plus de succès.

— Bartis vous expliquera son idée. Il a travaillé dans les bars de l'aéroport.

— D'ailleurs, je suis étonné qu'ils n'atterrissent pas à Roissy. Je croyais que le trafic avec l'Amérique du Nord sur Orly avait été liquidé.

— On aura l'air fin avec notre bouquet, s'ils débarquent ailleurs.

— Pas de danger Musha. Ça c'est du sûr. Ce sera à Orly.

— Et pour Nikel, comment l'équipe va jouer sans lui ? On le savait tous, ce qu'il voulait faire. Tu aurais pu…

Mongo et Phan se mirent ensemble en mouvement vers

Musha. Ils s'apprêtaient à le saisir aux chevilles et à partir chacun d'un côté au galop. Le fendre comme un 501. Et écouter les rivets tomber. Crystal les arrêta d'un regard.

— Ruedo reviendra bientôt de l'hôpital pour nous donner des nouvelles. On pense tous à Nikel. Moi, je suis certain qu'il sera avec nous pour le match.

Le cercle voulait y croire. Mais un pied tranché ! Mongo et Phan tisonnèrent les braises.

— Quant à notre plan, il est simple : les obliger à jouer contre nous !

L'équipe regardait Crystal comme à une veillée à l'ancienne. Dans l'âtre derrière lui, les images sur l'écran crépitaient comme des bûches. Il y avait du tirage !

— Les obliger ! Mais je vois pas pourquoi ils se bougeraient les fesses de leur siège pour nous. On est quoi, pour eux ?

— Tu as raison Musha ! Justement, qu'est-ce qui pourrait bouger des types comme ça. La gloire ? Ils l'ont déjà. L'argent ? On en a pas à leur proposer…

— Les femmes !

— On en a encore moins.

— Et Mona ?

— Là, ils rentrent chez eux à la nage !

— Tu es sévère Kawa. Sans elle, l'équipe s'entraînerait encore sur la pelouse de la Villette.

Dans sa guérite Mona envoya à Zobi un bécot taillé dans la bavette.

— Alors, si ce n'est ni la gloire, ni l'argent, ni les femmes. Il reste quoi ?… L'honneur !

Le mot tomba comme un aérolithe carné dans un brouet de Spartiate. On le regarda dubitatif.

— Ces gars-là sont fiers. Comme vous ! Qu'est-ce qui vous met le plus en fureur dans un match ? Ce n'est pas de vous faire mettre dans le vent, une fois, deux fois, par le même.

C'est que le type vous glisse en douce: tu veux un peu de sirop? Tu vas t'enrhumer.

Approbation dans les rangs.

— Et quand, la troisième fois, en vous regardant bien dans les yeux, le type avec un petit sourire, tousse dans sa main. Qu'est-ce que vous voulez lui faire?... Le tuer.

La sentence fut votée à l'unanimité.

— Alors vous lui rentrez dedans, les copains viennent à la rescousse. Mêlée générale. Les arbitres interviennent. Vous êtes sorti du terrain pour brutalité. Pas lui.

— Tu voudrais pas qu'on laisse dire sans rien faire!

— C'est exactement comme ça qu'ils réagiront, Garchou. Vous vous souvenez pas de notre seul match perdu?

Grondement lugubre. On souhaitait oublier.

— On a même pas joué. Une équipe du côté de Pontault-Combault. Ils nous ont pris dès l'échauffement. Un joli travail de chambrage. Après ça, Ruedo courait derrière leur quaterback pour l'embrocher. Et je ne parle pas des autres. Résultat: disqualifiée, l'équipe!

— Seulement au match retour...

— D'accord, Ducati, mais sur notre carte, il y aura toujours une défaite.

Depuis ce jour-là, sur le casque, la larme de la tête-qui-pleure n'était plus rouge, mais noire.

— Rappelez-vous la séance d'entraînement qu'Andy nous avait fait faire après ça?

Ils se souvenaient! Deux par deux. Face à face et l'injure tour à tour. Le premier qui craquait et frappait l'autre avait perdu. Quinze secondes après le début de l'exercice, c'était la castagne à tous les étages. Andy souriait. C'était un entraînement pratiqué par certaines équipes professionnelles. Une méthode inspirée des anti-ségrégationnistes noirs des années 60 aux États-Unis. Après répétition certains résistaient une minute.

— Andy, tu peux envoyer la cassette « Rosebud ».

— Eh, Crystal, tu vas pas nous refaire le ciné-club du Rio Banana !

— Malheureusement Musha, je crains que Nabur, notre sympathique animateur, n'ait participé à sa dernière séance.

Il y eut une seconde de silence à la mémoire du projectionniste.

— Rien à voir avec *Citizen Kane*. Il s'agit d'une séquence repiqué sur CNN dans Sport Report. Regardez ! N'envoie que l'image, Andy ! On verra mieux.

Sur l'écran, un match quelconque, un accrochage banal. Deux joueurs opposés, d'un quintal chacun, qui se causent côte à côte, sur un mode badin.

— Lui c'est Mats et l'autre Mac Mahon.

Ils se regardent. Pas plus coq que ça. Mac Mahon articule un mot. Un seul. Mats le frappe. Immédiat. L'entrejambe, l'entrejambe, et l'entrejambe. À partir de là, c'est un crescendo à la Laurel et Hardy, avec superproduction à Culver City. Le terrain est envahi, supporters, fanfares, pom-pom girls, staff, service d'ordre… Du thermonucléaire champêtre.

— Et tout ça, pour un mot.

Retour arrière. Le burlesque à la bonne vitesse. Jusqu'au visage de Mac Mahon et la bouche qui articule au ralenti. Crystal chassa le visage de l'icône… « mha »…

— Qu'est-ce qu'il lui a dit ?… Qu'est-ce qu'il lui a dit, Crystal ?

— Heu… Excuse-moi Kawa… Eh bien, les journalistes ont posé la question à Mac Mahon, sur son lit d'hôpital. Pas de réponse. Mats idem. Loi du silence. Alors ils ont fait voir ça à un sourd et muet pour déchiffrer. Verdict : Rosebud !

— Sont sensibles, les rosières, là-bas.

— Il faut dire pour comprendre, Bartis, que les jours avant le match Mac Mahon avait annoncé que son équipe allait passer sur celle d'en face comme elle était passée sur la petite amie de Mats. Et qu'il le prouverait le jour du match.

— Classique comme provocation !

— Sauf que « Rosebud » est réellement le tatouage intime de la demoiselle en question. Vérification : Page centrale, la semaine suivante, dans *US Girls* ! Les dollars qui tombent comme à Da-Nang sur la demoiselle tatouée.

— Pub ! Coup monté comme un âne.

— D'accord Garchou. Mais efficace.

— Si j'ai bien compris ta petite anecdote, Crystal, pour aller provoquer les types de Dallas, il nous faut la liste des tatouages.

— Tu crois pas si bien dire, Musha. Andy a compilé toute la saison de quoi les faire sortir.

— Admettons, Crystal, que : un ! on arrive jusqu'à eux. Et ça, c'est pas joué. Que deux ! on les fasse sortir avec des boutons de rose. Trois !... Et après ?

— Après, c'est le plus simple. Une fois sortis, les gars de Dallas seront comme un bernard-l'hermite hors de sa coquille : le cul mou ! On sera sur notre terrain. Ici !

Crystal montrait l'obscurité sous la verrière. Sur l'écran de télévision, l'image d'une vue aérienne nocturne du Rose Bowl de Pasadena restait suspendue dans le vide. Soixante-dix mille bouts d'âme comme des têtes d'épingles lumineuses emplissaient soudain ce morceau abandonné du 19ème arrondissement. Une immense clameur muette fit vibrer la carcasse rouillée du bâtiment. Chacun ressentit l'onde dans son corps. Crystal claqua dans ses mains. On décilla.

— Maintenant, il faut se répartir les tâches. Bartis va nous expliquer son idée pour la salle de transit d'Orly. Ensuite, Andy nous prendra en main pour l'opération « Rosebud ». Bartis, toujours le plateau à la main, commença son exposé. Crystal n'avait pas voulu parler de la journaliste à peau de rousse. C'était difficile de régler ça comme pour Nabur et Brinks. Il enverrait un gars la marquer. Tout était dans l'agenda noir à tranche dorée. Bartis expliquait quand Ruedo entra. Le groupe se figea et l'interrogea des yeux.

— *Pronostica reservado!* Il s'en tire bien. Seulement, il y a un hic, Crystal : Nikel veut sortir de l'hôpital.

— Quand ?

— Tout de suite !

25

Illema crut entendre un bruit derrière la porte. Son cœur emplit sa poitrine. Martial l'avait laissée dans cette petite chambre étroite, aménagée derrière l'office du bar. Un matelas, une table, un lavabo, un chauffage à gaz. Des flammes bleues et un léger ronflement. Recroquevillée dans son duvet, Illema n'avait pas réussi à s'endormir. Le plafond, le plancher, les murs craquaient. Des rats, le dégel, sa respiration oppressée... Mais ce bruit derrière la porte... Elle souffla la bougie posée près d'elle.

Snif et Rose s'immobilisèrent soudain. Un rai de lumière venait de disparaître sous une porte. La fille était là. Et elle les avait entendus. Il ne fallait pas traîner. Snif palpa son rasoir. Attends encore mon vieux, ce n'est pas cette lame-là dont tu as besoin maintenant... Rose bouscula la porte. Le faisceau du casque de mineur piqua Illema assise sur le matelas, le dos plaqué contre le mur. C'était ça ! Cette petite chose apeurée qui remontait sa vertu sous le menton. C'était ça, qui avait fait pleurer Crystal ! L'araignée mangea soudain le visage de Rose. Elle but une lampée féroce.

— Vas-y Snif, fais-lui Poséidon !

Snif se sentit violemment poussé dans le dos. Le reste s'enchaîna. Illema reçut la lumière, la voix et la masse en même temps. Un homme lâché tel un chien. Sa bouche sentait l'alcool. Il soufflait. Ses mains cherchaient... Où t'as caché ton p'tit bonheur, ma douce?... Il ménagerait la soie grise du corsage. Pas de jambes!... Ma parole, cette fille n'a pas de jambes. Ma veine, je suis tombé sur une sirène!... Poséidon! Poséidon! C'est vite dit!... Comment écailler un truc pareil?... Il essayait de lui arracher sa couverture. Snif avait la nageoire à tous vents... Illema sentit le corps sur elle pointer par morceau. Mais l'homme n'était pas très fort. Excité seulement. Éclaire-moi! Mais éclaire-moi, Rose!... La lumière se balançait dans le dos de l'homme en cherchant à le cadrer. Illema entendit l'étoffe se fendre et céder. Elle entrevit une lame de rasoir... Tant pis ma fille, ce sera moins propre que prévu!... Des plumes jaillirent et emplirent la bouche d'Illema. Elle suffoqua. La torche, l'haleine, les cris, les râles, enfonçaient une bourre dans sa gorge... N'épuise pas tes forces. Illema entendait la voix de Tardz... Laisse-lui croire que tu renonces... Illema laissa venir ses genoux contre sa poitrine... Ah! on devient raisonnable. On en veut bien du Snif... La position me convient, ma belle. Classique mais on se connaît depuis peu... Illema affermit la plante de ses pieds sur le ventre mou de l'homme. Ses mains s'immisçaient... Écarte maintenant, ça va venir direct... Vas-y, Snif! Mets-lui!... La voix sauvage de la femme derrière la lumière aveuglante. Tu préfères ça! L'éclat d'une lame. La chair tendue et tiède contre elle... Ça y est!... Oh non!... Je peux pas!... Je peux pas retenir... Un râle douloureux de l'homme. Il relâche sa prise. Illema détend soudain ses jambes comme une antipodiste Bouglione. L'ombre de l'homme partit en arrière, en soufflant la lumière penchée audessus de lui. Une bouteille de verre se brisa contre le mur... Ma gnôle!... Et le tout valdinga dans le chauffage au gaz. Un crâne fit sonner la bouteille. Butane ou propane? Difficile à préciser.

— J'ai pas pu retenir! j'ai pas pu retenir!

— Dépêche-toi, elle se sauve !

Illema s'extirpa des lambeaux de duvet et se jeta hors de la chambre au jugé. Snif se démêla de Rose... La garce !... Il se palpait le front. Il paraît que la corne de rhinocéros c'est aphrodisiaque. Il en aurait besoin. Sa nageoire battait de l'aile dans la laitance. Rose l'avait déjà attrapé par la ceinture et le relevait.

— Range ton fourbi. Il faut la rattraper !

Illema avançait dans l'obscurité sans point de repère... Si tu ne sais pas où tu vas. Vas-y tout droit ! disait Tardz. C'était une table qu'elle venait de renverser. Et tout son couvert ! Elle aurait un bleu à la cuisse.

— Par là, Snif !

La torche cherchait le bruit de vaisselle brisée. Illema sentit un tesson entailler son pied nu. La lumière lui effleura le coude.

— Là !

Rose avait planté le faisceau dans le dos de la fille. Elle la tenait en laisse et Snif fonçait derrière. Sa corne poussait. Il l'embrocherait le papillon. La lumière traquait Illema. Elle courait dans son ombre. L'odeur de serre ! La sortie ! La blessure de son pied s'ouvrait. L'homme revenait sur elle. Un autre râle. La porte devait être toute proche. Les palmes sur le visage. La poignée. Elle tire. L'air frais et le blanc de la nuit.

— T'avais pas refermé, Snif !

Illema est submergée par l'espace. Le canal gelé comme une immensité. Où aller ? Elle dévale les escaliers, glisse, le pied flanche, elle chute, boule et s'affale au bas des marches. Étourdie. Le ciel est au-dessus. Limpide. Une main fraîche sur le front. Illema laisse aller ses épaules. Son corps se moule dans la neige. Elle souffle avec le ventre. Un appel.

— Martial !

Mais l'ombre de l'homme surgit déjà au-dessus d'elle et s'abat. Une aile noire déchirée. Elle n'a plus la force. Quel plaquage ! Serait jaloux le Crystal. Il n'avait qu'à le prendre dans l'équipe. Snif saisit Illema aux chevilles. On va mettre ça à l'ombre, pour transformer le touché. Snif tire Illema vers le bord du canal, près de la petite cahute en briques.

— Crève-la !

Rose l'avait rejoint. Une furie. Elle arrache son casque et en frappe le corps évanoui d'Illema. Les traits de lumière de la lampe lardent les replis inertes d'une forme étendue... *Working in a coal mine !*... Rose frappe Illema au ventre en scandant, à coups de pied, les paroles du blues... *My baby is all mine !*... Rose s'acharna et s'apaisa d'un bloc. La face hébétée comme une remontée de puits, après un coup de grisou.

— Elle n'aura plus besoin de son ventre, maintenant. Snif, crève-la !

— J'ai plus ma lame !

— Alors on la balance !

— Et mon petit dédommagement ?

— Tu trouves pas que ça manque d'intimité ?

Rose lui montrait les lumières à la ronde. Étrange, cette façon qu'avait le quartier, à n'importe quelle heure, de garder des meurtrières allumées.

— Tinquiète pas Snif, je t'assurerai le débours moi-même.

Rose avait déjà attrapé Illema sous les genoux.

— Prends par les bras. T'auras la meilleure prise.

Et quelle prise ! Snif eut soudain la nageoire nostalgique... À la une !... Gâcher un tel corps !... À la deux !... Il aurait du mal à rouvrir les mains... Et à la trois !... L'envol du barreur après la victoire. La glace céda. Un trou net. Sans éclat. La chevelure noire qui flotte un instant et se résigne à sombrer. Quelques bulles. Et plus rien.

26

C'est cette lumière blanche de l'autre côté du canal qui avait attiré l'attention de Hondo. Elle s'agitait. On appelait au secours. Et quelque chose était tombé. Quelque chose avec des cheveux. Ça avait disparu sous la glace. C'était une dame brune. Hondo en était certain. Il fallait qu'il aille la chercher. Il devait faire froid sous l'eau.

Le corps d'Illema descendait aspiré par l'obscurité. Elle se sentait pourtant si légère, des voiles attachés aux poignets et aux chevilles. Elle se laissa aller dans une lente chute d'hippocampe. Un mouvement doux, comme les paupières d'un baigneur étonné qui basculent en arrière. C'était donc déjà l'heure, pour elle ! Les eaux glacées filaient une soie engourdie autour de son corps. Elle n'avait même pas à renoncer. Se laisser aspirer. Mais soudain, Illema crut voir une couronne de lumière grise au-dessus d'elle. Le disque devint d'un pâle orangé. Presque chaud. Illema toucha un fond de vase, donna du talon et remonta en tendant les bras. Elle se sentit flotter comme une mariée de Chagall. Emportée. Le front ceint. La lumière venait à elle. Toute proche. Elle lança sa main pour crever la membrane du disque qui frémissait. Illema perça la lumière et sentit l'air frais sur sa paume humide.

On lui saisit la main.

27

Lomron avait demandé un annuaire au Chignon. Juste pour poser une question et arrêter le tremblement qu'il sentait monter. Pas un frisson. Une sorte de transe sourde. Cette guerre ne le lâcherait jamais ! Lomron renoua son écharpe et tritura son badge. La torture, il ne savait plus s'il en portait les marques ou si c'était lui… Il fallait qu'il feuillette.

— Nous avons un minitel, si vous préférez.

Il ne préférait pas. Feuillette ! Lomron avait beau serrer la boucle d'oreille dans sa main, rien ne venait. Ridicule ! Bientôt tu poseras tes mains sur des photos pour retrouver les suspects. Il y a aussi l'appel à témoins. Cherche jeune femme portant ceci. Gros plan sur l'objet. Téléphonez au 42. 36. 44. 98… C'est le numéro de Hondo. Comment avait-il fait pour s'en souvenir ? Pense à l'appeler. Cette lettre bleue finirait par lui trouer la poche ! Le Chignon devait commencer à s'inquiéter sur ses méthodes. Feuillette comme si de rien n'était. Feuillette ! C'était facile de faire l'actif. Il pouvait décider d'aller fouiner chez Chérelle, l'homme-à-la-tête-coupée. Ça donnerait le change. Lomron aimait entrer dans un appartement vide dont le propriétaire vient de disparaître. D'ordinaire, on a rarement le sentiment qu'un lieu attend quelqu'un. Sauf quand on est le seul à savoir que la personne ne reviendra jamais plus. On pousse la porte. Une tasse sur la table, un tiroir mal fermé, ou cet ordre trop parfait qui ressemble à une femme qui serait décoiffée. Lomron pensa à cette chambre à coucher chez lui, dans laquelle il n'était jamais plus entré. La chambre-de-personne. N'y pense pas. Feuillette ! Le bureau de Chérelle, ce parfum étrange, ces gobelets vides, ce siège monté un peu haut, ce bijou. Feuillette !

— Je peux vous aider commissaire ?

C'est vrai qu'il feuilletait beaucoup. Dans cette espèce de galerie marchande alphabétique, il se baguenaudait comme une flanelle parmi les encarts. Le chignon soupçonneux de la vendeuse surveillait le client hésitant. Il n'allait quand même pas la faire entrer dans toutes les « bijouteries » et « objets du culte ».

— Vous m'avez expliqué quelque chose tout à l'heure au sujet de cette croix.

Lomron montrait la boucle ouverte dans sa paume.

— Je vous ai dit que c'était une croix orthodoxe.

— Oui, mais qu'est-ce qu'elle veut dire ? Pourquoi est-elle différente de la croix…

— Latine ?

Il allait dire « classique », mais ce n'était certainement pas approprié. Il se contenta de hocher-déhocher. La réponse lui permettrait de faire semblant de réfléchir et d'attendre le hasard.

— Comme je vous l'ai expliqué, la croix orthodoxe est une croix latine, plus cette branche horizontale plus petite au-dessus qui figure l'inscription INRI.

Lomron ne voulut pas avouer qu'il ne savait pas ce que signifiait « INRI ».

—… Jusque-là on a une croix de Lorraine. D'accord ? Si maintenant, on ajoute cette branche oblique relevée vers la droite du Christ…

Lomron, tu l'as vue ailleurs qu'à Alger cette croix. Il n'y a pas longtemps. Réfléchis !

— On obtient la croix papale. Celle des orthodoxes. Mais,

il vous faudrait quelqu'un pour vous en dire plus, monsieur le commissaire…

Lomron, arrête de faire semblant de chercher ! La fille qui a disparu est orthodoxe et parfumée au presqu'encens. Et alors ? Maintenant remue-toi pour la retrouver !

— Je vous remercie. Une question. Est-ce que monsieur Chérelle avait l'habitude… plutôt, est-ce qu'il venait parfois avec une femme ? Ou une femme venait-elle le chercher, ici ?

— Pas à ma connaissance. Il était très sérieux et réservé dans ce domaine.

Cherchez la femme ! Cherchez la femme ! De la vieille ficelle à empaqueter. Tu retardes mon homme rond. Tu retardes ! Lomron regarda l'heure. La cabine téléphonique ! Hondo devait attendre. Et toi, tes médicaments ! Tu as raté la prise. Chronos bouffait ses enfants. Pas une raison pour manger le tien. Quel goût aurait Hondo ? Pain d'épices ? Café au lait ? Vanille ? Crème brûlée ? La cuisine devait être dévastée à cette heure. Lomron sortit la carte de visite où était inscrit le numéro de la cabine. Celle au pied de la tour.

— J'appelle mon gamin

Il n'avait pas besoin de son autorisation.

— Vous êtes comme moi, commissaire, vous oubliez votre propre numéro de téléphone. Vous savez que c'est freudien.

— Je n'ai pas le téléphone.

Il n'avait pas lu Freud non plus.

—… Je l'appelle dans une cabine publique.

Les sourcils du Chignon restèrent suspendus. Au bout du fil, ça ne répondait pas. La sonnerie faisait de son mieux. Hondo en avait eu assez d'attendre. Il était rentré. Pas patient ! Il exagère tout de même… Ou alors chez Musique !

— Non commissaire, il n'est pas monté, ce soir. Il a dû aller faire un tour dans les ruines. Je vais aller regarder.

Elle avait certainement raison. Hondo était souvent fourré dans les ruines de l'entrepôt. Il aurait pu y penser le premier.

Musique lui racontait en direct sa déambulation dans son appartement, comme dans un reality show.

— Ça y est, je suis sur le balcon maintenant. Vous devriez voir comme c'est beau ! Le square, le kiosque à musique, la lumière des réverbères, les paulownias sous la neige…

Lomron avait toujours pensé qu'il s'agissait d'acacias. Une erreur de plus. De la fenêtre de Musique, au neuvième étage, on voyait tout le quartier. Elle donnait sur l'église Saint-Jacques-Saint-Christophe. On racontait, par ici, qu'une Vierge Énorme-et-Douce apparaissait parfois la nuit, des flancs de la Tour Blanche. Elle venait pardonner à cette église dans laquelle on avait arraché le cœur d'un homme au pied de l'autel. Lomron aimait écrire des histoires pour Hondo, et qu'il lui donne son avis.

— Alors ?

— Je ne le vois pas. Ni dans les ruines, ni au bord du canal, ni vers les cabines téléphoniques, ni dans le square.

Musique parlait comme dans un conte. Comment faisait-elle pour rester suspendue dans le vide, sans avoir envie de s'y jeter ? L'envol d'une grosse dame.

— Merci, Musique. Vous me rappelez si vous avez du nouveau.

Lomron lui donna le numéro de téléphone du bureau de Chérelle. Il raccrocha avec cette envie nouvelle de dénouer son cache-col et d'arracher son badge. Il fallait qu'il trouve un prétexte pour sortir d'ici.

— Des ennuis, commissaire ?

Il l'entendait bourdonner sous le chignon, celle-là… On ne laisse pas un enfant de cet âge, dehors en pleine nuit. Avec ces malades qui se promènent maintenant… en plus des inspecteurs de La DDASS. Il savait tout ça ! Lomron claqua la boucle d'oreille sur le stratifié du bureau, comme on claque sa mise, ou comme on écrase une grosse mouche luisante. Le Chignon sursauta. La sphère d'argent de la boucle d'oreille s'ouvrit. Lomron bouillonnait d'une énergie soudaine. Hondo avait disparu ! Il saisit l'annuaire à pleine main. Il fut tenté de le déchirer… Charles Rigoulot, l'homme le plus fort du monde!… Mais il se contenta de le trancher du pouce, de faire courir son index… Quelqu'un pour vous en dire plus. Elle avait raison le Chignon… Il lui fallait quelqu'un pour lui en dire plus. Son doigt continuait à faire du yoyo sur les pages jaunes… La sphère de la boucle ouverte en deux… La croix blottie au fond… Splendeur russe! Lomron bondit de sa chaise comme un danseur cosaque. L'annuaire comme une grosse opale passée à l'index.

— Votre passe!

Contre un tel regard enfiévré, le Chignon lui aurait bien tout donné. Elle se demanda ce que Freud aurait dit du mot «passe» dans une telle circonstance.

Lomron entra et traversa le bureau de Chérelle. Il piqua sur le mur… *Église de la Transfiguration du Christ (Kiji)*… C'est là qu'il avait vu la croix orthodoxe. L'illustration de ce calendrier. Et en bas à droite, en petits caractères… *Centre orthodoxe et Église Saint-Serge*… Lomron se désengage l'index et pointe sur l'annuaire… 93 rue de Crimée Paris 19 ème… Et les deux abrutis qui n'étaient pas encore revenus du labo avec le zinzin!

— Je peux vous conduire, monsieur le commissaire. J'ai une voiture et ce n'est pas très loin.

Étrangement serviable, le Chignon. Des mèches quasi énamourées sur le front. Certainement sensible aux splendeurs russes.

— Ma voiture est au parc de stationnement, commissaire.

Lomron aurait bien aimé faire un détour par chez lui. Ce n'était pas vraiment un détour. Musique ne pouvait pas tout voir de là-haut. Hondo était peut-être rentré à la maison.

Du haut de son balcon, Musique essayait d'identifier ce que Hondo poussait dans son caddie. Cela ressemblait au corps d'une femme. Une femme étrangement fine. Hondo disparut dans l'entrée de l'immeuble.

28

— Ruedo, avant d'aller chercher Nikel, on doit passer chez Martial. Ce sera rapide.

Bartis avait terminé d'exposer son idée pour entrer et sortir de la salle de transit d'Orly. Du limpide. Il eut droit aux acclamations.

— Écoutez les gars, avec Ruedo, nous allons aller récupérer Nikel à Debré. Zobi tu préviendras Mona qu'il faut qu'elle garde son dialysé encore un peu au chaud.

Murmures insinuateurs dans les rangs. Zobi laissa médire.

— Il en faudrait deux ou trois pour accompagner Bartis sur un repérage plus fin à Orly…

Giclée de volontaires. On trie. Il y aura deux voitures.

— Andy tu prends les autres en main.

L'équipe aimait ces moments qui ressemblaient au huddle. Des consignes brèves, précises. Des cris avec le ventre. Chacun se relevait en sachant ce qu'il avait à faire. Les lignes bien tirées devant lui. C'était encore meilleur quand on retrouvait cette impression hors du terrain. Ça mettait le monde au carré. Crystal regardait les gars se mettre en mouvement et dessiner leur propre trajectoire. Sous ce hangar immense, il aurait pu atteindre n'importe lequel d'entre eux, les yeux fermés. Le ballon était déjà dans les airs. Le match commençait.

— On y va Ruedo. Qu'est-ce que c'est que ça ?

— Nikel m'a dit de prendre une boîte bleue dans son vestiaire. J'ai prise.

Dehors, la nuit craquelait vers le jour. Sous le froid, des odeurs perçaient. Dans l'ambulance, Ruedo enclencha sa cassette…

— Je veux qu'on le passe pour mon dernier tour de piste. ... Tu n'oublieras pas.

— Pourquoi tu me dis ça, maintenant ?

— Parce que ça y est. Tu as ouvert la porte. La bête est sortie… *Ya luchan la paloma y el leopardo*… Il n'y a plus qu'un seul moyen de la faire rentrer. C'est de la tuer ! Ce sera pareil pour l'équipe.

— Tu as peur ?

— J'espère. Ce serait bon signe. Tu sais, on attendait tous ça. Quand ça sent la corne, ça sent bon.

A la cinquo de la tarde… C'est l'heure de toutes les arènes. Ce petit matin portait le même silence que l'instant où le fer va plonger dans la croix.

Martial dormait.

— Encore toi, Crystal ! Ma parole, tu me fais la cour… « Épousez comme il vous plaira, deux, trois, ou quatre femmes. » Sourate 4 Verset 3.

— Ne plaisante pas, Martial, je suis pressé. Qui c'est la fille que tu as dessinée sur la porte de la penderie?

— C'est toi qui devrais me le dire. Tu viens ici, tu casses ma porte d'entrée, tu prends celle de la penderie. Ma parole, tu en fais le commerce ! « Dieu a permis la vente et il a interdit l'usure. » Sourate 2 Verset 275.

— C'est ma patience que tu uses, Martial.

— Je ne la connais pas. Ma parole !

— Tu connais une sourate à propos du mensonge.

— Ça me vient pas.

— Martial, cette fille est en danger !

— Explique-moi, Crystal.

— Je ne veux pas te mêler à cette histoire. C'est à moi de régler ça tout seul.

— Ne t'inquiète pas. « Nul homme ne portera le fardeau d'un autre. » Sourate 35 Verset 18.

Crystal raconta à Martial. Il comprit.

— Elle est au Cargo. Tiens, prends la clef ! Je préfère ne pas t'accompagner. « Dieu te fait petit. C'est le regard de la femme qui te fait grand. » Sourate de la jalousie, verset personnel.

Crystal partit. Dans la rue il s'aperçut que Martial ne lui avait pas dit le prénom de l'Icône. Dans l'ambulance, Ruedo suivait Crystal au ralenti, tous feux éteints... *Cuando el sudor de nieve fue llegando...* Au pied de la terrasse du Cargo, Crystal comprit qu'il arrivait trop tard. Les traces de sang. La porte ouverte.

— Passe-moi ta torche, Ruedo !

C'est là qu'elle avait dormi. Son manteau jaune. Ne touche à rien ! Ne même pas respirer son parfum. Le duvet déchiqueté. Le rasoir à manche d'ivoire de Snif ! Crystal se mit en mouvement. Il y avait Rose et Snif dans le même alignement. Il les prendrait en enfilade. Tout de suite.

— Non, Crystal ! C'est pas possible. On ne peut plus tarder. À Debré, l'équipe de jour va rappliquer. Je connais personne. On serait marron pour Nikel. T'imagines, s'il décidait de partir tout seul !

Ruedo avait raison. Tu as fait sortir la bête, Crystal. Il faut y aller, maintenant. Il n'y a plus que ça qui compte. Les fenêtres de Rose étaient là ! Crystal empocha le rasoir. Il reviendrait.

L'arrivée de l'ambulance à cornes de Ruedo à l'hôpital Henri-Debré égaya le parking.

— Je m'occupe de la réception et des infirmières de garde. Toi tu montes à la chambre 192. Premier étage.

Ruedo avait débusqué des bouteilles dans une cantine à l'arrière de l'ambulance.

— Ici à l'hôpital, c'est la filière antillaise. Faut pas parler la langue sèche. Je récupère un chariot et je te rejoins.

Crystal regarda Ruedo commencer sa tournée de rhum agricole, dans la cabine vitrée de l'entrée. Une doudou débordante riait déjà technicolor, en se claquant des cuisses de demi-défensif. Crystal monta. À l'étage, il eut l'impression d'entrer dans un centre aéré. En plus moderne. Crystal avança. Pas de longues enfilades. Des recoins aménagés. Des couleurs. Crystal entendit des voix. Soudain, il déboucha sur une aire de jeux. Deux rangées de petits gamins face à face, en grenouillères. Ils étaient penchés en avant, en position quatre points, l'œil mauvais, le renflement des Pampers bien en l'air.

— Allez, vas-y !

C'était Nikel, appuyé sur une béquille, le pied bandé, il commandait la manœuvre. Ça courait dans tous les sens en piaillant. Le quart arrière à motif Babar fut saqué par un patapouf à l'appendicite bien cicatrisée sous le pansement. Il ne voulut pas rendre le ballon jaune... À moi !... Mêlée générale. Phymosis, gastro-entérite, coqueluche, rhino-pharyngite, rougeole. On mélangeait les éprouvettes.

— T'as vu, Crystal ! La relève est assurée !

— Indiqué pour pas se faire remarquer.

— Faut travailler sur les jeunes, c'est l'avenir !

— D'accord. Mais pour le présent, Ruedo nous attend au monte-charge. C'est où ?

— Suis-moi !... Regarde ça si c'est beau !

Une blondinette à couettes et pyjama à pois vert trop court s'était extirpée avec le ballon... « Ma tout, seule ... » Elle filait à quatre pattes vers le mini-toboggan, pour un touché pas très règlementaire. Il avait raison Ruedo. C'est beau les couches-culottes.

— Qu'est-ce que vous foutiez ?

— On regardait un match... Laisse ce chariot ! J'peux marcher tout seul !

— Ça fait plus vrai. Allonge-toi !

Nikel maugréa et s'exécuta.

— Messieurs ! Messieurs ! S'il vous plaît.

Les ennuis par babord. Une infirmière toutes voiles dehors cinglait sur eux. Du revêche.

— Pas bon, Crystal. C'est du hors filière, ça.

— Qu'est-ce que vous faites, avec ce malade ?

— C'est une sortie !

— Vous pouvez me montrer l'exeat ?

Ruedo se fouilla sans conviction.

— Je l'ai laissé à la réception.

— Ne me racontez pas d'histoire. Ce malade est dans une situation très particulière. Le professeur souhaite le voir personnellement, demain matin à la visite.

— Puisque c'est le malade lui-même qui veut sortir.

Nikel confirma.

— Il peut dire ce qu'il veut. Moi je ne le lâche pas sans papier.

Et de joindre le geste à la parole. Et d'empoigner la tête du chariot avec un mouvement de menton décidé.

— On va pas discuter toute la nuit. Puisque madame tient tant à moi...

Nikel saisit l'infirmière dans ses bras, la bascula et l'allongea sur lui. Bâillon manuel.

— Allez, on sangle !

Crystal et Ruedo attachèrent et recouvrirent le tout d'une couverture. Seuls dépassaient la tête et le pied bandé de Nikel. On descendit par le monte-charge.

— Il a l'air drôlement agité ton copain, Ruedo. Tu veux un sédatif ?

— T'inquiète ma belle, ça se calmera tout seul.

Ça se calma boulevard Serrurier, pas très loin de

l'hôpital. Ils libérèrent l'infirmière. Elle refusa une lampée de rhum pour la route, mais accepta la couverture. Dans la neige, on aurait dit Maria Chapdelaine au bord du périphérique.

— Ruedo, tu as pensé à prendre la boîte bleue dans le casier de mon vestiaire ?

Il la lui tendit, Nikel l'ouvrit comme un cadeau de Noël.

— C'est quoi, ça ?

— « Ça », Ruedo, c'est une chaussure à bout carré. Le même modèle que celui que portait Dempsey. Je l'ai fait faire sur mesures par le cordonnier de la rue Dampierre. Tu sais le petit Espagnol qui ressemble à un chanteur ! Un vrai artiste !

— Mais tu crois que tu pourras…

— Je suis comme mon père. J'ai le millième dans les doigts. J'ai coupé juste ce qu'il faut. Contre la douleur, ils m'ont posé une pompe à morphine.

Nikel montrait l'installation.

— Ne vous inquiétez pas. Avec ça, j'en raterai plus un seul. Je sens déjà les soixante-trois yards qui me démangent le bout du pied. Allez, amenez-moi au terrain. Il faut que je m'entraîne.

Dans l'ambulance, Crystal demanda à Ruedo de faire un crochet par la place Bitche.

— Il faut que je parle à Airwick.

Ils laissèrent Crystal près de la sanisette. *Occupé !*

Il attendrait.

29

Hondo regardait Béa dormir. Elle était belle ! Elle avait fini toute sa crème. Après, elle avait tourné sa tête sur l'oreiller et avait fermé les yeux. Béa lui avait fait un sourire avant. Hondo laissa allumée la petite lampe de chevet avec des glands. Béa avait crié tout à l'heure, dans le noir. Il fallait qu'il range la cuisine. D'abord passer la lavette dans le couloir. Il avait mis de l'eau partout. Béa était toute mouillée. Elle avait froid. Il l'avait réchauffée avec le sèche-cheveux. Ça avait été dur de retirer le pantalon ! Il avait tout mis à sécher sur le radiateur de la chambre-de-personne. Ça ne lui faisait pas peur, les dames toutes nues. Musique lui avait montré, pour lui apprendre les leçons de sciences. L'anatomie ! On voyait mieux avec Béa. Il faudrait qu'il fasse d'autres crèmes. Elle aimait beaucoup. Sont gourmands, les grands. Il irait chercher des œufs chez Musique. Elle en avait toujours plein, pour faire des leçons sur les gâteaux.

Pourquoi est-ce que Béa était ressortie de l'eau sans Nec ? Elle avait sauté du trou dans la glace comme un poisson. Il avait attrapé sa main. Elle était lourde. Il avait tiré fort. Après, avec le caddie SNCF, c'était facile. Hondo retourna à la fenêtre. Ce n'était plus de la vraie nuit. Nec ne viendrait pas. Peut-être demain. Lui, il saura sortir de l'eau tout seul.

Hondo monta chez Musique. Comme toujours, elle était à la fenêtre et surveillait sa voiture.

C'était un aquarium avec des mariés tristes à l'intérieur. Hondo rangea la grande boîte d'œufs et retourna dans la chambre-de-personne. Béa dormait toujours. Il s'allongea à côté d'elle sur le lit. Il l'avait frictionnée avec un parfum « pour faire circuler le sang ». Il avait appris ça. Béa sentait la maman. Si Nec ne revenait pas demain, son papa à lui pourrait la prendre. Elle ressemblait bien à la photo sur le mur.

Snif et Rose était rentrés boire. Rose n'était même plus en état de lui assurer le débours qu'elle lui avait promis. Lui, n'avait pas le cœur. Il entendait encore le bruit de la glace qui cède quand la fille… Ils s'étaient sauvés.

— Je te dis, Snif, que le gosse du flic nous a vus !

— Mais non !

— Sa fenêtre est en face de l'endroit où on a balancé la fille. Et elle était allumée !

— Qu'est-ce que ça prouve ? Elle l'est tout le temps.

— Tu fais semblant de ne pas comprendre. Je suis saoule, mais j'ai encore toute ma tête.

L'élocution était pourtant pâteuse.

—… Au petit déjeuner, le gosse aura juste à dire : Au fait papa, j'ai vu un homme et une femme jeter quelqu'un dans le canal. Ah bon, mon chéri, et comment ils étaient ? Et on est bons comme la romaine !

— Parce que, en plus, il va nous reconnaître !

— Tu sais qui c'est ce gosse. Il traîne toute la journée dans le quartier. Que c'en est une honte ! Au lieu d'être à l'école ! Moi, je m'en serais occupée. Il faut une mère à un enfant !

— De quoi tu parles, Rose ?

— Je te dis qu'il connaît tout le monde, ce gosse. Moi, il me connaît. Tu sais ce qu'il a dit de moi à Crystal ?

La dame qui a une araignée sur la figure… Rose regardait ses mains trembler. Hondo n'avait pas voulu d'elle.

Sûrement qu'il devait la trouver laide et méchante… Une araignée… C'est vrai qu'elle pouvait être très méchante.

— Il faut se débarrasser du gosse, Snif.

— Ça veut dire ?

— Faire pareil qu'avec la fille.

— T'es dingue ! Un gosse !

— Ça change quoi, la taille du témoin. Tu crois qu'ils vont nous réduire la peine.

Snif pensa à un coupe-cigare.

— On ne sait même pas si ce gosse nous a vus.

— Tu es prêt à prendre le risque ? Demain ce sera trop tard. Allez viens, on va chez le flic.

Ils allèrent à la tour.

— C'est là !

Snif et Rose avaient inspecté les portes du palier. Snif venait de trouver celle de Lomron.

— On est bien d'accord Snif, on fait comme j'ai dit.

— J'aurais préféré par la fenêtre. Ça aurait plus fait accident.

— Du premier étage ! Il s'en tire avec une fracture, même pas ! T'en vois descendre du douzième sur la pelouse qui remontent chez eux sonner… Maman, j'suis tombé !…

— T'as pas voulu non plus, pour le gaz.

— Et si c'est du tout électrique ?

— En tout cas, étrangler, moi, je marche pas. Voir la langue, les yeux, tout ça. Je me connais, ça me ferait vomir.

— J'ai dit qu'on allait l'étouffer. Tu exagères toujours. Si tu n'avais pas perdu ton rasoir !

— Le rasoir pour un gosse ! Ça va pas, non ! Je préfère encore étouffer. Mais je tiens pas les pieds !

— D'accord ! On y va. Je sonne. Tu ne te montres pas. Une femme c'est plus rassurant.

Snif n'était plus de cet avis.

Hondo laissa sonner. Ce n'était pas Tu-Tu-Tu Tûût-Tûût!... Si ça dure, tu vas voir à l'œil sans faire de bruit... La dame qui a une araignée sur la figure. Elle sourit. Elle sait que je la regarde... Petit, ouvre, j'ai un message de ton papa... Elle n'avait pas dit le mot secret... Si on touche à la serrure, tu allumes la radio. Tu ne parles pas ! Il ne faut pas qu'ils sachent que c'est un petit enfant seul... Ils touchaient à la serrure. Il y avait un monsieur aussi... Tu laisses toujours la tirette !... Hondo rabattit la tirette. Le monsieur s'énervait avec la serrure... S'ils entrent, tu ne cries pas ! Ils prennent ce qu'ils veulent. Toi, tu vas dans la chambre-de-personne. Tu te caches dans la penderie.

La porte d'entrée s'ouvrit.

— Merde ! Il y a la chaîne !

— Enfonce-la !

— Ça va pas ! C'est fait pour ça, ces trucs-là. Sinon ce serait trop facile. Parle-lui, toi... Une femme c'est plus rassurant...

— Écoute, mon petit...

Rose resta saisie. Le gosse la fixait par l'entrebâillement de la porte. Deux grands yeux noirs déterminés. Le troisième était plus petit, moins expressif. Le canon devait lui viser le centre du front. Hondo tenait le revolver à deux mains. Il ne tremblait pas. Ce gosse allait la tuer! Tout simplement. Comme dans la cour de récréation. Pan !

Hondo referma la porte et alla ranger le revolver dans le bac à légumes du réfrigérateur. Dans la chambre-de-personne, Béa dormait. Il avait eu peur que tout ça ne la réveille.

Sur le palier, Rose restait sidérée.

— Un flingue ! Tu te rends compte, ce gosse avait un flingue ! À peine dix ans ! Il me braquait. Mais où on va? Chapeau l'éducation !

Snif se sentait plutôt soulagé. Tout de même, liquider le gosse du flic.

— On va passer chez ma sœur, Snif. C'est sur le chemin. Elle me prêtera le sien.

— Passer voir Airwick à cette heure !

Il avait fallu la déranger en plein office. Du fugitif à fesses plates, garé au warning. L'hôtesse n'avait pas apprécié qu'on brusque le client.

— Tu as vu comment elle m'a reçue ? Ma propre sœur ! C'est joli, la famille ! Qu'elle le garde son flingue ! Je sais où aller !

Snif trottinait derrière Rose avec l'impression d'être « À cheval sur le tigre » : dangereux d'être sur son dos. Encore plus dangereux d'en descendre. *A cavallo delle tigre*… Ce serait peut-être une meilleure enseigne pour leur future pizzeria.

— On va se faire l'armurerie de l'avenue Jean-Jaurès. C'est pas loin.

Cette fois, c'était trop ! L'armurerie de Jaurès ! Elle devenait folle. Snif s'arrêta net dans la neige. Il ne ferait pas un pas de plus. Inutile d'insister. C'était dit. Une fois pour toutes. Le tigre se retourna. Il battit des cils. Snif piqua des talons.

30

Lomron n'aurait pas imaginé le Chignon dans une 2 CV grise de bonne sœur. Le modèle pour évangélisation rurale, avec le Saint-Christophe monté en série sur le tableau de bord. À l'intérieur, on y voyait comme à confesse. Les vitres étaient couvertes de givre. Le Chignon officiait la tête un peu sur le côté, pour ménager sa coiffe. Ça lui donnait un air songeur de bigouden en taxi. Le volant semblait la dégoûter. Elle le touchait à peine. C'était pourtant bien utile…

— Je vais peut-être chausser mes lunettes.

Peut-être, oui. Une monture papillon à strass argenté qui ne sert d'ordinaire qu'à souhaiter la bonne année.

— C'est ma paire habillée. J'en ai une plus passe-partout. Mais je ne la retrouve plus.

Moins grave que d'égarer son gosse en pleine nuit.

— Monsieur le commissaire, vous me trouvez certainement très bavarde…

Il trouvait.

—… mais quand je conduis la nuit, il faut que je parle. Ça me calme !

La boite de vitesses ne semblait pas être de cet avis.

— Que je suis sotte ! J'ai pris par ce chemin, alors que le pont de Crimée est fermé à la circulation.

Il suffisait d'un pont gelé pour couper le quartier en deux.

— Tiens, nous passons près de chez vous, monsieur le commissaire. C'est bien ici ?

La tour ! Sa tour ! Son premier étage ! Sa lumière ! Son gamin !

— Vous voulez que je m'arrête un instant ?

Il avait déjà pilé sur les possessifs avant la question. Les deux pieds enfoncés dans le tapis de sol. Il allait perforer la caisse et en faire une voiture à pédales. Le Chignon gara sa relique au feu rouge, le long de la palissade grise et verte des ruines de l'entrepôt. Lomron sortit de la voiture avec peine. Il avait fallu se dépêtrer de la ceinture à étrangleur. Il regarda les fenêtres allumées de chez lui. Il était rentré ! Lomron aurait bien trépigné de joie comme Hondo. Il cogna à la vitre du Chignon.

— Vous aimez la crème brûlée ?

Coincée sous la capote elle agita la coiffe pour signifier un non qu'elle redoubla d'un index en essuie-glace. Quand elle arrêtait de conduire, elle devenait muette.

— J'en ai pour une minute.

Lomron traversa la place. L'air était presque doux. Il se retourna machinalement. L'impression d'avoir oublié quelque chose. Où était passé le froid ? Peut-être perché dans le givré des arbres du square. Qu'est-ce que Musique avait dit comme nom, pour ces arbres ? Tant pis. Le jour allait poindre. Les deux pendules de l'église n'étaient toujours pas d'accord sur l'heure.

Arrivé sur le palier, Lomron remarqua qu'il y avait de l'eau sur le carrelage et sur le paillasson. Dans l'ascenseur et dans l'entrée de l'immeuble aussi... Tu vas pas faire le hamster jusque chez toi ! Tu te souviens de la règle : Quand tu as franchi le seuil de ta maison, c'est fini !... Respire et regarde. Hondo ! Il était là, près de la fenêtre, immobile. Son gros numéro 19 dans le dos... Il se retourna. Ô le sourire de ce gosse !... Tu peux mourir, tu peux partir, tu l'as vu, maintenant. Il est vivant ton gamin ! Alors, va-t-en !

— Tu reviens ?

— Non Hondo,... j'avais oublié un papier ;

Oublié un papier !... Tu te crois obligé de mentir ? Mais dis-lui que tu crevais de trouille qu'il soit parti ! Que tu t'en moques de l'homme à la tête coupée et de la femme disparue au parfum de presqu'encens. Que si La DDASS veut le lui retirer, ils prendront le maquis. Serre-le dans tes bras, chiale, embrasse-le. Bouffe-le !... Les odeurs revinrent soudain. L'appartement entier était embarqué par la vanille, la mandarine, et l'orange amère. Il avait dû préparer des crèmes avec tous les parfums de la création. Une arche de Noé de senteurs.

— Viens.

Hondo l'avait pris par la manche et conduit jusqu'au gros pouf rond en cuir rapé. L'image de la femme dévoilée sur le mur pesait sur la nuque de Lomron.

— Il faut que je me dépêche...

Hondo lui avait déjà ôté sa veste et dénouait son cache-col. Lomron respirait au passage l'odeur crépue de la chevelure de Hondo. Un feu de brousse. Hondo disparut dans la cuisine. Lomron s'empêcha de penser à l'état de l'évier. Hondo revint avec le grand plateau de cuivre martelé. Il le posa sur la table basse. Deux crèmes dans des ramequins de terre, la coupelle de sucre roux, les fines cuillères de bois d'olivier, le chalumeau de cuivre et des allumettes alignées comme au jeu de Marienbad... Le premier qui joue a perdu... Les objets avaient toujours la même disposition sur le plateau. Puis la cérémonie se déroulait. Une suite rapide et précise. Une étonnante dextérité. L'allumette souffrée craquée à la Fred Mac Murray dans *Double indemnité*. Le vieux chalumeau docile dans sa main. Et soudain le souffle vorace de la flamme. L'enfant cracheur de feu. Et ce bref instant où le regard de Hondo se figeait. Cette lueur qui rappelait à Lomron la promesse qu'il n'avait pas tenue... On reviendra y mettre le feu... C'est ce qu'il lui avait dit, la nuit où il avait retrouvé Menga morte dans sa robe de mariée. La nuit où Nec et Béa avaient disparu dans le canal. Cette promesse le rongeait. Tant que tu ne l'auras pas tenue, Hondo ne sera pas vraiment à toi. N'importe qui pourra venir te le prendre. Lomron regardait Hondo promener la flamme de son aérographe sur la surface laiteuse des crèmes et y peindre un semis marbré de grains roux.

Ils mangèrent en silence.

Hondo assis en tailleur à ses pieds levait sur lui des grands yeux inquiets.

— C'est très bon ! Tu sais… ça fait chaud…

Lomron se frottait le ventre en roulant des gobilles et en se pourléchant avec une grosse langue bien ronde. Hondo l'imitait et trépignait, avec tout un crépitement de flammèches d'ivoire sur le visage.

— Encore !

— Il faut que je parte maintenant.

Les petites flammes retombaient dans l'eau. Des petits Plongeurs de Feu tristes… Tchii !

— Et le papier ?

— Ce n'était pas si urgent.

Lomron tâta sa poche machinalement. La lettre bleue se solidifiait. Il fit un petit clin d'œil emprunté. Hondo le lui rendit et retourna à la fenêtre.

— Viens !

C'était la première fois que Hondo l'appelait comme ça auprès de lui. Il lui montrait les ruines et cet endroit du canal…

— Béa… Revenir !

— Oui Hondo, elle reviendra.

Comment faire comprendre à un petit garçon de dix ans qu'un jour on ne revient pas. Qu'on devient une photographie en noir et blanc sur un mur. Des milliers de petits points plus ou moins espacés.

— Revenue !

Tu as raison de confondre les temps, mon petit homme. La conjugaison c'est une connerie de grands.

— Revenue. Oui Hondo. Elle est revenue !

Ô le sourire de ce gosse ! Je continuerai à mentir, tant que tu continueras à sourire. Ils se regardèrent. Quelque chose comme longtemps. Lomron s'arrêta sur le seuil de la porte... Tâchons de rester immortel... Il sortit.

L'ascenseur pour un étage, tu exagères ! N'empêche qu'il y avait de l'eau dans le vestibule. Même si Hondo avait passé la serpillière. Il n'avait pas vu son caddie S. N. C. F.... Arrête ton hamster !... Dans l'entrée de l'immeuble, Lomron se planta devant un miroir. Il se fit quelques clins d'œil et se frotta le ventre en roulant des yeux blancs... C'est pas encore ça. Faut que tu t'entraînes. Pour l'instant tu fais *Y a bon Banania* 1930. Si la concierge te voyait !

Il fallait prévenir Musique du retour de Hondo. Lomron traversa la place et téléphona de la cabine.

— Hondo est rentré à la maison.

— Je sais. J'ai appelé au numéro que vous m'aviez donné pour vous le dire, mais il n'y avait personne.

— C'est Hondo qui vous a prévenue de son retour ?

— Non, il est seulement monté pour me demander une douzaine d'œufs... Mais je vous vois, commissaire !

Sur son balcon, Musique agitait la main. On aurait dit un alpiniste en détresse sur le flanc d'un glacier. Lomron répondit avec plus de réserve. Il en avait oublié le Chignon !

Sa 2 CV avait disparu. Elle n'était plus garée au feu rouge. À la place, sur la palissade grise et verte, un bombage que Lomron n'avait pas remarqué auparavant... *Aïe love you !...* L'auteur anonyme avait raison. Ça fait toujours mal. Le Chignon ne l'avait tout de même pas plaqué là. Il n'était pas resté si longtemps que ça avec Hondo ? Des appels de phare dans son dos. La relique arrivait en cahotant !

— Montez, monsieur le commissaire !

Le chignon en bataille, la mise approximative. Il y avait eu du dérangement.

— Vous n'imaginez pas, monsieur le commissaire ! Je suis tombée sur une… dame… plutôt mauvais genre.

Elle lâchait le volant pour faire des gestes qui indiquaient le volume du mauvais genre. Ce devait être Airwick. « La vestalienne du square Bitche », comme avait titré l'inspiré du journal local.

— Cette dame m'a intimé l'ordre de déguerpir de ma place. Il faut voir comme ! Elle attendait un… client ! Bien sûr, les phares de mon auto la gênaient. Elle croyait que moi-même… Une concurrente en quelque sorte ! Vous imaginez ?

Il essayait.

— Je suis descendue, pour expliquer la méprise. J'ai cru que nous allions en venir aux mains comme des souillons.

À voir sa tenue, on avait dû souiller un peu.

— Bref !…

Et Lomron eut droit au récit par le menu, avec noms d'oiseaux, caquètements et plumes qui volent. La perruche et la cocotte… Pourquoi Hondo était-il allé chercher tant d'œufs chez Musique ?… La 2 CV pila.

— 93 !… C'est là, commissaire. *Centre théologique orthodoxe Église Saint-Serge*… Regardez la plaque !

Il voyait la croix papale ! Prise dans les phares, comme acculée contre la pile du portail. Ça donnait l'impression d'une rafle. Lomron descendit de la voiture.

— Attendez-moi, commissaire. Je mets mes bottillons. Cette fois-ci je ne vous quitte pas.

Lomron regardait la rue de Crimée plonger dans le jour qui se levait du côté du canal, et se perdre, là-haut dans la nuit de la Place des Fêtes. Elle traversait tout le 19ème en changeant d'allure à chaque quartier. Elle conservait tout au long l'aspect dépenaillé de ses origines. Une rue, ça donne l'impression de prendre sa source en bas. Comme les prolos.

— Il y a peut-être une autre entrée, commissaire.

Le portail du centre donnait sur un jardin. Pas de sonnette. Lomron se voyait mal… Le Chignon passa la main, tira la poignée et pesa sur les battants. Le portail s'ouvrit. Même pas de grincement ironique.

— C'est pareil chez moi, à la campagne. J'ai dû faire poser une sécurité.

Lomron ne fit pas de commentaire. Il n'avait pas de campagne. Est-ce que Hondo aimerait… les poules, les vaches… ? Des pas bien marqués dans la neige. Lomron les suivit.

— C'est sidérant, un tel endroit dans le 19ème arrondissement, tout de même !

C'est ce que devaient se dire des tas de promoteurs. La piste se brouillait. On semblait s'être roulé dans la neige. Un ébat de Lapons. Parmi leurs cent quatre-vingt-huit termes pour désigner la neige, il y en a bien un pour dire « la neige où deux amoureux se sont aimés ». Le Chignon allait devant, au pas bien frappé d'une marche en raquettes. Il y avait une faible lumière au premier étage de cette maison. Lomron frappa à la porte. Rien. Il approcha son oreille. Le parfum ! Pas tout à fait celui de la femme disparue. Une ressemblance. Il frappa de nouveau. Plus fort. On avait forcément entendu. Lomron tourna la poignée. La porte s'ouvrit… T'es au bord de la violation de domicile, mon homme rond. Et quand je dis au bord… Lomron entra. Le parfum de presqu'encens ! Cette fois c'était bien lui, dans l'obscurité chaude de l'endroit. Comme quand il respirait les écouteurs, les yeux fermés. Pour les odeurs, ce sont les yeux qui trompent. Il avait eu le même sentiment en entrant chez lui tout à l'heure. Il avait vu Hondo, alors ça sentait Hondo. Mais il y avait autre chose derrière. Lomron tâtonna pour trouver un interrupteur. Il trouva un bouton et appuya.

Il y eut un long cri.

Celui d'une femme. C'était dehors. Lomron se précipita. Pas facile dans cette neige. Il déboucha sur un terre-plein et découvrit l'église. Il pensa à *Vertigo*. Pas le temps de s'extasier. Une femme gigotait dans les airs. C'était le Chignon. Des bottillons fourrés pareils ! Sa lévitation tenait du prodige. Pas tout à fait. Elle était en haut d'un escalier de bois qui menait à la porte de l'église. Lomron avait déjà le souffle court. Il n'était plus qu'à une volée de marches de l'esprit flotteur, quand il se rendit compte que le Chignon truquait. Elle était maintenue en l'air par un comparse qui la tenait à bras-le-corps et la bâillonnait, pour s'accaparer tout le succès. Joli numéro ! Le compère était chauve au-dessus, immense en dessous et en polo autour. De surcroît, il grognait et fonçait. Lomron ne put éviter l'avalanche. C'était certainement un coup de pied dans l'estomac, ce qu'il venait de recevoir. Avec l'obscurité on ne se rendait pas très bien compte. Lomron partit en arrière et alla s'affaler contre la rambarde. Ça sentait chaud le Bondex. Le chauve se précipita pour la deuxième couche. Lomron essaya de se protéger en sortant sa carte de police, mais la chose n'était pas sensible au tricolore. Par bonheur et à coups de coudes, le Chignon réussit à infléchir la course du monstre aux bras nus. Il glissa sur une marche et subit les conséquences de tout un chacun en allant se vomir dans un tas de neige. Non sans avoir fort galamment déposé le Chignon au passage. L'engeance jura en langue slave, sembla rebondir et lança une nouvelle charge en direction de Lomron qui se frottait le ventre, pour dire que c'était bon la crème brûlée. Dans un dernier souffle, le commissaire brandit son carton et cria… Police !…

Le transsibérien s'arrêta net, ce qui rassura Lomron sur le respect des institutions.

— Je suis le commissaire Lomron. Je fais une enquête et je voudrais vous poser une ou deux questions.

— Da !

— Vous parlez français ?

— Da !

Lomron subodora une prochaine difficulté de communication.

— Je, excuser, pour madame.

Le Chignon rosit sous la déconfiture de son agencement capillaire. Elle avait rajeuni. Et quelle énergie à l'instant, dans les bras du monstre ! Airwick n'avait peut-être pas eu le dessus tout à l'heure.

— Vous êtes monsieur ?

— Tardz.

Ça devait être une abréviation de « King-Kong ».

— Vous travaillez ici ?

— Je, gardien de tout.

Il faisait des gestes à couvrir l'arrondissement. Lomron aimait sa façon de parler comme Hondo. Buté, appliqué, plus les « r » qu'il roulait dans la farine. Ça ne faisait pas très naturel.

— Il y a d'autres personnes qui habitent ici.

— Niet. Je, seul !

Étonnant. On verrait plus tard.

— Je vais vous montrer un objet. Vous me direz si vous le connaissez. Vous avez compris ?

— Je, compris.

Lomron sortit la boucle d'oreille de sa poche et la montra à Tardz.

— Est-ce que vous connaissez...

— Illema !

L'homme l'avait saisi aux revers, soulevé et attiré à lui. Une manie.

— Que lui est-il arrivé, commissaire ? Dites-le-moi, je vous en prie ! Où est-elle ?

La chose avait retrouvé une parole. Lomron était certain qu'un jour il se produirait le même miracle pour Hondo. Ce jour-là, Lomron n'aurait besoin de personne pour décoller de terre.

— Je crois qu'il faudrait que nous parlions, monsieur Tardz.

— Vous accepterez bien une tasse de thé, madame et monsieur.

31

Coincé dans la petite pièce lambrissée du samovar, éclairée par quatre bougies, Tardz ressemblait à un énorme fruit doré prisonnier de sa bouteille. Il parlait, ramassé sur lui-même par le chagrin et l'inquiétude. Célestin Chérelle était mort, Illema avait disparu. Son corps massif paraissait prêt à bondir, tendu par la colère. Il ne relevait la tête que pour servir le thé vert. Il essuyait ses lunettes sans monture, laissait son visage retomber dans ses mains et parlait. La peau de son crâne vivait sous la lueur des bougies. Une étrange conversation.

Lomron savait tout, maintenant, de la jeune fille disparue. Tardz lui avait dit. Elle s'appelait Illema, ce qui aurait pu suffire. Elle s'occupait de la bibliothèque, ici, à l'Institut Théologique. Illema chantait dans une chorale avec monsieur Chérelle. Illema était allée l'aider à la Villette hier au soir. Ça arrivait parfois quand il y avait un travail urgent… Elle avait préféré dormir chez une amie, plutôt que de le déranger dans la nuit. Tardz parla de la beauté d'Illema. La lumière sur son visage… L'homme a autant besoin de beauté que de pain pour se nourrir…

— Vous avez une photo d'elle ?

Tardz les conduisit dans la chambre de la jeune fille. Un dépouillement de moniale. Partout, le parfum de presqu'encens. Au-dessus de la petite table de travail, le même calendrier que dans le bureau de Chérelle. Lomron s'approche.

— C'est l'église aux vingt-deux coupoles de la Transfiguration du Christ. Elle est sur l'île de Kiji dans le lac Ladoga.

— Je ne connaissais pas.

— C'est mon pays... Elle est tout en bois. Construite sans plan, à vue d'œil. Sans utiliser un seul clou. On ne peut construire une église avec ce qui a aidé a supplicier notre Seigneur. Nous vendons le calendrier.

Lomron aimait bien sa façon de finir par sourire. Au-dessus de la tête du lit d'Illema : une simple icône.

— Une reproduction de la Vierge de Vladimir. L'icône de la tendresse.

— Début onzième. Elle est à la Galerie Tretjakov de Moscou.

Tardz sourit au Chignon cultivé.

— C'est celle qu'Illema préférait.

Ce regard triste et sombre de la Vierge. Lomron se rappelait qu'au catéchisme, on lui avait raconté une Vierge toujours blonde, les yeux toujours bleus. Une Normande. Il en avait conclu que les vraies femmes n'étaient ni blondes ni bleues. Il se demanda s'il ne le pensait pas encore aujourd'hui. Marie aurait intérêt à avoir ses papiers sur elle de nos jours. Lomron regardait l'enfant qui console. Il avait un étrange visage d'adulte.

— On représente ainsi l'Enfant-Dieu, car pour nous, il ne se sépare jamais de sa Divinité.

Tardz avait anticipé sa question. L'habitude. Lomron pensa à Hondo. Ce bras passé autour du cou. Ces mains brunes et fines. Ces bouches si étrangement proches.

— Cette reproduction est un peu particulière. L'artiste y a ajouté ses propres... sentiments.

Lomron croyait savoir qui peignait ainsi les Vierges. Ils

redescendirent. Tardz prit ce qui pouvait être un tableau emballé dans du papier journal.

— Excusez-moi, est-ce que vous avez encore besoin de renseignements ? Je dois aller à l'église, pour préparer…

— On peut vous accompagner ?

Le Chignon avait demandé comme une enfant. Tardz sourit. Il laissa les bougies allumées dans la petite pièce du samovar. Ils sortirent. Le petit jour courait sur la neige comme un furet. Il suffisait maintenant pour Lomron d'aller chez l'amie d'Illema. C'est ce que Tardz avait voulu lui faire croire. Mais Lomron en était persuadé, c'était une question de regard. C'est ce qu'il avait lu dans les yeux de la Vierge de Vladimir. Illema se cachait. Sinon elle serait revenue auprès de Tardz. Illema avait vu ! Le meurtre, peut-être même l'assassin. Elle avait peur. Elle ne serait certainement plus chez l'amie de la nuit. Tardz avait développé cette hypothèse avec trop de complaisance. Trop ! C'est ça, il y avait quelque chose de « trop » chez Tardz. Trop de force, trop de gentillesse, trop d'accent…

— Vous savez, monsieur, si, tout à l'heure, je vous ai parlé comme un jardinier, c'est qu'on me prend pour un jardinier. Il faut laisser les gens croire ce qu'ils croient…

Qu'est-ce qu'il voulait dire ? Lomron avait la déduction essoufflée. Ils montaient en procession vers l'église, derrière Tardz. Le faux jardinier en polo Lacoste avançait gaillard, en balançant son paquet. L'église Saint-Serge. Le clocher cheminée. Pas vraiment *Vertigo*. La façade de bois peint et le double escalier à perron, charpenté comme une véranda de maisonnette. Lomron pensa plutôt à une datcha dans les neiges.

— C'était un temple protestant jusqu'à la Première Guerre mondiale… Les fresques sont de Staletzky…

Lomron essayait de ne pas se laisser prendre par les ors, les lueurs et le bois chaud. Plus Tardz jouait à la visite guidée, plus Lomron était convaincu que le crocodile le trompait. Il lui cachait quelque chose à propos d'Illema. Le Chignon donnait l'impression d'une communiante qui a lâché ses cheveux. L'émerveillement sur le visage et la curiosité gourmande dans le corps. La retraite comme une première alcove.

— Madame, monsieur, restez là, je dois accrocher cette icône.

Tardz montrait son paquet journal. Il disparut vers le chœur et les laissa. Lomron se sentit abandonné au milieu de cette église sans bancs. Un immense parquet ciré. L'impression horrible d'arriver le premier au bal... Lomron revit ce boui-boui de Fort-de-l'Eau... Se déshabiller en douce. Il fallait être en civil, pour que les filles acceptent de danser avec vous. Les uniformes volés! La course sur la falaise dans la nuit. L'homme pourchassé qui hurle et maudit, en se jetant des rochers. Le P. M. qui colle aux doigts...

— Vous aussi, monsieur le commissaire, êtes ému! Il est vrai qu'un tel endroit donne envie de croire.

Lomron sentit que cette fois, rien ne pourrait l'empêcher de trembler, de hurler et de maudire... Toutes ces secousses dans son corps... Le bourdon cognait dans son crâne. Ça tournait à vomir. Voler du haut du clocher. Voir une dernière fois les trois lumières rouges de sa tour. Hondo était là! Tout à coup, la cloche se brisa. On entendit un formidable éclat de rire. Un rire du fin fond d'un cul-de-four. Incrédule comme derrière un voile. Le rire de Sarah! C'était Tardz. Il apparut. Le tableau brandi en l'air à bout de bras. Il riait comme on rit devant un enfant inespéré.

— Venez voir, monsieur! Non madame, pas vous. S'il vous plaît, attendez.

Lomron rejoignit Tardz et regarda l'icône. Comme il aurait aimé savoir rire comme lui! Qu'est-ce qu'il y avait à faire d'autre devant ça? «Ça» représentait *Le roi zoulou Cetshwayo paré de ses attributs*. Il était en majesté, son énorme sexe doré dressé vers une trouée de lumière dans le ciel. Tardz et Lomron riaient en hommes. Le Chignon s'approcha. Elle sourit.

— Je vous l'offre, madame !

Le Chignon ne sut comment tenir la majesté sous son bras. Elle préféra le remmailloter avec le papier journal. Pour l'instant.

— Veuillez m'excuser, monsieur, je n'ai pas de présent pour vous.

— Si !... Prévenez-moi quand vous aurez retrouvé Illema. Je ne suis pas loin.

Lomron lui donna une carte griffonnée. Dans les doigts de Tardz, le bristol ressemblait à un flocon de neige égaré. Il raccompagna Lomron et le Chignon jusqu'à la grille d'entrée.

— Beldemoï ! Dieu vous protège.

Le Chignon lui serra la main à travers les barreaux comme s'il était condamné à vingt ans. Il en avait certainement pour bien plus longtemps. Tardz sourit un peu gêné et s'en retourna vers son église. Lomron regardait la masse de Tardz disparaître. Un gros mensonge en polo Lacoste. Il se retrouva seul avec le Chignon sur la neige du trottoir. Elle portait son tableau mal emballé sous le bras. Ils ressemblaient tous les deux à des V. R. P. bredouilles.

La fatigue tomba sur les épaules de Lomron comme un tombereau de sable. Il regardait la rue de Crimée. Elle penchait vers le canal, du côté du jour. C'est là qu'ils iraient. Lomron avait fini par se demander si cette nuit accepterait de lâcher prise. Une espèce de soûlarde fatiguée, accrochée au zinc qui parle et boit pour ne pas être jetée dehors et se retrouver seule.

La 2CV grise déposa Lomron au pied de sa tour. Le Chignon ne se sentait pas le cœur à retourner en banlieue. Elle dormirait dans sa voiture.

Un instant, Lomron faillit lui proposer de monter. Elle

aurait dormi sur la banquette du salon. Mais le verbe « monter » lui parut incongru. Il n'en trouva pas d'autre, hésita et renonça.

Chacun sa nuit.

32

Chacun sa nuit… *Leilet a chek…* La Nuit du doute.

Pour Martial, il fallait peindre, peindre vite ! Sans perdre de temps. *Il vous est permis de manger et de boire jusqu'au moment où vous pourrez distinguer le fil blanc d'un fil noir.* Sourate 2 Verset 183. Martial récitait à voix haute. Il ne pourrait plus longtemps contenir le jour, simplement en calfeutrant sa chambre. La « Nuit du doute » allait s'achever. Les dignitaires réunis montreront le premier croissant de lune dans le ciel. Et ce serait le début du ramadan. Alors, Martial poserait ses pinceaux. Il ne voulait plus fabriquer d'image pendant le jeûne. Mais il devait d'abord terminer celle-ci. Même les yeux fermés. Empêcher le fil blanc et le fil noir de se distinguer. Il fallait entremêler. Martial peignait et peignait. Il faisait courir sur le bois, le brun, l'ocre et l'or. Il brossa les derniers filaments.

Et le jour se fit.

Le pinceau encore gorgé de couleur glissa de ses doigts. Martial éteignit l'ampoule électrique. La Vierge de Vladimir le regardait dans l'obscurité. Elle avait le visage d'Illema. L'Enfant dans ses bras, c'était lui. Leurs bouches se mêlaient. Des replis tendres. Complices. Amoureux. Martial tomba sur les genoux. Épuisé. Nu. Il dégagea les linges qui avaient résisté à la lumière. Le jour encore gris, se glissa sous la porte pour aller iriser l'or de l'icône. Les regards de la Vierge et de l'Enfant se croisèrent étonnés. *Leilet a chek*. La Nuit du doute s'était évanouie. Martial pleurait Illema. Les larmes dans la pénombre allaient se perdre sur son visage comme le fil noir et le fil blanc.

L'immense carcasse de Tardz avait eu du mal à contenir sa peine et sa fureur. Illema avait disparu. Dès qu'il quitta Lomron et le Chignon, il retourna à l'église Saint-Serge et tenta de prier. La lueur des bougies tourbillonnait sous ses paupières closes. Son corps suait, ses mains tremblaient. C'était à lui de la protéger ! Il avait failli à ses devoirs. Les figures de l'iconostase semblaient le lui reprocher. Les patriarches, les prophètes, les archanges, saint Pierre, saint Paul, saint Serge. Des voix farouches dans sa tête qui hurlaient. Son corps fut saisi d'un formidable spasme, resta suspendu, hésita à s'abattre sur le parquet ciré. Puis soudain il mit sa formidable masse en mouvement et quitta l'église. Aux pieds des marches il se frotta le visage dans la neige et partit à la recherche d'Illema. Tardz franchit la grille et sa croix. Le dehors lui parut calme mais immense. Il erra le long des berges, embarrassé de toute cette force inutile. Sur le canal, d'énormes blocs de glace se détachaient en craquant et restaient immobiles. Ils attendaient, résignés à fondre et à s'engloutir. À les voir, Tardz comprit qu'il devait rentrer. Cette nuit et ce monde ne valaient rien. Le jour allait le surprendre. Il ne retrouverait plus son chemin. Illema reviendrait seule. Il lui couvrirait les épaules et lui tendrait une tasse de thé brûlant en s'excusant.

Ruedo et Nikel avaient déposé Crystal en ambulance à cornes, près de la sanisette. Crystal avait attendu sur un banc du square Bitche, que Airwick ne soit plus « occupée ». Il avait vu sortir Le Manche, comme d'une trappe d'apparition. La guitare électrique sur le dos, les yeux allumés. Le Manche plana jusqu'au centre du kiosque à musique. Tourné vers l'église, sa grande carcasse bien plantée, il gratta un blues silencieux à faire fleurir la chair mauve des paulownias sous la neige... *strange fruit*...

— Tu dis que Rose voulait t'emprunter ton arme ?

— Oui mon petit Crystal. Mais je lui ai dit qu'un Beretta c'était comme une brosse à dents, ça ne se prêtait pas. Même entre sœurs !

— Et alors ?

— Elle s'est fâchée. On ne doit pas avoir la même conception de l'hygiène.

— Et après ?

— Alors elle est partie avec Snif ! Soi-disant qu'ils vont casser l'armurerie de Jaurès.

— Qu'est-ce qu'elle voulait en faire de ton Beretta ?

— Descendre le gamin du commissaire. À mon avis, le gosse les a vus faire une bêtise.

— Tu as une idée, Airwick ?

— Ils en font tellement, ces deux-là ! Elle m'a seulement dit que le gamin les avait braqués.

L'arme du commissaire ! Crystal sourit. Il était rassuré. C'est Rose qui avait intérêt à se méfier. Hondo savait s'en servir. Le jour venait. Il fallait retourner auprès de l'équipe au dépôt RATP. L'armurerie de Jaurès était sur le chemin. Un crochet suffirait peut-être pour intercepter Rose et Snif.

— Merci de m'avoir prévenu, Airwick !

— De rien. Tu m'excuseras, Crystal, mais j'ai le corps diplomatique qui s'impatiente.

Elle lui montrait des appels de phare insistants de l'autre côté du square. Une limousine sombre étirée comme un basset.

— Ils sont nerveux en ce moment, avec les élections qui approchent. Ils en profitent tant qu'ils ont encore la cocarde. Après, il faudra faire la queue comme les autres.

Crystal laissa Air-Wick préparer ses urnes.

— Qu'est-ce que tu veux que je fasse de ce truc ?

Rose brandissait devant le visage de Snif une corde à sauter fluo verte.

— J'ai pu prendre que ça, Rose. T'as entendu le boucan ?

— Un signal d'alarme, c'est fait pour alarmer. Tu t'attendais quand même pas à une clochette d'épicerie !

— Je pouvais par prévoir que l'armurerie de Jaurès était devenue une solderie-bazar.

Non, il ne pouvait pas prévoir. Elle non plus. Les choses changeaient trop vite dans le quartier. Les hommes pleurent, les gosses portent des flingues et les armureries deviennent des bazars. Snif et Rose rentrèrent fatigués. Rose n'avait toujours pas le cœur à ça. Snif résigné, se glissa une main dans le pantalon et s'endormit avec sa tétine. Il rêverait d'un ballon orange insaisissable. Les poings sur les hanches, Rose regarda autour d'elle. Il y avait du ménage à faire dans sa vie. Par où commencer ? Elle s'arrêta sur le portrait à la craie. C'est ça, jeter la fille par la fenêtre ! À la benne la princesse ! Les poissons devaient commencer à lui becqueter le sourire. Non ! Il fallait que Crystal la revoie. Qu'il s'en souvienne. Que ça lui grignote la mémoire. Quand ils la sortiront du canal, il ne la reconnaîtra même plus. Gonflée, violacée, rongée, puante. Ce portrait, c'était sa dernière chance que Crystal revienne. Simplement pour avoir le plaisir de ne pas lui ouvrir la porte. Et cette pourriture ! Ce gosse de flic. Ce truc à peine sorti d'un ventre. Arrête Rose ! Arrête. C'est cette nuit qui te rend dingue. Elle ne vaut pas la peine. Mal engagée. Plus rien à en tirer. Il faut la laisser filer. La faire crever à petit feu. Dehors, le jour semblait monter du canal. Il ressemblait à de la neige fondue. Un jour déjà sale avant d'avoir commencé. Du gris d'avorton. Ça te glisse d'entre les jambes, sans que tu t'en aperçoives. Rose ferma les rideaux. Dans l'obscurité, Snif ronflait.

Allongée sur la banquette arrière de sa 2CV, le Chignon s'enroula dans le plaid en patchwork. Elle ne se souvenait pas avoir jamais osé faire ça. Aucun garçon ne lui avait proposé de « passer derrière ». Elle aurait refusé, l'aurait giflé. Aurait regretté. Au moins, ce serait un souvenir. Elle s'était garée à côté d'une étrange camionnette publicitaire pour articles nuptiaux. En vitrine, deux mannequins figuraient un couples de mariés nus et distants. Déjà résignés. Le Chignon regarda le roi zoulou en pleine majesté. Le sexe énorme. Presque risible. Elle avait posé le tableau que Tardz lui avait donné à la place du Saint-Christophe. De quoi pouvait-il bien la protéger ? Elle se rappela avoir vu une vieille publicité Durex pour des préservatifs. Pourquoi s'en souvenait-elle ? Une 2CV perdue en pleine campagne. L'auto bougeait de façon extravagante. C'était ça ou rentrer à pied pour la fille. On ne lui avait jamais proposé non plus. Elle ôta ses bottillons fourrés et se trouva plus que nue. Elle se renversa sur le dos. Le jour perçait le givre sur les vitres. Elle ferma les yeux. La majesté s'approchait. Énorme et dorée !

Du dixième étage de la tour de Flandres, Musique veillait sur sa camionnette garée sur le parking de la place Bitche. Juste à côté, une 2CV couverte de neige bougeait de façon… extravagante.

Hondo regardait par la fenêtre du salon. Pour la première fois, il ne sentait pas la bête dans son ventre. Celle qui se réveillait chaque fois que la nuit s'en allait sans que Béa et Nec soient ressortis de l'eau. Béa était là. Elle était ressortie du canal la première. Elle dormait dans la chambre-de-personne. Nec viendrait la rejoindre plus tard. Lomron rentra chez lui juste avec le jour. Hondo lui ôta sa veste et son cache-col. Il l'assit et le fixa longuement dans les yeux, pour lui retirer tous les soucis de la nuit. Son front redevint lisse. Ils descendirent les stores. Hondo alluma la bougie qui éclairait la photo sur le mur. Le visage bougeait sous la flamme. La nuit était revenue. Ils s'embrassèrent sans s'embrasser et allèrent se coucher. Hondo avait déposé une crème brûlée sur le marbre de la table de nuit. Lomron s'allongea sur le lit. Il pensa à tout ce qu'il n'avait pas fait aujourd'hui. Il relut la lettre de la DDASS. Ils avaient peut-être raison. Ce n'était pas une vie pour un enfant. Il n'était jamais là, sortait la nuit, dormait le jour. Il risquait une balle, un couteau, un zinzin métallique... Il avait oublié de rappeler le Flandrin... Tâchons de rester immortel... Ça ne suffirait pas toujours. Et si Hondo se retrouvait seul ? Égoïste. Tu es peut-être tout simplement égoïste, mon homme rond.

Lomron mangea la crème brûlée les yeux mi-clos, puis il écrivit une page de l'histoire de Béa et Nec et alla la glisser sous la porte de Hondo. Il but un verre d'eau et essaya de s'endormir sans prendre de cachet.

Hondo ouvrit la fenêtre de sa chambre. L'air frais venait de très loin. Il tourna en rond sur sa natte de paille tressée en mimant avec sa lance une chasse au lion. Il ne fallait pas fermer les yeux. Pas dormir. À côté, dans la chambre-de-personne, Béa pouvait se réveiller. Béa pouvait crier. Être effrayée. Se sauver. Mais il était là pour la protéger. Il n'avait plus peur du jour maintenant.

Il lut la page. L'histoire des deux pendules de l'église Saint-Jacques-Saint-Christophe qui n'indiquent jamais la même heure. Lui aussi aimerait savoir faire disparaître les minutes des horloges.

Crystal retourna à l'entrepôt RATP. Sur le trottoir de l'avenue Jaurès, un gros type en robe de chambre matelassée, le fusil de chasse à l'épaule, balayait les morceaux de verre de la vitrine... *Les merdeux, qu'ils y viennent !... Qu'ils y viennent, tiens !...* Crystal poursuivit son chemin. Dès qu'il fut à l'intérieur de l'entrepôt RATP, il fut happé. L'impression de retrouver sa grotte. L'obscurité était plus grande. Pourtant on avait multiplié les braseros. Des feux pour se resserrer autour. Un vaste campement silencieux. Crystal avança. Seul ou par petits groupes, les gars œuvraient. Mongo et Phan repeignaient la tête-qui-pleure sur les casques, avec des graces de miniaturistes. Ruedo suspendait les équipements contre le grand mur... *A las cinco de la tarde... cuando la plaza se cubrio de yodo...* Chacun sous son numéro. L'alignement d'une équipe de guerriers géants évidés. Des Macchabées. L'autobus Porte-de-Pantin-Pont-Neuf ressemblait à un gros lézard qui finissait d'avaler Zobi. Seules ses jambes dépassaient encore. Il bricolait le moteur, et donnait l'impression de mater sous les jupes de Mona qui bichonnait la place du chauffeur. L'autre bus était déjà prêt. Andy faisait sa tournée des popottes. Le zonzon geignard de son fauteuil était le seul bruit humain. Crystal poussa la porte et entra sur le terrain. Le Squat-Dôme ! Les projecteurs éclataient. Une lumière crue qui vitrifiait la terre battue. Ducati et Kawa repassaient les lignes du terrain à la chaux en faisant la course derrière la roue de leur traçeur.

Est-ce qu'ils viendraient, les autres ? Un hangar délabré dans une Z. AC du $19^{\text{ème}}$ arrondissement. Le Squatdôme ! Il avança jusqu'au centre du terrain. Est-ce que tu réalises, Crystal ? Les Cow-boys de Dallas ici ! Tu rêves, mon vieux. Regarde autour de toi ! Il est peut-être encore temps.

Crystal demanda à Musha de s'occuper de la journaliste à peau de rousse. Si tu veux savoir si quelqu'un veut te trahir : donne-lui-en l'occasion. Martial aurait sûrement trouvé une sourate.

Au signal de Crystal, tous convergèrent en silence vers un seul feu. Un cercle. Le groupe se fondit. On eût dit une armée au bivouac. Des hommes de pierre soudés sous la lourde capote. La neige qui s'amoncelle sur les épaules et les mains qui tendent leurs paumes vers la flamme.

Même la lumière du jour, qui perçait, ne put s'insinuer parmi eux.

33

Ce jour ne les intéressa pas.

34

Le soleil de ce jour se coucha à 18 h 32.

L'autobus 75 Porte-de-Pantin-Pont-Neuf s'arrêta devant l'entrée principale de l'aérogare d'Orly-Sud. Ça ne surprit personne. La foule avait d'autres choses à penser. Son chariot, sa valise, son taxi... Où était passé le gosse ?... Le jour s'éteignait avec un chuintement de portes pneumatiques. Ça non plus n'étonna pas grand monde. On aurait pu également remarquer un deuxième autobus vide, conduit par une grosse dame, habillée façon concours de danses rétro. Mais tout le monde s'en moquait et courait... Je te dis que je l'avais laissé là, le gosse !... L'autobus vide alla se garer un peu plus loin. Du 75, les gars de l'équipe descendirent un à un, en silence, le sac de sport à la main. Les yeux attrapés de partout, l'odeur de kérosène en brillantine dans les cheveux. Le sifflement des réacteurs en bigoudis. La foule était popote. Ça sentait plus le billet de soute graisseux que le jet au long cours. Seul le froid semblait en partance. Il faisait presque doux.

— Je parque le bus et je vous rejoins avec Mona.

À l'intérieur du hall, plus de résignation. L'attente. Des paquets de grands enfants fascinés devant des écrans sans dessins animés. Dans les haut-parleurs, une voix de sirène fatiguée lévite avec peine sous une voûte informe. Elle annonce Tahiti, on entend Pithiviers. Et soudain des mouvements d'oiseaux migrateurs vers un couloir. Zone 3. On pousse son butin de bagages et de bronzage sur des chariots largement échancrés. La rue de Meaux sans fruits ni légumes. Aux comptoirs des compagnies, c'est le cocktail. On se goinfre d'horaires et de destinations. Du charter-canapé pour hirondelles.

Les gars de l'équipe savent exactement ce qu'ils ont à faire. Crystal les a briefés une dernière fois dans le bus. Prendre le grand escalator par groupes de quatre. La moitié par le hall d'arrivée du premier niveau. Les autres continuent un étage. On ne s'occupe de personne. On converge à la mezzanine qui surplombe le grand hall. On s'assoit sur les sièges, le dos à la salle de transit. Et on attend. Une topographie simple. Eux et nous. Chacun d'un côté. Et entre les deux : la vitre.

L'escalator distribue les rôles. Casting. Chacun se déplace comme sur des rails. Des figurines découpées dans la foule. La mise en place. Crystal et Bartis s'arrêtent devant le grand tableau d'affichage du hall. La loterie des destinations volette avec un bruit hautain de crécelle. Le compte est bon. Arrivée. Provenance. Dallas. Destination Francfort. 19 h 52.

— Tu vois, Crystal, plus le temps du débarquement, c'est bon.

— T'es sûr de ton type, Bartis ?

— On n'a pas le choix.

— Tu sais que si ça foire…

— T'inquiète.

— Tu veux quelqu'un ?

— Ça peut aider

— Mongo et Phan.

— Parfait !

— À toi de faire !

Crystal et Bartis se regardèrent. Pas un geste. Le genre adieu d'hommes. Bartis disparut vers l'escalator. Crystal traversa le hall. L'impression de déambuler dans un souk pour gros porteurs. Et toujours la voix de l'hôtesse comme une mousmé, lascive qui agite ses voiles. Au bout du hall il repère le Plein Sud. Le bar où il aura rendez-vous avec Bartis. Crystal monte à la mezzanine qui surplombe le grand hall… *Oratoire, Mosquée, Galerie d'art…* Les gars de l'équipe continuent d'arriver en silence… Comme les oiseaux d'Hitchcok, avait dit Crystal. Des voyageurs dormaient entre deux avions, affalés au milieu de leurs bagages, sur les sièges ou les marches. Ils s'éveillaient soudain. Un cauchemar : d'énormes blocs humains silencieux les entouraient, se multipliaient et les broyaient sans même s'en apercevoir. Alors ils se levaient. On annonçait leur vol. Il fallait se dépêcher… Excusez-moi… Et un cube de silence comblait la place vide… Comme les oiseaux d'Hitchcok…

Crystal s'approcha de l'immense baie vitrée qui le séparait de la salle de transit. Trois marches et une double porte en verre, pour mieux dire qu'on n'avait pas le droit. Les poignées étaient entravées par une chaîne dérisoire. Le transit ! C'est là que les types de Dallas arriveraient. Au fond sur la droite, le « Globe trotter ». Le bar et les serveurs en chemise rouge. Moins de classe qu'à la « Cascade » des Buttes-Chaumont. Crystal regardait cet endroit lointain… l'autre côté… nulle part… Il pensa à l'icône. Il eut l'impression de ne l'avoir jamais rencontrée que derrière une vitre. La sentir toute proche sans jamais pouvoir la toucher. Son parfum taché de sang par l'interstice. Entre les deux portes. Crystal approcha ses lèvres. La buée de son souffle. Une vague tache rouge stationnait dans son champs visuel. Un serveur le regardait en essuyant une table. Ce n'était pas le moment de se faire remarquer. Crystal rompit. Il ne fallait plus penser à elle. Tant que son parfum existerait… La tache rouge disparut. Crystal vit une pendule. Bartis devait être en train de discuter avec son copain.

« Copain » était le terme ancien pour désigner leur relation. Désormais, il faudrait en trouver un autre. On n'écrase pas la tête d'un « copain » contre la porte métallique de son vestiaire. Mais Mongo n'était pas le copain de ce type. Encore moins Phan qui venait de le propulser contre la rangée de casiers d'en face. Du bruit mais pas de fureur. Le « copain » trouvait les deux monstres horriblement calmes. S'il les avait vus avant, il aurait fait attention à pas pousser la note. Bref, une dernière torgnole pour la T. V. A. et on était d'accord sur le net à payer.

— T'as pensé à la liquette ?

Et il fallait blanchir en plus ! Le « copain » sortit une chemise rouge de son vestiaire. Il tendit à Bartis une sorte de bristol.

— Attention, c'est ton passe pour la douane. T'as pensé à la photo ?

Bartis avait pensé. Le « copain » agrafa et tamponna.

— T'es équipé !

— Si pour chaque extra, il fallait passer par la police de l'air ! Alors on s'arrange. Mais ça marche que pour les extras. Attention, la première fois, faudra que tu passes au poste de douane avec moi. C'est un Corse. On se comprend. Tu vois que je me mouille, dans ce coup-là !

— C'était pas une raison pour m'essorer.

Fin du programme de lavage. On descendit la température. On allait faire dans le soyeux. Le délicat.

— Attention ! Pour les poubelles, ne joue pas les volontaires. Ça ferait louche. En général, personne n'en veut. De toute façon, le chef les colle toujours à l'extra. Attention avec lui, c'est un méfiant.

Bartis s'était habillé. Chemise rouge, pantalon noir.

— Tu m'as pris un limonadier ?

— Dis donc toi, t'as juste ta...

—... et mon couteau !

Bartis lui montra son cran d'arrêt. Le « copain » comprit que ce n'était pas un jour à faire des astuces.

— Attention, tu y fais gaffe, c'est le mien. Je dégoterai un autre décapsuleur là-haut. Allez, on y va, sinon le chef va se demander ce que je maquille. Et tes… amis ?

— Sois sans inquiétude, ils ne seront jamais très loin.

Rio avait garé l'autobus près de l'entrée de l'aérogare, sur un emplacement réservé à autre chose. Si ça virait mal, il était prévu de l'abandonner et de rentrer chacun pour soi. Mona marchait à son bras, pas peu fière. Ils avaient rendez-vous avec Garchou au pied de l'escalier mécanique. Il attendait déjà, son sac de sport à l'épaule.

— T'as vu !

Garchou montrait un gros colis posé sur un chariot à bagages… *Bananier Petit Bois Capesterre Belle-Eau 97130 Guadeloupe…*

— Si j'habitais une adresse pareille, je resterais tranquillement chez moi. Je recevrais du courrier du monde entier, mais je ne lirais que les enveloppes,… et je jetterais les lettres !

— Et après ?

— Je me rendormirais en attendant le facteur.

Mona s'était assise au milieu de ses jupons comme une petite fille perdue avec son nom autour du cou. La foule semblait l'effrayer.

— C'est le moment, tous les deux. Vous êtes toujours décidés ?

— Toujours !

Rio et Mona avaient répondu d'une seule voix. Ils se firent un baiser léger qui n'abîme pas le maquillage. Elle lui accrocha un hareng rouge au revers. Cette nuit, ils avaient décidé de se marier. Comme ça.

Crystal s'était posté derrière les barrières, aux arrivées de la salle 37. Il vit venir Bartis. Un type l'accompagnait. Son « copain ». Tous les deux en tenue de loufiat. Ils discutaient au poste de douane avec un uniforme. Ça souriait. Ils quittèrent le petit bureau vitré. Le «copain» faisait des signes du pouce pour une invite à boire au douanier. Ça semblait rouler. Crystal remonta à la mezzanine. Les gars de l'équipe occupaient maintenant tout l'espace. Ils étaient alignés sur les sièges, le dos tourné à la grande vitre de la salle de transit. Ils n'échangèrent pas un regard. Crystal vit Bartis prendre sa place derrière le comptoir du Globe-Trotter. À en croire les épaulettes, c'était un chef qui s'en prenait déjà à lui. Il commençait fort.

— Laisse ça ! T'auras tout le temps de briquer cette nuit. Pour l'instant tu me sors les poubelles ! Et fissa !

Bartis rouspéta juste de quoi. Il fit le signe convenu à Crystal de l'autre côté de la vitre. C'était bon ! Crystal irait l'attendre au comptoir du Plein Sud. Mongo et Phan l'accompagneraient certainement. Bartis passa un tablier de cuir et tira à l'office les deux grosses poubelles qui étaient sous la plonge. Lourdes ces saletés ! Ça puait le jambon pourri et le marc de café ! Bartis les chargea dans une espèce de chariot fermé qui ressemblait à un triporteur de marchand de glaces.

— Tu fais fissa ! Y a un jumbo qui se pointe. On va être dans le jus !

Bartis poussa le chariot jusqu'au monte-charge. Un étage et il débouchait dans la salle d'arrivée 37. Il se retrouvait au milieu des voyageurs qui attendaient pour franchir la douane… Monsieur, votre valise s'il vous plaît !… Les gabelous piquaient au hasard.

— Il a pas traîné pour te coller la corvée, le chef !

— Je ne me plains pas. Ça m'a l'air d'être plutôt lui, la corvée !

Jovial, le Corse. Mais il gardait le regard méfiant, bien calé sous les sourcils. Une façon d'avoir le doigt sur la gâchette. Se méfier. Bartis passa la douane. Retour au pays. Importation frauduleuse d'ordures ménagères. Comme un vulgaire camion allemand. Bartis déboucha dans la galerie marchande. À l'époque où il travaillait ici, veste blanche et cravate noire, ça l'amusait de passer à côté des Duty free shops de luxe, avec sa cargaison de saloperies. Mais aujourd'hui, on le prenait pour un marchand ambulant.

Assis au comptoir du Plein Sud, Crystal vit arriver Bartis qui poussait sa carriole. Il fit signe à Mongo et Phan de ne pas bouger, se leva et alla au kiosque à journaux juste en face. Il compulsa un magazine. Bartis passa dans son dos. Quand Crystal entendit le bruit de la grille du monte-charge, il se glissa.

Ils descendirent jusqu'au deuxième sous-sol sans parler. Bartis versa les ordures dans la broyeuse. Il empila les deux poubelles vides et les rangea dans la carriole de façon à ménager un espace libre. Il nettoya. Crystal s'installa. C'était juste. Bartis referma et laissa la carriole dans le local de la broyeuse. Il marcha jusqu'au quai de chargement qui donnait dans le souterrain de l'A6. Ruedo l'attendait dans son ambulance à cornes... *A las cinco de la tarde... En las esquinas grupos de silencio...*

— Ça te saoule pas, toujours le même disque ?

— Pourquoi ? Nous aussi on n'a qu'un seul sillon... Tiens, je t'ai préparé deux seringues au cas où. Tu piques dans la cuisse de préférence. Mais avec ça, t'es sûr de ton coup.

Bartis glissa la boîte en plastique sous son tablier.

— Et pour Crystal ?

— Du bon !

— À tout à l'heure hombre ! En attendant je vais tourner un peu, sinon je vais me faire repérer.

Dans sa cabine vitrée, le pointeau matait sans conviction. Bartis remonta le chariot. Il avait traversé la douane au sourire. Mais les ennuis attendaient juste devant lui. Au monte-charge.

19 h 52. L'homme de piste en combinaison blanche croisa les raquettes au-dessus de sa tête. La roue du train-avant

s'arrêta pile sur le repère. L'immense 747 s'immobilisa devant le terminal 2E. Le vol 1554 d'American Airlines en provenance de Dallas Fort Worth venait d'arriver !

Dans l'obscurité du chariot à poubelles, Crystal regarda le cadran lumineux de sa montre. 52. Ils étaient là ! Il n'aurait jamais pu imaginer que cet instant, qu'il avait tant attendu, aurait une odeur de pourriture.

— Ça va Crystal, tu respires ?

— Évite de parler, Bartis.

— Y a rien à craindre. La douane est passée ! On arrive au monte-charge… Merde !

Mona et Zobi montaient l'escalier qui mène à la mezzanine en se tenant par la main. *Galerie d'art, Oratoire, Mosquée*. Garchou, le sac de sport sur l'épaule, ressemblait à un garde du corps. Une duègne aux mains bandées. L'intérieur tamisé de l'oratoire avait une esthétique sèche année 60. Du temps où le bon Dieu était une abstraction. Le Saint-Esprit relié au Compteur Bleu… De plus en plus d'appareils, pour vivre mieux… Mona et Rio firent face à une maigre idée de croix. Garchou sortit de son sac, un magnétophone à cassette, le Code Noir et son peignoir de soie mauve. De la pourpre de ring. Il l'enfila. *15 février 2004*. En lettres d'or comme une révélation.

— Garchou, on pourrait savoir ce que ça veut dire ?

— Ce sera mon cadeau, Mona. C'est la date jusqu'à laquelle je dois rester invaincu pour battre le record de Julio César Chavez. 13 ans, 2 mois et 6 jours sans défaite.

Garchou fit la moue et enclencha *Many rivers to cross*. Mona et Rio s'agenouillèrent en entendant Jimmy Clift. Mona se couvrit la tête d'un pan de voile de ses jupons

— On a oublié les anneaux !

— Laissez ! J'ai ceux de la mémoire.

Garchou ôta ses bracelets d'esclave et les passa aux

poignets de Mona et Zobi. Ses mains, bandées de frais, firent au-dessus de leurs têtes des signes à la géométrie approximative. Ils dirent « oui ». Garchou posa la main gauche sur le Code Noir.

— Mona et Zobi, je vous déclare liés, entravés, enchaînés et donc libres d'être l'un à l'autre.

Mona et Rio s'embrassèrent sous le jupon. Mona aurait aimé savoir pleurer. Rio savoir retenir.

Crystal sentit le chariot freiner brusquement. Qu'est-ce que ça voulait dire. Recroquevillé comme il était en position fœtale, coincé entre la paroi et les deux poubelles empilées, Crystal ne pourrait pas faire grand-chose si ça coinçait.

Crystal entendit une voix qui s'adressait à Bartis.

— Mais si ! Ça rentre juste, mais ça rentre.

— On tiendra jamais à deux ! Va devant. Moi je préfère attendre.

— Tu connais pas le chef. Ça va être vite réglé ton extra ! Enfin, tu fais ce que tu veux.

Crystal entendit le bruit de la grille du monte-charge... Il faut y aller Bartis !... Le brinquebalement de l'autre chariot. Un temps d'immobilité. Il faut... Ça bouge ! On le balance, on le cogne. Ça monte. L'odeur de croissant chaud remplissait la poche amniotique. Une senteur à sucer son pouce dans le ventre de sa mère. On arrive à terme. La grille grince. On déhotte.

— Tu la fabriquais, ou quoi, la viennoiserie ? Fissa pour la mise en place ! Toi tu passes par l'office avec ta carriole.

Dans l'obscurité, la voix du chef paraissait terrible. La puanteur reprit sa place. Le chariot roula un peu. Les quatre coups convenus.

— Crystal ! Dès que j'ouvre la porte, tu te gerbes sur le côté.

Un guichet de lumière blanche à main gauche. Crystal

plonge et roule. Carrelage rose, néons, brise des pins. Le crâne percute un chambranle. Une trombe d'eau éclate quelque part. Crystal reste en boule dans un coin. Une femme âgée pas-tant-que-ça le toise.

— Je crois que vous vous êtes trompé de côté, jeune homme.

D'ordinaire, la formule est une façon polie de dire qu'on a ses préférences en matière d'intromission. Ici, simple question de convenance. Crystal s'excuse, salue et retourne côté carrelage bleu. Il fait le point devant le miroir. Te voilà dans la place ! Il remet un peu d'ordre dans sa tenue. Pour l'odeur de pourriture, il ne peut rien. Ça colle. Ça collera ! Il sort des toilettes pour hommes, juste au moment où, à l'autre bout de la salle de transit, surgit la masse des gars de Dallas.

35

Tout ce jour, Rose préféra laisser dormir Snif. Il ronfla et rêva. Toujours ce même cauchemar… Wilson !… Il avait crié. Snif n'avait jamais voulu lui expliquer. Elle, ne rêvait jamais. Il valait mieux. Rose s'était glissée entre le lourd rideau rouge et la porte-fenêtre. Elle était restée là sans sommeil, à regarder la place Bitche : l'église, le kiosque à musique, le square, la sanisette. Ses pensées tournaient en rond… La caserne de pompiers, la tour, les ruines… la sanisette. Elle cognait son front contre la vitre froide. Rien n'y faisait. Son manège s'arrêtait toujours sur la sanisette. Un sujet gras et lisse comme un petit cochon empalé. Et sa sœur à l'intérieur qui montait et descendait autour d'un sucre d'orge torsadé. Petite sœur chérie, il me faut ton flingue. Ta baguette magique. Rappelle-toi, papa disait que c'était moi la plus têtue des deux !

Rose tira soudain le lourd rideau rouge. Ce jour serait le sien.

Hondo ne dormait pas quand il entendit frapper à la porte d'entrée. Il était déjà tout habillé sur son lit. Sa valise était prête, sa lance de guerrier Yuruba, et son ballon pointu. Madame Ladass allait venir. C'est comme ça pour les petits, un jour une dame arrive avec une lettre bleue, et il faut partir. Pourtant, il pourrait lui expliquer qu'il savait plein de choses. Mais que ses idées préféraient rester jouer dans sa tête. C'était pas beau dehors! On continuait à frapper à la porte. Il ne pourrait pas la suivre. Qui s'occuperait de Béa, après? Ils auraient pu descendre par la fenêtre et se sauver. Ce n'était qu'au premier étage. Il irait réveiller Béa doucement. Elle comprendrait. Mais son père s'était déjà levé. Il avait fait vite cette fois. Hondo l'entendait discuter avec madame Ladass dans l'entrée. Il entrebâilla la porte pour regarder. Elle avait un visage pointu et des cheveux comme une maison d'abeilles sur la tête. Son père ne lui faisait pas les gros yeux. Même il souriait. Des fois on peut donner son enfant à quelqu'un, pour qu'il soit plus heureux. Lui, il n'avait pas envie d'être plus heureux ailleurs. C'était ici sa cabane. Hondo renoua son cache-nez et tripota son badge. Il ouvrit la fenêtre de sa chambre et monta debout sur le rebord.

Martial resta enfermé dans sa chambre. C'était le premier jour du ramadan. Il jeûnerait assis face à sa reproduction de la Vierge de Vladimir. Il jeûnerait, jusqu'à ce que son corps se creuse, que sa tête s'évide et que son esprit flotte hors de lui. Il jeûnerait tant que les bouches de la Vierge et de l'Enfant à tête d'homme ne se mêleraient pas jusqu'à la salive. Il voulait sentir l'or rouler sous ses doigts et le noir des yeux couler et se fondre à la sueur salée de son corps. Il ne resterait d'Illema que cette chair épuisée. Un autre viendrait la prendre.

Derrière son comptoir, Zaza continuait à jouer seule aux Piliers. Elle tirait des cartes. Comment s'appelle la niche de la Mosquée qui indique La Mecque?... On ne souffle pas!... Mirhâb... Bonne réponse! Bientôt tu battras ton fils, ta merveille. Alors, il faudra arrêter. La mère ne doit pas dépasser son enfant.

— Rose, je n'ai pas bien compris comment tu comptais faire, pour récupérer l'arme d'Airwick.

— Pas grave Snif. Je ne te demande qu'une chose : me tenir la porte.

— Comme à la petite école ?

— Sauf que tu n'auras pas le droit de regarder par en dessous.

Lomron discutait dans son entrée avec le Chignon. Tout en faisant mine de sourire, il surveillait sa coiffure comme un pot de fleurs sur un rebord de fenêtre. Il craignait la chute à tous moments, et se préparait à intercepter la potiche au vol. Ça n'avait pas dû être pratique dans la 2 CV.

— Je serais très honorée, si vous me présentiez votre fils, commissaire.

Saint-honoré, charlotte, baba au rhum, religieuse au café… Lomron hésitait sur la comparaison pour la coiffure. Il avait faim, ce matin.

— Mais bien sûr. Il doit être dans sa chambre.

Lomron poussa la porte. Le Chignon réprima un cri. Elle ne s'attendait pas à un enfant noir. Surtout perché sur le rebord de la fenêtre. Hondo les regarda et sauta.

Tardz pria pour Illema. Il resta tout le jour debout immobile au milieu de l'église vide. Il avait fermé les portes, allumé tous les cierges. Tardz pria et chanta. Pourquoi lui avoir donné un corps si fort, s'il devait avoir peur du monde du dehors comme un petit enfant ? Pourquoi ? Sa voix pouvait faire trembler le bleu des vitraux, son poing briser les os, mais l'effroi le saisissait dès qu'il franchissait la croix de la grille. Tardz ne bougerait pas tant qu'Illema ne serait pas revenue. Il laisserait son corps pesant s'enfoncer dans le bois du parquet ciré.

Rose frappait à la porte de la sanisette. *Hors service*. Mon œil ! Elle fit signe de s'écarter à Snif qui sifflotait les mains dans les poches, avec un naturel de comédie musicale.

— Airwick, réponds-moi ! C'est Rose, ta sœur. Je sais que tu es là !

Autour, le square était vide. Des voitures attendaient au feu. Rose s'agitait et commençait à ressembler à quelqu'un qui a une grosse envie.

— Ouvre, ou je fais du ramdam. Et c'est jamais bon pour le commerce !

— Qu'est-ce que tu me veux ?

La voix donnait l'impression de venir du fond d'un vase de nuit. Rose répondait en chuchotant sur le ton de confesse.

— Ouvre, tu verras bien.

— Si c'est pour le gosse du flic, c'est pas la peine !

— Mais non. C'est pour un placement. J'ai touché un peu et comme je sais que tu t'y connais…

La porte de la sanisette s'ouvrit en soupirant comme un guichet de banque. On n'écoute pas assez le bruit des choses. Rose entra le placement à la main. Huit centimètre d'acier médiocre.

— Salope !

Snif referma pudiquement la porte et prit le détachement feint du prostatique en bout de retenue. À l'intérieur on causait.

— Si tu crois que tu vas m'impressionner avec ça. D'habitude, cette taille-là, je prends même pas. Je les laisse aux sorties d'écoles.

— File ton flingue ! Tu sais que tu me dois ça !

— Je ne te dois rien. On a fait chacune nos vies, maintenant.

Airwick s'assit sur son trône et croisa les bras sur une partie de son capital. Elle afficha un sourire amusé en largeur et franchement moqueur en longueur. Belle surface. On jouait un instrumental de *She loves you* dans le haut-parleur d'ambiance. L'humeur était au chèvrefeuille.

— Et maintenant, qu'est-ce qu'on fait sœurette ?

— On solde !

Rose plongea la lame. Juste pour dégonfler toute cette arrogance. À certains endroits, huit centimètres de profondeur, c'est beaucoup. Exemple : le sein ! Sous le sein, le cœur. Sous le cœur, la vie, sous la vie, plus rien. Ou presque. Airwick s'était redressée. Elle avait conservé ce sourire et cette poigne qui corrigeait quand ils étaient enfants. Rose faillit renoncer et admettre... *She loves you, Yé ! Yé ! Yé !...* Sa sœur ne lâcherait pas prise. C'était l'aînée. Le père n'était pas là. Quand il rentrerait, il faudrait encore se taire. Et quand il se glissera dans son lit, elle dira quoi, la sœur aînée ? Rien ! Rien ! Rien ! Rose frappait... *Il a fait sa journée. N'embêtez pas votre père avec vos histoires, les filles...* On ne l'embêtera plus... Rose regardait le corps de sa sœur affalé sur la tinette. La grenadine renversée sur sa robe de chambre. Il fallait la laisser tranquille. Elle avait toujours eu du mal à faire sur le pot.

Hondo sauta du rebord de la fenêtre et atterrit sur la moquette. La dame avec des drôles de cheveux, ce n'était pas madame Ladass. Pourtant, Hondo l'imaginait bien comme elle. Sévère. Le nez pointu. En vrai, elle était plutôt gentille. Surtout avec ses yeux. Il lui montrait sa chambre. Ça avait l'air de l'intéresser. Sans mentir. Elle avait apporté une lettre à son père. Elle l'avait trouvée sur le paillasson. La feuille n'était pas bleue. Donc c'était pas grave. Son père plissait toujours le front quand il lisait.

Le Flandrin lui écrivait qu'il avait identifié leur pirate informatique. Il avait pu reconstituer sa « petite balade » dans les fichiers. C'était « étonnant » paraît-il. Lui en dirait plus de vive voix. Il était à la Villette toute la journée. Lomron se mit en marche. Il fit comme s'il ne voyait pas sur la table basse, son bol et les deux tartines d'os tendre qui l'attendaient. Il n'allait pas déjeuner devant le Chignon. Trop intime.

— Et votre fils ?

Le Chignon sentit qu'il ne fallait pas insister. La dame n'embrassait pas trop fort. Mais c'était drôle ses cheveux en l'air. Lomron tritura son badge et renoua son cache-col. Tâchons de rester immortel…

À ce stade de l'enquête Lomron savait qu'il devait rendre compte. Il téléphona de la cabine sur la place Bitche. Ça tombait bien, on était sur le point de lui envoyer une voiture. Il devait passer au 17 quai de la Loire. Boucherie Emsalem… *Une vraie boucherie !* avait dit le gars au bout du fil.

36

Crystal regardait les types de Dallas entrer dans la salle de transit de l'aéroport d'Orly. Ils étaient apparus comme une horde de géants fatigués. Immenses. Le décalage horaire dans les yeux. Crystal aurait pu mettre un nom sur chaque visage, un numéro sur chaque homme. Mais il ne voulait pas les distinguer. Ça devait rester des gars comme les autres. Pourtant, il ne put s'empêcher de fixer la nuque de Troy Aïkman, le quaterback. Il est toujours rassurant de trouver un point de fragilité chez celui d'en face. Les gars de Dallas s'intallèrent et prirent possession du lieu sans chorégraphie préétablie, mais avec une étrange fluidité. C'était déjà leur camp... *Regarde une équipe s'asseoir dans un car et tu sauras à qui tu as affaire...* Il avait raison Andy. Celle-là bougeait bien.

Crystal s'approcha de la grande baie vitrée. De l'autre côté les Chief Tears attendaient, le dos tourné à la vitre. C'était trop proche maintenant. Il fallait que ça aille jusqu'au bout.

Déjà, la noria de managers, conseillers, secondants, tournaient autour de l'équipe. Une ruchée d'énormes bourdons placides, butinée par des pique-bœufs rapaces. On en nourrissait du parasite. Ni photographes ni journalistes. Musha n'était pas réapparu. Crystal avait peut-être eu tort de lui demander de neutraliser la journaliste «qui a une peau de rousse». C'était trop tard maintenant. Crystal regardait de loin les gars de Dallas. Il faudrait être fort. Ils bougeaient comme des statues. Dieux vivants ou pas, on défilait aux toilettes comme du marin bordé à la bière. Les pom-pom girls faisaient dans le glamour gym-tonic. Elles semblaient tenues en laisse par une kapo genre salutiste Santa-Barbara. À en croire les œillades croisées avec les lignes arrières, elle avait du mouron à se faire, la nuit venue. Et elle venait la nuit. C'est elle qu'on attendait.

Crystal passa les signaux de l'autre côté de la vitre. Le reste fut un long engourdissement au champagne et autres. Les serveurs en chemise rouge passaient dans les rangs de l'armée endormie pour les détrousser d'un monceau de détritus. Bartis fit signe à Crystal. Le chef poinçait à l'office. Il restait moins d'une heure avant leur départ. Il allait falloir brusquer. Et puis ce fut une question de trajectoire. Une pom-pom girl se leva et se dirigea vers les toilettes. Le sourire toujours bandé, mais du mou dans les appuis. C'était mince comme trophée. On ferait avec. Bartis enfila son tablier et glissa la boîte plastique des seringues dessous.

— Tu fais les poubelles maintenant. T'as du courage !

— T'as vu le merdier qu'ils nous ont mis les Ricains !

Bartis passa à l'office. Le chef en écrasait, la tête affalée sur son livre de comptes. Bartis sortit le chariot par la porte de derrière. Il retourna dans le bar et changea les poubelles. Il rangea les pleines dans le frigo, derrière des caisses de bière. Personne ne les verrait. Il ressortit de l'office. La fille arrivait. Ça tanguait. Elle s'accrocha au bar pour se remettre en ligne et s'engagea dans le couloir. Bartis poussa lentement le chariot à sa rencontre. La guigne ! Un type arrivait derrière elle. Du solide. Les yeux bleus à belle hauteur. C'était cuit ! Le type dépassa la fille en lui glissant, en approximé dans le texte, un truc du genre. . *T'en tiens une bonne Susie !* ... Crystal surgit dans l'aspiration. Du regard il marqua le type dans le dos. Ce serait lui, le colis ! L'homme entra du côté bleu-homme. La femme tituba, se prit les pieds dans les chromosomes et s'embarqua vers la mauvaise couleur. Bartis intercepta la daltonienne et la remit dans le droit chemin du rose-fille. Elle remercia, l'accent pâteux... *Pink for ladies! ... Pig for Susie! ... Thank you, baby!* ... Bartis regretta de pas pouvoir être le petit cochon du jeu de mots. Pas le temps de s'alanguir en deux langues. Crystal s'était déjà collé à la suite du type, comme pour passer au tourniquet avec lui.

Ça ressembla plus à une porte à tambour. Un type comme lui sait quand il a quelqu'un dans le dos. Il le sent. L'autre devient une deuxième peau, à force de se sentir guetté sur le terrain. Entendre le pas, sentir le souffle de celui qui veut vous saquer. Vous détruire. Briser le dernier cercle... Tout ce que fait un Indien il le fait dans un cercle... Le terrain de football est un cercle. Un cercle inexorable. Un cercle dont on ne sort jamais. L'homme sentit Crystal. Il pivota soudain en s'écartant dans le même mouvement. Un retrait du buste, comme pour éviter un plaquage un peu haut. Le regard calme. Crystal avait anticipé et s'était glissé en fente dans la zone d'échange. Du télémark au fer rouge. L'homme eut cette fraction de seconde d'hésitation qu'on a hors du terrain. Le coup de Crystal jaillit. Une rotation contrariée. Un crochet qui fulgure. Le gauche au foie. Du plein impact sans protection. Il s'écroule. Crystal le plaque sur le ventre, un genoux dans les reins. Bartis se précipite... *N'importe où, mais de préférence dans la cuisse*... Bartis remonte la jambe du pantalon. Ce sera le mollet. Il pique... *Après, tu y vas doucement. Tu peux le tuer sinon... Easy! ... Easy!* ... La bête était raisonnable. Le gars avait compris. Il gardait encore la lucidité de renoncer à temps. Soudain dans leur dos, un cri. Presque. La fille a trop de dents dans la bouche. Hillary Clinton un jour d'investiture. Ça coince. La machoire cane. Crystal se jette sur la fille et la bâillonne de la main. Le hurlement rentre en gorge. La fille dit oui-oui des yeux. Elle se tiendra tranquille.

Le type en profite pour se relever. Essayer. La piqûre fait effet. Il chancelle, se frotte les yeux. Bartis le fauche comme du blé mouillé.

— Il te reste une dose ?

À la vue de la seringue, la fille a les quinquets qui partent en baby-doll. Elle ne saura pas la suite. Bartis vérifie au-dehors. C'est calme dans le couloir et la salle de transit. À l'abri de la porte des toilettes, ils chargent en lasagnes les deux corps dans le chariot.

— Bartis, tu as reconnu le type ?

— Troy Aïkman ?

— Lui-même !

37

Boucherie EMSALEM... *Une vraie boucherie!*... Le type au bout du fil avait rigolé de son astuce. C'est vrai, c'était une boucherie, sauf qu'on ne reconnaissait pas les morceaux. Lomron étiqueta: Pas assez soudain pour un suicide. Trop nu pour un accident. Les vêtements avaient disparu. Ça n'aurait rien changé dans une broyeuse. Un employé en blouse et calote blanches ronchonnait. Ce ne serait pas facile à nettoyer. Il sifflotait. *Narch bist ist too schoen...* Le sirupeux balancé des Andrew sisters en yiddish collait à merveille avec les mouvements de la serpillière. Sans savoir comment on en était arrivé là, Lomron s'entendit expliquer la différence entre casher, strictement casher et scrupuleusement casher. Lomron ne s'attarda pas à ce qu'il restait du corps. Les jumelles parlaient plus. Lomron posa sa batterie de questions habituelles. Pas d'effraction, rien de volé. On avait trouvé ça, près de la chambre froide. Une sorte de protège-dents souple en plastique bleu. Il y avait un petit cordon pour l'accrocher. À quoi ? Ça faisait porte-clefs fluo. Lomron recueillit l'objet dans son sac non réglementaire. Il fit ce qu'il avait à faire et retourna à la 2CV.

— Vous m'excuserez commissaire. Je ne suis pas descendue. Je ne supporte pas l'odeur de la viande.

La puanteur! Il ne l'avait pas remarquée. Curieux, chez

lui, cette façon qu'avaient les sens de fonctionner de façon indépendante. Heureusement, car s'il avait senti, il aurait entendu… Les mouches ! … Le bourdonnement, la sueur dans le cou. Les corps bouffés. La terre ocre. Le charnier… Les chiens qui se battent pour un morceau de treillis… Lomron tritura son badge et renoua son cache-col.

Adossés à la palissade grise et verte de l'entrepôt, Rose et Snif avaient regardé le commissaire quitter la place Bitche dans la vieille deuche. Rose fixait la fenêtre du premier étage de la tour. Elle aurait pu ajuster le gosse du flic, tout à l'heure. Qu'est-ce qu'il faisait perché là ? Il aurait pu tomber et se faire mal. Un couple passait. Il avait fallu attendre. Elle avait attendu.

— Cette fois bonhomme, ça ne fera pas Pan ! mais Boum !

Béa s'était réveillée. Hondo avait eu juste à ouvrir la porte. À peine. Un peu de lumière propre sur le drap. Il était retourné dans sa chambre. Il fallait se dépêcher. Son père à lui était parti. Alors la dame qui avait une araignée sur la figure allait revenir. Il l'avait vue en bas avec l'homme tout maigre, quand il était monté sur la fenêtre pour parler aux Esprits du canal. Béa entra dans la chambre de Hondo. Le costume gris que son père à lui ne mettait jamais était un peu large, mais avec le maillot de l'équipe en dessous et des tennis rouge et blanc, c'était joli. Le revolver lui faisait froid sur le ventre. C'est pas bien dans le réfrigérateur, comme cachette. Béa regardait son mur de photos. On aurait dit qu'elle allait pleurer. Elle montra Crystal.

Simplement en écarquillant les yeux, le Chignon donna l'impression de s'étirer.

— J'aime bien le lundi, il n'y a personne à la Villette.

Avant, le lundi, Lomron se sentait un survivant… Encore une semaine de tirée… C'était avant. Avant Hondo. Au milieu de la salle informatique, le Flandrin, seul devant sa console donnait l'impression d'essayer d'entrer en contact avec une autre galaxie. .

— Ah ! commissaire. Un drôle de zig, votre type. Un flambard. On le connaît bien. Cette fois, il a l'air de se passionner pour une équipe de football américain de Dallas.

— Dallas !

— Regardez.

Le Flandrin lui donne un petit listing façon bandonéon. Lomron ne fait même pas semblant de comprendre et laisse tomber le soufflet.

— Vous pouvez me résumer ?

Et le Flandrin résuma…

— Donc, vous me dites que le type est du quartier.

— De l'arrondissement en tout cas, commissaire. Ce ne devrait pas être difficile pour vous de le localiser.

Mieux que l'annuaire. On suivait les S. D. F. de squat en squat. Encore plus sûr qu'avec une carte de crédit volée, ou une balise Argos. Lomron était parfois effrayé du degré d'infiltration et du réseau de connections. Toutes ces machines ! Et sur lui, qu'est-ce qu'ils avaient ? En quelque minutes, on venait de lui donner au téléphone l'adresse d'un type qui se croyait seul au monde. Tranquille…

Tranquille, il l'était, Désiré Ruban, dit Nabur, alias NHK-THK, Némo-hawk le Tomahawk. Il avait trop chargé sur les sobriquets. Ça avait fini par lui faire sauter les plombs. À première vue, quelqu'un l'avait aidé un peu. Pas de désordre. De l'électronique sous toutes ses formes… Des cassettes vidéo… Locafilm… Il devait avoir une carte d'emprunteur là-bas. On verrait. Un vide. Il manquait un classeur rouge sur cette étagère. Le n° 3. Pratique, l'ordre. Lomron ça se complique. Il y a du monde derrière. On ne grille pas un type uniquement parce qu'il pirate. Peut-être pas de rapport. Et le classeur rouge ? Dans les autres, c'était un véritable press-book de starlette des claviers ! Lomron alla sur le balcon s'aérer. Le métro aérien lui entra par la poche de poitrine du veston. Comment pouvait-on vivre si près des rails ? Le bassin en perspective, il voyait jusqu'à chez lui. Comment ne pas croire, devant ça, qu'on peut faire venir le monde à ses pieds, rien qu'en tapant sur une touche.

Le corps était recroquevillé sur le plancher. On n'userait pas beaucoup de craie pour le dessiner. Lomron était parti sur les traces d'une femme au parfum de presqu'encens, et il se retrouvait avec des hommes, tranchés, broyés, électrocutés. La Villette, Emsalem, Jaurès. Un triangle et sa tour au centre. Là-bas, les trois balises rouges venaient de s'allumer au sommet. Hondo était là !

La serrure du commissaire n'avait pas résisté longtemps.

— Tu vois, Snif, qu'elle commence à se faire à ta main.

Rose ouvrit. La chaîne n'était pas mise. Ils entrèrent. Snif garda la porte pendant que Rose patrouillait dans l'appartement le Beretta en main. Les chambres, la cuisine, la salle de bain, les placards. Rien. Le gosse du flic n'était nulle part. Chez Hondo, elle arracha le poster de Crystal. Snif fit un tour pour contrôler. Rien de rien. Rose aurait voulu hurler. Tirer sur tout ce qui ne bougeait pas assez. Elle claqua la porte qui ne se ferma pas.

Snif était certain d'avoir reconnu le chemisier de soie grise qui séchait sur le radiateur de la chambre du fond. La fille ne s'était pas noyée. Il ne dirait rien à Rose.

Hondo et Béa étaient montés chez Musique. Hondo écoutait Béa qui n'était pas Béa. Elle disait tout. Elle s'appelait Illema. C'était joli aussi. Elle racontait, l'homme et la femme qui l'avaient jetée dans le canal. C'était la dame qui a une araignée sur la figure avec l'homme tout maigre. Illema ne savait pas pourquoi. Musique écoutait. Elle avait fait des madeleines toutes chaudes. Illema avait vu Crystal. Une seule fois. Hondo lui raconta Crystal. Illema écoutait. Elle était comme une image. Ses yeux étaient encore plus grands que ceux de son père à lui, quand il regardait la photo de la dame sur le mur. Hondo savait que c'était comme ça pour les grands, quand ils veulent se manger doucement.

Quand il fera nuit, Musique, Illema et lui sortiront. Il retrouvera Crystal pour Illema. Crystal les protégerait. La dame qui a une araignée sur la figure et l'homme tout maigre essaieront de l'empêcher. Hondo avait le pistolet froid de son père à lui sur le ventre. Il savait s'en servir.

Rose bouillait. Le gosse du flic n'avait pas pu sortir de la tour ! Elle l'avait vu à la fenêtre, le flic était parti, elle était montée et il avait disparu. Ce n'était pas possible ! Il s'était caché dans la tour. Trente étages ! Mais il faudrait bien qu'il sorte. Snif et elle ne bougeraient pas de ce banc !

Lomron et le Chignon étaient entrés à Locafilm comme un couple en mal de vidéo du samedi soir.

— Vous êtes sûr, pour Désiré, monsieur l'inspecteur ?

Il ne rectifia ni le grade ni le prénom. C'était bien Désiré qu'il cherchait. Derrière son comptoir, le type de la boutique de location vidéo consultait une fiche jaune.

— Moi j'ai Aimé, là-dessus, comme prénom. Vous allez me dire, inspecteur, Aimé, Désiré, c'est pas loin.

Il en avait encore des cassettes à voir, ce garçon, s'il confondait les deux.

— Vous avez vu commissaire, on ne devrait quand même pas laisser ces choses-là… Il y a des enfants…

Le Chignon lui montrait le rayon X, et un gamin qui épluchait les jaquettes, pendant que sa maman lui cherchait un dessin animé… Et *Babar au cirque,* tu l'as déjà vu ? …

— Est-ce que vous pourriez me le décrire, le Aimé en question ?

— Ça, vaut mieux demander à la patronne.

La patronne laissait pousser son ventre jusque dans ses yeux qui souriaient. Le foulard noué autour de sa taille donnait l'impression qu'elle attendait un bébé corsaire. Lomron dérivait... C'est beau un bébé qui prend la mer... Il ferait un petit bateau avec la lettre bleue. Par ailleurs, elle décrivait bien, la patronne.

— Brinks ! Tout le monde le connaît ici. Un drôle de numéro ! Son histoire de banque, s'il ne l'a pas racontée mille fois.

Lomron y eut droit. Il écouta distraitement. Il pensait aux deux frères, Aimé et Désiré. Une maman les avait attendus longtemps et venait de les perdre tous les deux en un soir. Où serait-elle quand on le lui apprendrait ? C'est étrange, homme rond, que tu n'aies pas pensé au père. Faut être deux pour faire un gosse. Sauf pour Hondo.

— Vous êtes garée loin ?

— Non, monsieur le commissaire, j'ai eu de la chance. Juste un peu plus haut, avenue Laumière, sur le même trottoir. Devant un café vert.

Le *Saint Valentin,* il connaissait bien.

— Vous m'y attendez. J'en ai pour une minute...

Lomron traversa la rue pour aller au kiosque à journaux... *US Foot...* C'est en voyant la jaquette d'un film *Superbowl XXII* que le hamster couina à l'intérieur. Intuition piège à... Lomron eut du mal à récupérer sa monnaie, engloutie par le décolleté abyssal d'un magazine de charmes posé en pile. Si le Chignon voyait ça. Au *Saint-Valentin,* les consommations attendaient déjà sur la table.

— Je vous ai pris un chocolat chaud, monsieur le commissaire. Je me disais...

À peine était-il assis que le serveur avait remplacé la grosse tasse par un verre d'Adelscott bien élancé. Pascal fit un clin d'œil à Lomron. Ça en comprenait des choses, une moustache blonde !

— Heu… Vous êtes un habitué de cet endroit, monsieur le commissaire ?

Lomron essayait d'être un habitué de nulle part.

— Vous me paraissez soucieux.

Non. Il n'avait pas l'habitude de réfléchir à côté de quelqu'un. Lomron feuilletait le magazine. C'était le seul qu'ils avaient pour le football américain… Poule des As… La tétine jaune qui pend à la grille de protection d'un casque… *Les Sphinx*. C'est le protège-dents trouvé chez Emsalem. Il était bleu. Aimé et Désiré avaient l'air de jouer aux mêmes jeux… *Plays-off 1er tour… Kangourous, 69ers, Chevaliers, Kiowas…*

— Ils ont des noms pas communs, ces équipes. Ne trouvez-vous pas, monsieur le commissaire ?

Trop longues, les phrases du Chignon. Lomron avait l'impression de s'être glissé dans la chambre de Hondo et de fouiller dans ses affaires en son absence. *Dream team rookie…* Le patron devait les prendre pour deux collégiens attardés… *Super Bowl… Dallas 52 Buffalo 17…* Dallas ! Tu t'approches Lomron. Qu'est-ce que tu as fait du listing du Flandrin ? On parlait de Dallas… Wilson… Ce ballon orange et sa couture comme une cicatrice… *Jim Kelly des Bills s'est blessé au deuxième quart…* Les mots commençaient à aller ensemble… *Faux semblants… Suivre l'étoile…* Continue à suivre, Lomron. Continue à suivre ! … Les appareils photo, les flashes… Lomron tourne la page… Là ! Emmit Smith avec le trophée. Un ballon d'acier empalé sur son support. Un œuf métallique couturé comme un crâne. Une arme mortelle si on le lançait ! … *Vince Lombardi Trophy… NFL, Superbowl XXVII, AFC vs NFC…* Regarde bien Lomron, tout est là. Sur la photo, Emmit Smith portait autour du cou une chaîne à laquelle était accrochés son numéro 22 et une croix en or. Oui, une croix ! Pas la même que celle de la boucle d'oreille. Mais une croix. Le numéro du maillot de Hondo ? Le 19. Le même que son ami. Celui du poster. Celui qui était venu le voir hier au soir… tard. Les horaires coïncident. Ce retrait du corps. Le type que vous aviez failli renverser, sur le quai. En face Emsalem ! C'était lui. Arrête de feuilleter Lomron. Tu as tout !

Il faut que tu rentres chez toi. Hondo est en danger.

38

— Troy Aïkman?

— Lui-même!

— Champagne!

Bartis gardait les yeux ronds de surprise. Troy Aikman dans le chariot à poubelles! Un mec qui a autant de zéros à son salaire qu'un quart Perrier a de bulles. Une paye à l'état gazeux! Il aurait bien ouvert pour vérifier.

— Rien que pour lui, ça valait le coup!

C'était pas le moment pour les autographes. Il fallait enchaîner. Crystal fit atterrir Bartis. Il fallait rejoindre le bas monde. Crystal précède Bartis dans le petit couloir. Il débouche dans la salle de transit, la traverse et va s'asseoir près de la grande vitre. Pas un regard aux gars, de l'autre côté.

Bartis met de l'ordre dans son tablier. Et roule la carriole. Pas tant que ça. Les roues peinent. Lourdes les lasagnes. Lourdes! Il faut en remettre avec les bras. Bartis prend par les extérieurs. Pas d'agitation particulière. Les gars de Dallas ne se sont rendu compte de rien. Bartis sent le regard de Crystal en couverture. Avance! Ne t'occupe de personne... *Ice cream? ... No ice cream! ...* Il ne voit pas, ce guignolet, que c'est un chariot à poubelles! La grille, le monte-charge. Ça descend comme un trou normand. Une dernière suée. Faut passer la douane. Le coup de l'étrier. Le hall est presque vide à cette heure.

Le dallage est roulant. Il se retrouve comme un char place de la Concorde.

— Dis donc, il te soigne le chef, toi !

Le corse est planté devant sa tourelle. Plutôt amical, mais en travers. Bartis transpire.

— Aujourd'hui, celui qui travaille peut pas pleurer.

— Tu sais, même nous les douaniers, avec cette histoire d'Europe, on va devenir des chicanes mobiles.

Bartis compatit. Le Corse se désole, se résigne et s'efface avec un sourire moins allègre qu'une barrière qui se lève. C'est dommage de supprimer les frontières, on perd le plaisir de franchir. Et la carriole passa et glissa jusqu'au deuxième sous-sol. L'ambulance à cornes attendait... *El cuarto se irisaba de agonia...*

— Je te préviens tout de suite, Ruedo : y en a deux !

— Et un couple mixte, en plus ! Heureusement que j'ai pu caser la dialyse en consigne.

La fille fut rippée sur le lit et le type allongé à même le plancher. Sangle pour elle. Camisole pour lui.

— Mais c'est...

— Himself !

— Elle va être classée monument historique, après ça, mon ambulance !

Ruedo prit une photo au polaroïd et donna le cliché à Bartis. L'ambulance à cornes disparut. Le pointeau dans sa cabine regardait une télévision minuscule. Bartis poussa son chariot. Ça roulait léger. Au passage devant le bar du Plein Sud, Bartis fit un signe à Mongo et Phan qui attendaient toujours au comptoir. Ils pouvaient remonter à la mezzanine prévenir les autres. Personne à la douane. Comme dans un moulin ! Le monde devenait un gigantesque moulin à vent. Ça fabriquerait plus de courants d'air que de Don Quichotte.

Bartis remonta à la salle de transit. L'agitation restait limitée à trois gars de l'encadrement qui allaient et venaient. Nerveux. Pas que des pectoraux sous la veste. Des types de la sécurité à en croire les badges. Ils s'étaient rendu compte de quelque chose. Mais pas de panique. Un joueur pouvait bien s'éclipser avec une fille. Ils auraient l'air malin à pousser une porte et à les surprendre. Surtout une star ! Un coup à se faire virer. Alors, du doigté. Bartis reprit son service derrière le comptoir. Il servit une eau minérale à Crystal. Tu te rends compte, Troy Aïkman ! ... Bartis lui glissa le cliché polaroïd. C'était maintenant que ça allait se jouer.

Crystal reposa son verre, se leva et alla se poster au centre de la grande baie vitrée. De l'autre côté, les hommes assis, alignés de dos, épaule contre épaule. Des poilus sous le capote avant l'assaut. Silencieux, déjà fourbus, la tranchée au cœur. Il manquait Musha. Qu'est-ce qu'il pouvait bien faire avec cette journaliste ? Tant pis. Crystal transmit le signal. Les Chief Tears se dressèrent d'un bloc et firent face. Ils portaient leurs couleurs et peintures de guerre. Une larme noire dessinée sous l'œil. Les reflets les dissimulaient encore au regard des autres. Ils firent un pas.

Les gars de Dallas ne se rendirent pas compte tout de suite. Le sommeil, l'alcool, l'obscurité. Les trois de la sécurité comprirent plus tôt. Ça puait... *Stinks !* ... Quand tu sens une écorchure sur la peau de ta femme, continue de la caresser. À la deuxième, regarde sous le lit. Et les trois regardaient. Ils se demandaient qui étaient ces barjots en tenue. Crystal fit un geste. On vit alors jaillir une flamme sous le visage impassible de chacun. Des faces de pierre. L'armée des morts. L'armée de terre cuite de l'empereur Qin Shi Huangdi. La lueur parvint aux yeux de tous. Les gars de Dallas s'approchèrent. D'abord flattés... Très joli ! ... Une équipe de fans ! ... Chief Tears... Bonne idée... Bravo ! ... On applaudissait, souriait, s'exclamait, clin d'œil, pouce en l'air. De la comédie de jeux télévisés.

Et les Chief Tears soufflèrent la flamme des briquets. Ils frappèrent de la paume par trois fois la vitre en cadence. La baie vibra. Les sourires se figèrent. Les doigts de l'autre côté interpellaient... Toi ! Oui, toi ! Avec moi ! ... Chacun des gars de Dallas se voyait désigné par son numéro, sommé de répondre et de s'approcher. Les premiers jouèrent le jeu. Ils se frappaient la poitrine et avançaient en chaloupant, le visage grimaçant du bravache. Et tout à coup, à un souffle de la vitre, un regard agrafait le sein. Une bordée de gestes de la main, du doigt, du poing, le saisissait à l'entrejambe. Et la langue, et la bouche. Il n'était plus rien, une plume, une fiente, un os de poulet. On le perçait de partout du doigt et du poing. Du vent ! Les dents le châtraient. On le crachait, le vomissait. Chacun comprit qu'on ne jouait plus.

Après avoir été cueillis à froid, les gars de Dallas se ressaisirent. La rage les avait submergés. Maintenant ils relevaient le défi... Où est Troy ? ... Front contre front, séparés par la seule épaisseur de la vitre. Les secondants de toutes sortes essayaient de les calmer. Inutile. L'immense baie vitrée semblait avancer et reculer au gré de la poussé féroce des deux masses. La frontière se déplaçait. Les managers s'inquiétaient. Il fallait arrêter ça. C'était du capital prêt à se faire décapiter, pour une bande de guignols... Les talkies-walkies grésillaient... Pas des flics ! On va régler ça nous-mêmes... Où est Troy ? ... Maintenant, les hommes semblaient se parler. Comme si la vitre avait été perméable à une langue universelle. Une histoire primitive... Où est Troy ? ... Le seul qui pourrait les raisonner. On ne savait pas où il était passé. Vous avez regardé partout ? L'avion part dans une demi-heure. Il faut le retrouver, et en finir ! Mais les hommes s'étaient respirés, jaugés, maintenant. Personne n'emporterait le mur de verre avec lui. Un chapelet de sensations leur serrait la gorge. De la surprise. De l'estime. De la haine. Il fallait dénouer ça autrement... Où est Troy ? ...

Là !

Crystal avait abattu le cliché polaroïd sur la table. Le staff regarda d'abord sans comprendre. Puis ce fut clair. Il n'y eut pas à expliquer longtemps. Un des trois de la sécurité saisit Crystal au col et lui enfonça son arme dans le ventre. Il était le seul à croire que ça suffirait... Ce qu'il voulait ? C'était simple : un match. Un match contre eux ! Une rencontre à huis clos, sur notre terrain. Le staff ne put s'empêcher de ricaner. Des dents qui donnent toujours l'impression de mâchonner un cigare. ... Si vous refusiez ? ... Crystal tira le cliché au centre de la table. D'une pichenette, il le fit tourner sur lui même et pointa l'index dessus comme le canon d'une arme... Faites vos jeux ! ... Une grosse main s'abattit sur la roue du hasard. Superstitieux, le cow-boy au Stetson... Il avait raison. Ce n'était plus du jeu... Du business ? D'accord. Causons. Une tournée de promotion en Europe sans votre star. Pas très professionnel. Par contre, participer à un conte de fées : la super équipe américaine au grand cœur, qui réalise le rêve fou d'une bande de gamins français... Ça se vend bien... Les vilains pourris de fric qui crachent sur les espoirs de pauvres gosses... Ça se vend bien aussi. Il y a beaucoup d'argent en piste. À vous de choisir !

Les types du staff se regardaient en silence. Ça ressemblait à un nœud coulant.

— Une dernière chose. La suite est prévue et organisée. Vous n'aurez qu'à suivre. Votre avion n'aura eu qu'un simple retard de quelques heures.

Le staff se retira à l'écart pour discuter. Un des trois de la sécurité, resta face à Crystal. Il avait le visage mauvais. Il venait certainement de perdre son boulot... *A good job*... et à cause de lui. Il lui montra son revolver. Un bel objet nickelé à canon long. Il fit tourner le barillet. Le cliquetis bien huilé de la chance. Un-des-trois ajusta Crystal avec une phrase du type : À la fin de tout ça, il en restera encore une pour toi. Le genre à tenir ses promesses.

Les types du staff revinrent. Ils allaient en parler aux gars de l'équipe. Cette fois la vitre ne protègerait plus personne. Sur un signe de Crystal, les ombres disparurent derrière l'immense baie. L'obscurité retomba sur la salle de transit. Bartis ôta son tablier et le jeta sur le comptoir.

— Où tu vas toi, le nouveau ?

— À un rendez-vous.

39

Toujours assis sur leur banc, Rose et Snif regardaient la tour Blanche qui s'éclairait au bleu télé, fenêtre après fenêtre.

– Dis Rose, c'était quoi ce feuilleton sur Luxembourg. Mes vieux écoutaient ça. Deux clodos qui discutaient.

— *Sur le banc* ! Jeanne Sourza et Raymond Souplex.

— C'est ça !

— Chez nous c'était *Quitte ou double* et *La famille Duraton*. C'était Lise Élina qui jouait la fille. Je me prenais pour elle.

— Tu vas rigoler, moi je voulais être flic ! Alors, j'écoutais : *Dans les mailles de l'inspecteur Vitos* ! ... Une marque de lingerie féminine... Tu parles !

— Tu vois Snif, trente ans après on ressemble aux feuilletons qu'on écoutait.

— Pourquoi, tu trouves qu'on leur ressemble ?

— À qui ?

— À Jeanne Sourza et Raymond Souplex.

Musique regarda par la fenêtre du séjour. C'est fou tout ce qu'on pouvait voir du neuvième étage.

— Ils sont encore sur le banc.

Hondo était blotti entre les jambes d'Illema. Ils étaient assis à même le parquet dans l'immense appartement vide et blanc de Musique. Elle avait abattu toutes les cloisons pour y circuler librement. Hondo jouait aux Plongeurs de feu dans un vase en opaline blanche. Tchîî !

— Nous ferons comme prévu.

Musique récapitula. Illema et Hondo souriaient. Elle semblait sortie toute découpée, et toute lisse d'un de ces livres dont on déplie les pages. Quand elle racontait, on la croyait.

— Je vais laisser un mot à ton père sur ma porte, pour le prévenir. Quand il ne te verra pas en bas, il montera.

Hondo était rassuré. Musique pensait à tout. Le pistolet se réchauffait sur son ventre. Ça ne changeait rien si quelqu'un voulait les embêter.

— Je descends la première. Je vais chercher la camionnette au parking. Je me gare en marche arrière. Vous attendez dans le hall. Et dès que je klaxonne...

Lomron aurait voulu ouvrir la capote de la 2CV. S'aérer le crâne. Ça bouillonnait. C'était ce magazine ! Il l'avait feuilletté et feuilleté. À force de mouvement, les indices s'animaient lentement. Tu réinventes le cinéma de papier, mon homme rond ! ... Le ballon d'acier, le bras qui lance, la croix, le numéro... Il n'y avait plus qu'à faire tourner à la bonne vitesse. Moteur ! Et c'est là que Hondo entre dans le champ. Tu n'avais pas prévu ça. Tu ne sais pas comment ni pourquoi. Mais il y est. Encore invisible à l'œil, mais déjà dans ta tête. Une sorte de vingt-cinquième image... *Question de réglage*... Souviens-toi dans le magazine. Page 4 et 5... Fais un effort homme rond ! Machine arrière : Hondo a reçu une visite le soir de l'homme à la tête coupée. Tard... Coïncidence ! ... Il s'agit du joueur en poster sur son mur : Crystal... Et pourquoi ? ... Il n'y a que lui que Hondo fasse entrer dans sa chambre... Admettons ! ... Il joue au football américain… Et alors ? … Quaterback… Possible ! … Tu sais : *Celui qui lance des oiseaux orange avec sa main…* C'est comme ça que Hondo l'appelle… C'est joli ! … Fais pas l'imbécile homme rond. On peut lancer des oiseaux orange, des ballons d'acier, ou des zinzins métalliques ! … Elle n'avance pas cette 2CV ! … Il y a une équipe dans le 19 ème… Je sais ! … Et cette croix autour du cou du joueur de Dallas, dans le magazine… Ce n'était pas la même ! … Tu finasses, homme rond. N'empêche que sur cette photo, il y a tous les signes qui permettent de comprendre le reste… Le coup de la pierre de Rosette, maintenant ! … Elle n'avance vraiment pas cette 2 CV ! … Déchiffre homme rond et tu liras le nom de ton fils. Ton fils, qui, en ce moment, se promène seul au milieu de trois cadavres et une disparue. Va jubiler Ladass !

— Je vous assure commissaire que je ne peux aller plus vite. Vous voyez bien que c'est bloqué !

L'autobus 60, Gambetta-Porte de Montmartre, quitta l'aérogare d'Orly-Sud. Mona conduisait le bus comme une auto à pédales neuve. Une rouge. Pas peu fière. Y en avait du beau gars autour d'elle. Toute l'équipe de Dallas derrière et Crystal debout à côté… *Interdit de parler au machiniste…* Personne ne causait. Surtout pas un-des-trois de la sécurité qui restait collé dans le dos de Crystal. La balle qu'il lui promettait lui sortait des yeux. On avait laissé le bus conduit par Rio prendre du large pour ne pas donner dans le convoi funèbre. Dressé debout à l'avant, Crystal regardait dans la nuit, la route à travers le pare-brise. Le lent ballant des choses. Cette sensation de puissance. Fendre la nuit sans souffle. Une figure de proue. Avaler le blanc des lignes. Bouffer l'écume des réverbères qui scandent la marche et la sentir s'engouffrer sous ses pas immobiles.

On déboucha dans la rue du Hainaut. Pas de trace de Musha, ni de la journaliste à peau de rousse. Musha pouvait encore faire capoter le match. La police prévenue, qui attend à l'intérieur du dépôt de bus, par exemple.

Musique venait de garer la camionnette Pronuptia devant l'entrée de la tour Blanche. En marche arrière, feux éteints, les portes ouvertes. Deux coups de klaxon. Hondo tira Illema par la main. Ils sortirent du hall et s'engouffrèrent en courant dans la camionnette. Musique démarra.

Rose et Snif se dressèrent du banc. Une vision ! Ils avaient trop tiré sur l'alcool blanc. Une énorme femme à visage de poupée de porcelaine, au volant d'un engin mauve et blanc portant une grande cage vitrée illuminée... *La vie devant soi*... À l'intérieur un couple de mannequins nus. Lui ne portait plus qu'un nœud papillon, et elle sa couronne de fleurs d'oranger. Ils souriaient niaisement.

— Rose, veux-tu m'épouser ?

— Ce n'est pas le moment ! T'as vu qui est à l'intérieur de l'aquarium ?

— Le gosse du flic !

— Et l'autre ? Le type en costume ?

Snif avait une idée mais la garda pour lui. Il avait enfourché sa pétrolette rouge, et pédalait comme un écureuil pour la faire démarrer sur la béquille... *Zap Pizza*... Ça pétaradait façon Toro de fuego. Snif virait au cramoisi. L'engin partit soudain avec une splendide roue arrière involontaire. Rose, juchée en tandsad sur le coffre à livraison, faillit vider les étriers. On chahuta sur les pavés au bord du canal, mais Snif se rétablit devant le presbytère de l'église. L'aquarium à mariés avait viré autour de la place Bitche et reprit à contresens par Crimée. Snif emboîta le pas. L'important c'était de ne pas perdre de vue le cube lumineux. Il y avait de la circulation sur l'avenue de Flandres. La vitesse retroussait la jupe de Rose sur ses cuisses, à la manière d'une ragazza romaine. Elle s'était collée contre le dos de Snif, le menton sur son épaule. Un Beretta entre eux deux. La pétrolette rouge se faufila pour se retrouver juste derrière l'aquarium, au feu rouge de la place Jaurès. Une vitrine endormie. Le gosse avait la tête sur les genoux du type en costume gris. Il était de dos. Le métro aérien passait, vaguement fatigué. C'était maintenant ! Rose tendit le bras. L'arme à toucher la vitre. Il y aurait des pétales d'oranger dans le sécurit. Vert ! La camionnette fit un rot de nourisson et se jeta en avant. La pétrolette bouda la reprise. Snif dut mouliner petit braquet pour refaire le terrain perdu. Rose ajusta le gamin endormi. Un dernier rêve mon mignon. Taxi ! Un bahut se glissa entre eux et l'aquarium lumineux. Elle faillit souffler la petite lampe bleue du tarif C. *La vie devant soi* s'éloignait dans la circulation ! Rose jura. On relança la machine. La pétrolette recolla à l'aquarium rue Armand-Carel. Trop étroite pour doubler. Snif essaya par le trottoir devant *La goulette. Produits cashers.* Rose vola en l'air façon tape-cul sur petit bateau. Il renonça. L'aquarium s'embarqua dans la rue de Meaux. Ça ne valait guère mieux en étroitesse. Par contre, Snif savait où elle pouvait mener. Au croisement avec Laumière ! Ça se précisait. Rue Petit et le pont de chemin de fer ! C'était du sûr. Snif donna un coup de patin devant l'Institut pour les Jeunes Aveugles. Au-delà, c'était les gros ennuis assurés. Rose pressa le canon du Beretta dans son dos. Entre deux, il faut choisir le moindre. Snif remit les gaz.

Commissaire, Hondo, Illema (une amie de Hondo) et moi sommes allés à l'ancien entrepôt de la R. A. T. P. À tout de suite Musique...

Le mot était piqué sur la couronne de nouvel an, encore accrochée à la porte de chez Musique. Ça faisait condoléances. C'en étaient. La mort de tes illusions, commissaire. Tu resteras toujours : Lomron, celui qui ne trouve jamais ! ....

Illema est avec Hondo ! Tu te rends compte ? Il redescendit chez lui. Dans la chambre-de-personne, il respira l'oreiller et les draps comme un veuf... Le presqu'encens !... La fille que tu cherchais partout était là, chez toi. Elle dormait à côté ! ... Pire, tous ces œufs ! Hondo lui avait fait des crèmes brûlées. Pas veuf, Lomron : cocu ! ... Change de métier homme rond ! Change de métier... Qu'est-ce qu'ils allaient faire dans cet entrepôt ? Hondo avait certainement pris l'arme. Bouge Lomron, bouge ! Même si tu ne comprends pas. Bouge-toi !

Le Chignon, qui attendait devant la tour, ne discuta pas. Le commissaire voulait encore faire de sa 2 CV un bolide de poursuite. Se rendre en pleine nuit dans un endroit qu'elle imaginait comme louche et dangereux. Et ensuite attendre seule au volant, le retour du héros. Pas question ! Pas cette fois ! C'était fini ! Comme on ôte une coiffe à plumes, elle dénoua ses cheveux et les attacha avec un élastique. Oui, un simple élastique !

— Maintenant, que vous le vouliez ou non, je reste avec vous, commissaire !

Tiens, elle ne l'avait pas appelé « monsieur » ...

Les portes du dépôt R. A. T. P. s'ouvrirent, le 75 entra et alla se garer le le long de l'autre autobus. Rio et Mona se retrouvèrent dans la lueur des phares. Deux jeunes mariés piqués comme des papillons. À l'intérieur de l'entrepôt, des rangées de flambeaux matérialisaient l'espace et dessinaient un chemin. Les gars de Dallas descendirent de l'autobus. Des masses sombres. Concentrées. L'endroit semblait déjà ne plus exister pour eux. Ils avançaient sous les flambeaux. Une allure décidée. Troy les attendait au vestiaire. Il échauffait son bras en simulant des lancés. La balle bien en main, le regard au-delà du mur.

Hondo savait comment entrer dans le hangar par-derrière. Sans se faire voir. Ce soir, il fallait se dépêcher. Hondo les avait bien vus sur la moto rouge, la dame qui a une araignée sur la tête et le monsieur tout maigre. Ils voulaient tuer Illema. Ils avaient un pistolet. Alors, il devrait passer par la vieille maison coincée dans les immeubles. Monter sur le bidon rouillé, grimper sur le mur et marcher sans se tenir. Il y avait des morceaux de bouteilles. C'est là que ça faisait peur. Illema faisait bien. Après, sur les tuiles c'était facile. La trappe, lui, il pouvait passer. Illema aussi. Musique n'aurait jamais pu. Elle avait bien fait de rentrer.

Illema et Hondo se laissent glisser à l'intérieur par le soupirail. Illema reste immobile dans l'obscurité auprès de Hondo. Une odeur de plâtre et de salpêtre humides. Ils devaient être dans des combles. Ils avancent accroupis l'un derrière l'autre. Les yeux s'accoutument. Une lumière blanche filtre par les crevés du planchers. Ils progressent. Tout à coup ils débouchent sur le vide. Une immense fosse de lumière crue. Hondo retient Illema. Il lui fait un signe pour lui montrer quinze mètres plus bas… Un terrain de football américain. Hondo lui avait expliqué. Illema eut l'impression d'être cachée dans les cintres d'un théâtre. Un étrange décor. Des lignes à la craie sur la terre battue. Une vaste grille pour guider les acteurs. Des perches plantées de part et d'autre comme d'immenses diapasons effilés. On avait peint sur le sol une Étoile bleue et une Tête-qui-pleure. Hondo lui avait expliqué ça aussi. Sur le plateau désert, un homme seul frappait une balle orange en poussant des cris rauques. Dissimulé à la vue, un chœur féminin faisait monter des chants sacrés rythmés. Hondo regardait fasciné le grand tableau d'affichage. *Chief Tears 00 – Cow-boys 00*. C'était une jolie façon d'écrire… Il était une fois…

Tout à coup, le front de Hondo se plissa. Il fit un signe à Illema… Ils sont derrière ! Un instant, elle avait oublié cet homme et cette femme qui voulaient la tuer. Ils approchaient comme des rats.

Hondo et Illema entendirent, derrière eux, la trappe du soupirail s'ouvrir.

La 2CV grise du Chignon déboucha dans la rue du Hainaut, alors qu'un autobus disparaissait dans l'ancien dépôt de la R. A. T. P. Lomron ne se demanda même pas si c'était étrange. Deux immenses portes métalliques. Hondo devait déjà être à l'intérieur avec la fille au parfum de presqu'encens. Illema ! Elle s'appelait Illema maintenant. C'est rarement plus joli qu'une odeur, un prénom. Lomron ne vit pas la voiture publicitaire de Musique. Le Chignon se gara à l'entrée de la rue, devant *La Poule au pot*. Elle évita d'y voir un présage.

— Il vaut mieux que vous restiez ici. Ça peut être dangereux.

— J'ai dit que je ne vous quittais plus.

Elle ne l'appelait même plus commissaire ! Ça avait de drôles d'effets, un élastique dans les cheveux ! Lomron regardait par le mince espace entre les deux portes en fer. Un jeu d'ombres. Des torches. Tu es seul mon homme rond… Je vous remercie ! … Ils ont déjà trois meurtres au compteur, et ton arme n'est même pas dans le bac à légumes du réfrigérateur. Il essaya d'imaginer un moyen de faire. Exemple : Contourner, s'introduire, espionner, surgir, appréhender ! Ça ressemblait plus à une règle de grammaire qu'à un plan. Lomron tritura son badge et renoua son cache-col. Tâchons de rester simple.

— Ouvrez, police !

Hondo et Illema entendirent derrière eux se refermer la trappe du soupirail. Ils étaient coincés ! Hondo prit la main d'Illema. Chut ! Il connaissait bien l'endroit. Le seul moyen de s'échapper était de passer de l'autre côté du puits de lumière. Il fallait franchir le vide au-dessus du terrain. Ou l'échelle pour descendre jusqu'à une grosse poutre noire calcinée. Ou une espèce de coursive d'entretien branlante qui parcourait la charpente métallique. La poutre calcinée était prise sous des batteries de projecteurs. Ce serait par la coursive. Illema se laissa guider. Les planches fatiguaient. L'impression de marcher sur un pont de singe au-dessus du vide. Juste dessous, la chorale invisible balançait en tapant dans les mains. Un ban de crocodiles qui claquaient des machoires en cadence et qui attendaient de gober ce qui tomberait du ciel... Alléluia ! ... Illema vacilla. Hondo lui prit la main. Ils franchirent le dernier pan de coursive et basculèrent dans un coin d'ombre. Hondo et Illema s'accroupirent derrière un petit muret de parpaings qui supportait une grosse roue dentée rouillée. Rose et Snif étaient déjà là de l'autre côté. Ils se découpaient, penchés sur le puits de lumière du terrain. L'arme de Rose avait un reflet brutal.

— Ils sont forcément encore là Snif. Cherche !

— On y voit pas grand-chose.

— Tu vas prendre par là, et me les rabattre. Moi je m'occupe de l'accueil.

Illema reconnut les voix. Elle revit la lame de rasoir devant ses yeux. Pourquoi s'acharnaient-ils sur elle ? Les chants de la chorale imploraient... My Lord ! ... My Lord ! ... Illema eut envie d'étreindre Hondo. Le protéger. Se lever. *Faites ce que vous voulez de moi, mais laissez-le !* Hondo la retint par l'épaule. Une étonnante force. Elle devinait son regard. Elle voyait son sourire. Il était calme. Les cheveux crépus sur sa joue. Une odeur d'homme.

Ouvrez, police ! Lomron avait frappé à la porte. La petite, celle du numéro 15 de la rue du Hainaut. Quelque chose de bien plus grand lui ouvrit. Quelque chose de doublement grand.

Du noir. Du jaune. Il n'en vit pas plus. Il fut happé, plaqué, palpé, fouillé, délesté. Il était bien de la police. Comme par association d'idées on lui passa des menotes aux poignets et on le poussa en avant… *Mais je vous en prie !* … Le Chignon rappelait que « palper » devait rester masculin, sinon il fallait utiliser un synonyme un synonyme. « Peloter » par exemple.

Lomron et le Chignon furent poussés dans l'obscurité de cette espèce de caverne. Leur chemin était piqué de braises et de torches. L'impression d'être conduit à un sacrifice. Le tambour grondait au loin. Le Chignon imagina un rite vaudou. Elle frissonnait. On l'attacherait à un totem. On la dévêtirait… Le Chignon pensa au sexe d'or dressé, sur sa banquette arrière. Une porte glissa. Une lueur aveuglante. Au-delà, une envolée de chants. Le terrain marquait peu à peu ses limites. Le sol était scarifié de lignes blanches. À chaque extrémité, on avait planté d'immenses baguettes de sourcier qui devaient fouiller sous la terre.

— Qu'est-ce qu'il vont nous faire commissaire ?

— Nous montrer un match.

Lomron désignait du menton les deux équipes qui s'échauffaient, chacune de son côté. Il eut l'impression de continuer à feuilleter son magazine. Les quatres arbitres en chemises rayées attendaient au centre du terrain. La casquette blanche consultait son chronomètre. Lomron et le Chignon n'étaient pas les seuls spectateurs autour du terrain. Ruedo avait casé sa dialyse, à hauteur de la ligne médiane, sur un lit incliné. De l'autre côté, Mona trônait sur une estrade haute qui la mettait en charge du tableau d'affichage. La chorale Gospel Pom-pom girls des caissières de l'avenue Jean-Jaurès s'étageait sur des praticables de part et d'autre de l'estrade. Chacune aux couleurs de son magasin. Elles se chauffaient sur… *When the saints go marchin' in…* Gling-Gling veillait aux trilles.

— Ils sont effrayants, monsieur le commissaire, ne trouvez-vous pas ? Vous avez vu leur marque sur le visage ?

Il avait déjà vu. Parfois Hondo se dessinait une larme blanche sous l'œil... *Les hommes ça ne pleure pas pour de vrai...* Une larme blanche de dentifrice, juste pour dire qu'il était triste, qu'il avait du chagrin fort, que le jour avait encore mangé la nuit, que son cœur voulait dire, que sa bouche ne pouvait pas, que c'était injuste, qu'il voulait brûler son ancienne maison, que Ladass viendrait le reprendre... Puis tout à coup Hondo effaçait la pâte blanche de sa larme et souriait. Ô le sourire de ce gosse !

— Dites à Crystal que je veux lui parler !

Accroupis derrière la roue dentée, Hondo et Illema surveillaient les ombres de Snif et Rose. Snif patrouillait dans les combles. Rose était postée l'arme à la main, devant l'entrée de la coursive. Impossible de se laisser glisser sur la grosse poutre calcinée, sans qu'elle n'entende.

Mongo et Phan revinrent avec Crystal auprès de Lomron. Un-des-trois restait au contact

— Vous m'excuserez, commissaire, le match va commencer.

Les arbitres prenaient leur place. L'homme à la casquette blanche sifflait et faisait des signes en direction des vestiaires.

— Vous voyez, on m'attend, commissaire.

— C'est très important.

Crystal fixa Lomron dans les yeux. Le commissaire n'essayait pas de lui mentir.

— Faites vite !

Lomron fit vite. Il raconta. Crystal comprit. Rose et Snif, cherchaient Hondo et Illema pour les éliminer... Illema ! C'était le nom de l'icône. Crystal revit sa bouche qui dessinait. Il reconstitua : “i” ... “llé” ... “mha”. Maintenant qu'il savait son nom, il ne pouvait plus la perdre... Je ferai tout ce que tu ne peux pas faire... Hondo tenait parole. C'est lui qui amenait Illema ici, pour la protéger. Ils étaient quelque part dans l'usine ! Où ? Crystal leva les yeux comme une évidence, vers la grosse poutre calcinée. C'est là que Hondo viendrait se réfugier.

— Viens Crystal ! Tout le monde attend.

Mongo et Phan furent soudain inquiets. Le regard vidé, Crystal fixait ce morceau d'ombre au-dessus de la grosse poutre calcinée Crystal guettait là-haut, un vide, un reflet, un éclat, qui les désigneraient. La face chiffonnée de Rose, le regard d'Illema, le sourire de Hondo. Rien.

— Qu'est-ce qui se passe ?

Mongo secouait Crystal. Les sifflets roulaient. Les chants de la chorale exhortaient. On murmurait sa crainte autour de lui. Crystal ne lâchait pas cette poche noire sous le toit, qu'il ne parvenait pas à crever des yeux !

— Ne pense qu'au match et à l'équipe !

Phan avait raison. Ils avaient tellement rêvé à cet instant. Crystal se laissa entraîner vers les vestiaires. Ses yeux s'arrachèrent de la poutre calcinée. Il devait étreindre ce ballon de cuir, y enfoncer ses ongles. Entrer en tête sur le terrain. Mener les Chief Tears. Frotter les gars de Dallas aux épaules. Deux colonnes en marche. Sans un regard l'une pour l'autre. Plus de héros : des hommes à battre. On prenait place, s'immobilisait en ligne. Peut-être qu'en ce moment, on frappait Illema au cœur, au ventre, à la gorge. La lumière des projecteurs enfonçait Crystal dans le sol.

La pièce tournoie… Nikel suit la pièce de monnaie, le regard inquiet… Face ! … Dallas gagne le toss ! Le Nikel fixe Crystal dans les yeux, lui tète tout le vide qu'il peut. Crystal laisse filer. Nikel sourit. Quelques secondes de rémission pour lui. Il pousse un peu sur le piston de sa pompe à morphine.

— Ils ont vu que tu étais dans le potage, Crystal. On doit retourner à froid. Ce sera à toi de jouer !

— Je peux pas Mongo. Il faut que Musha me remplace pour la première séquence.

— Ce n'est pas possible, Crystal ! Musha n'est toujours pas revenu.

Musha laissa s'envoler un long cri. Il resta figé un instant et s'abattit dans sa sueur. Les yeux mi-clos il respirait cette peau de rousse au parfum si blanc. Sous lui un corps de femme refroidissait. Il s'endormit.

À partir de là les choses avanceraient ligne par ligne.

— Regarde ce kick off, Rose, c'est incroyable !

Rose et Snif sont penchés au-dessus du terrain.

— Il a fini par l'avoir son match, le Crystal. J'y croyais pas !

— Moi non plus...

Snif sent le choc du coup d'envoi jusque dans l'estomac. Un suc amer reflue dans la bouche. Ce qu'il aurait aimé être en bas avec eux ! Il voit le ballon orange monter vers lui en tournoyant. Il pourrait presque l'effleurer du bout des doigts. Le ballon reste suspendu dans les airs, sans un souffle, lisse, la couture blanche rectiligne... *Wilson*... et soudain il bascule et retombe comme dans son cauchemar. Il s'accélère et plonge droit sur un point imaginaire vers lequel tous les joueurs semblent converger. Une course effrénée d'insectes bleus et blancs. Garchou est au point de chute. Des gants blancs de maître d'hôtel pour accueillir. Il remonte le terrain. La garde déblaye. Il cisaille les lignes à la craie... 30... 40... Egrène les yards. Entre dans le camps adverse. Renverse l'espace... 40... 30... Crochète, repart, résiste et s'abat enfin. Une masse furieuse l'ensevelit. Les casques s'entrechoquent. Le bruit de crânes humains soudain vitrifiés.

— Tu te rends compte, il l'a remonté jusqu'au 20 yards !

— J'ai vu Snif, mais on est pas là pour regarder un match... Chut ! ... Écoute !

Rose s'était retournée. Elle venait d'entendre un bruit, là! dans ce coin d'ombre de l'autre côté de cette passerelle pourrie.

— Il est là, le gosse du flic! On va aller le chercher.

— Tu veux qu'on passe là-dessus, Rose!

— Toi, tu restes là. Moi, j'y vais voir.

Hondo et Illema se tassèrent derrière la roue dentée. L'ombre de Rose s'avançait vers eux.

Crystal sentait ses mains moites sur le ballon. La position était pourtant favorable. On voyait l'en-but de Dallas de sa fenêtre. Mais il sentait la poutre calcinée peser sur sa tête. Il se ressaisit, et parla aux hommes. Ses mots claquaient sous la petite voûte du huddle... Par la passe... Formation shotgun! Gauche: Ruedo, éloigné... Zobi, rapproché... Bartis tu soignes ta ponte! ... O. K.? ... Un cri du ventre en réponse... On y va! ... Les hommes étaient en position, alignés comme les croupes de Géricault. La balle allait jaillir d'entre les jambes de Bartis. La formation shotgun: Le coup de fusil!

— On n'y voit rien. Snif, t'as pas un briquet?

Snif n'en avait pas. Rose jura. Hondo lui, ne se séparait jamais de sa grosses boîte d'allumettes. Alors qu'elle avançait sur la coursive, Rose vit soudain un éclair jaillir. Une flamme droit sur elle. Et presque en même temps, elle sentit une brûlure sur la joue. Puis une autre, et une autre encore, sur l'oreille, la lèvre, le cou... Les Plongeurs de feu! ... Rose est surprise, elle sursaute. Tout à coup, une terreur d'enfant: ses cheveux brûlent! Elle hurle. La flamme grésille. L'odeur de cochon roussi! Elle se frappe, se frotte, s'ébouriffe. Le pied glisse, elle perd l'équilibre, chancelle, part en arrière, et accroche Snif au hasard.

— Salaud de gosse!

Le coup de feu ponctue sa phrase et laisse une traînée en suspension. La balle ricoche sur un bout de charpente métallique avec un tchin ! cristallin. On trinquait dans du Bohême. Santé ! La balle avait manqué Hondo.

Le ballon orange jaillit vers Crystal, en même temps que claquait le coup de feu. *Shotgun!* Le ballon lui brûle les doigts et la poitrine. Le bras s'arme. La masse bleue de Dallas fond dans sa direction. Mongo et Phan s'arc-boutent devant lui. Une digue. Ruedo est en mouvement. Crystal sent une tache bleue le contourner. Il entend des pas dans son dos. L'écho du coup de feu résonne encore sous son casque. La poutre calcinée barre son champs visuel ! Le souffle de l'homme pèse sur sa nuque. Une main accroche son maillot. Crystal déplie son bras. La balle fuse. Une ligne tendue. Ruedo s'élève à sa rencontre.

— Vas-y !

Hondo pousse Illema dans le dos. Elle saute dans le puits de lumière. Un instant l'ombre l'avale, le chapeau vole. Elle se reçoit sur la grosse poutre comme une danseuse de corde. Les bras qui papillonnent, les genoux façon révérence. Sous elle le gouffre. Rose a repéré Hondo maintenant. Elle s'approche l'arme braquée sur lui. Hondo se lève, et laisse tomber ses allumettes. Il regarde Rose, résigné, soumis, et montre ses paumes blanches. Il sourit… ô le sourire de ce gosse !… Et soudain, comme on s'évanouit, Hondo se laisse aspirer par le vide et tombe sur la poutre calcinée.

— Le salaud, il m'a eue ! On va le récupérer en bas, Snif. Prends ça !

Rose lui glisse dans la main son couteau. Huit centimètres d'acier vulgaire qui ont déjà servi.

Ruedo s'était élevé vers le ballon lancé par Crystal. Il allait le cueillir en plein vol et basculer dans l'en-but. Un touchdown modèle pour best of vidéo. Mais tout à coup, un disque bleu coupe la trajectoire du ballon. Une éclipse ! Ruedo referme ses mains sur un morceau de vide grotesque. Interception ! Un énorme numéro 27 file avec son trésor, le long de la ligne de touche. On culbute tout devant lui. Un désordre de quilles blanches. Crystal voit venir le joueur à lui. Il peut le bloquer, le pousser en touche, mais il reste figé. La chevelure d'Illema vient de tomber de l'ombre du toit. Illema en habit d'homme ! Elle reste en équilibre sur la poutre calcinée. Crystal sent la sueur de l'homme qui passe près de lui. Crystal n'a pas bougé. Champ libre pour le 27 ! Il entre dans l'en-but en déroulant. Explose le ballon contre le sol et mime une fornication mécanique. Les autres joueurs le rejoignent, s'attroupent, le congratulent. Gavés de plaisir, ils se retournent vers les Chief Tears, ôtent leurs casques, et leur adressent un formidable rire.

Hondo et Illema avaient presque atteint la grande échelle. Snif surgit le couteau à la main.

— Tiens, tiens, la princesse !

Snif s'aventura sur la poutre juste ce qu'il fallait pour les empêcher d'accéder à l'échelle. Le gosse trimbalait un flingue plus gros que lui. Mais il ne pouvait rien tenter. La princesse était entre eux. Rose arriva. Elle ne vit d'abord que le gosse du flic, les bras ballants en équilibre au-dessus du vide. Elle le visa au front. Instinctif. Lui rendre la marque qu'il lui avait faite. En plus doux. Ce sera un peu comme un vol plané, mon ange. Un battement d'aile. C'est alors que Rose vit Illema. Ses yeux accrochèrent son visage. Une apparition floue dans la visée. La fille du portrait ! Son regard soutenait encore le sien. Rose laissa retomber son arme au bout de son bras.

— Donne ça !

Elle arracha le couteau à Snif et jeta le Beretta. Sa sœur avait raison de ne pas vouloir lui prêter ses affaires. Pas assez soigneuse.

— Arrête Rose, ça sert à rien ! T'as vu en bas, le monde !

— Quoi le monde ? Est-ce qu'il s'occupe de nous, le monde ?

— Mais regarde ! On a rien fait, elle est vivante !

— T'as raison, on a rien fait. Et ça te suffit, toi ?

Snif vit l'insecte noir qui rongeait le visage de Rose. Il eut peur. Voulut lui arracher le couteau. Mais la force et la hargne de Rose. Il sentit soudain le froid pénétrer son bas-ventre. Une caresse intime de huit centimètres. Rose poussa le corps hésitant dans le vide. Il s'éternisa dans l'air, resta suspendu comme le ballon de son cauchemar... Wilson... Il bascula, plongea et s'écrasa sur le sol derrière la chorale... My Lord ! My Lord ! ... Le chœur cessa de battre...

Le rire des joueurs de Dallas stoppa net. Le silence tomba de la verrière. Les deux équipes s'immobilisèrent. Tous les regards convergèrent vers la grosse poutre. Là-haut, Rose avançait sur Illema, la lame au poing, bien trempée, l'inclinaison obscène. Une invite à se faire déchirer. Hondo resta un pas derrière l'arme calée contre son ventre. L'icône gardait les yeux plantés dans ceux de Rose. Il y eut un temps d'arrêt et Rose se jeta sur Illema.

D'en bas on eût pu croire qu'un homme et une femme s'empoignaient sur un fil pour un enfant. Des équilibristes que la lumière du vide guettait. La verrière bleu nuit s'envolait comme la toile d'un chapiteau de cirque mal arrimée. Quelqu'un tomberait.

Crystal s'élança vers la grande échelle. Il jeta son casque. Un-des-trois dégaina aussitôt son revolver. Il posa le long canon nickelé sur son bras replié et pris le n° 19 dans sa ligne de mire. Il attendrait qu'il soit en haut de l'échelle. Une erreur. Un enfant en danger à protéger. La balle prendrait le 19 sous l'omoplate. Une trajectoire montante. Le cœur enfilé, explosé. De la charpie de mou. Lomron vit le geste du type de la sécurité.

Sur la grosse poutre, Rose et Illema luttaient, les deux corps mêlés sans le moindre jour. La lame du couteau fichée vers le ciel. Hondo ne pouvait que prêter ses yeux à Illema. Crystal grimpait l'échelle. Le long canon nickelé le poursuivait. Crystal atteignit la poutre. Il entendait Rose rugir. Illema soufflait. Un-des-trois immobilisa son arme. Il visa le n° 19. Le barillet tourna. Un coup de feu lourd qui le sonna jusque dans les reins.

Crystal resta saisi. Le jour se fit soudain entre Illema et Rose. La détonation sembla trancher les siamoises par le bassin. La grosse araignée avala le visage de Rose. Elle hurla de terreur. Un dernier deséquilibre, les bras qui battent, et le corps de la femme chuta. La chevelure blonde longuement à la traîne.

Un-des-trois se releva furieux, en se tenant les reins. Lomron était content de son coup de tête. Le Chignon l'aida à se relever. La lettre bleue était tombée de sa poche. Elle la ramassa et la lut. Tout en regardant Lomron, elle la déchira lentement et jeta les morceaux en l'air, avec un mouvement du poignet d'effeuilleuse... Ça, tu pouvais le faire toi-même, monsieur le commissaire...De sa poutre calcinée, Hondo les regardait en souriant. On aurait dit deux parents intimidés, les mains dans le dos, à une distribution des prix. Il y avait des confettis bleus autour de leurs têtes. Lui aussi, un jour, aurait des prix. Le match pourrait recommencer. En bas, un petit homme frapperait dans un ballon orange en poussant un long cri d'animal qui souffre. Hondo eut un frisson. Les cris attirent le malheur.

Crystal et Illema étaient face à face au-dessus du vide. Ils se virent pour la première fois. Ils avancèrent l'un vers l'autre comme sur une longue ligne blanche tracée à la craie. D'en bas, on ne put lire ce que leurs lèvres se dirent. Leurs yeux se préparaient déjà à la chaleur de leur première étreinte. Crystal fléchit les genoux et ramassa du bout des doigts, cette poussière de craie imaginaire qui les réunissait. Il dessinerait une larme sur la joue d'Illema. Puis les contours de son visage. Et son corps. Et son regard enfin. Illema se pencha à son tour et lui montra ses paumes blanches prêtes à l'accueillir. Il ne restait que l'espace pour un souffle entre eux deux.

Mais le barillet tourna d'un cran encore. Un étrange reflet parcourut le long canon nickelé. De ces reflets effilés qui fauchent les rêves.

FIN

DU MÊME AUTEUR

Dans la collection Série Noire.

NEC, n° 2297.

Chez d'autres éditeurs

LE CHAMP DE PERSONNE, Flammarion, 1995 (Castor Poche, 1999 et J'ai lu, 2000).

LA LUMIÈRE DES FOUS, Le Rocher, 1995 (J'ai lu, 1998).

FORT DE L'EAU, Flammarion, 1997 (J'ai lu, 2000).

LE LUTTEUR DE SUMO, avec Marcelino Truong, Castor Poche, 1998.

Y'A PAS PENO FOUS DE FOOT, Flammarion, 1998.

CAUCHEMAR PIRATE, Castor Poche, 1998.

LE 13ÈME BUT, Höebeke, 1998.

LA COUPE DU MONDE N'AURA PAS LIEU !, avec Marcelino Truong, Castor Poche, 1998.

L'ENFANT LÉOPARD, Grasset, 1999 (LGF, 2003).

VIVEMENT NOËL, Höebeke, 1999.

LE TEMPS DES ÉCOLES, avec Christophe Lefébure, Éditions Hazan, 2000.

PAULETTE ET ROGER, Grasset, 2001 (LGF, 2003).

TÊTE DE NÈGRE, Librio, 2002.

HONDO MÈNE L'ENQUÊTE, Castor Poche, 2002.

UN BÂTON DE ROUGE DANS LE CHARGEUR : LA DONZELLE, Le Rocher, 2004.

LA TREIZIÈME MORT DU CHEVALIER, Grasset, 2004.

Bandes dessinées

ON LIT TROP DANS CE PAYS !, avec Pef, Rue du Monde, 2000.

TÊTE DE NÈGRE, avec Jurg, Emmanuel Proust, 2002.

LULU VROUMETTE, avec Frédéric Pillot, Magnard Jeunesse, 2002.

RETOUR DE FLAMMES, avec Munoz, Casterman, 2003.

L'ARCHE DE LULU, avec Frédéric Pillot, Magnard Jeunesse, 2003.

Reproduit et achevé d'imprimer sur Roto-Page
par l'Imprimerie Floch à Mayenne
le 8 novembre 2004.
Dépôt légal : novembre 2004.
Numéro d'imprimeur : 61422.

ISBN 2-07-030025-0 / Imprimé en France.

130875